PATRICK PÉCHEROT

BOULEVARD DER IRREN

KRIMINALROMAN

AUS DEM FRANZÖSISCHEN
ÜBERSETZT VON KATJA MEINTEL

EDITION NAUTILUS

Dieses Werk wurde mit Unterstützung
des französischen Kulturministeriums,
Centre national du livre, publiziert.
Ouvrage publié avec le soutien du
Centre national du livre – ministère français
chargé de la culture.

Die Zitate von Alexis Carrel folgen der Übersetzung von W. E. Süskind aus der US-amerikanischen Ausgabe »Man – the Unknown«; erschienen unter dem Titel »Der Mensch, das unbekannte Wesen«, Stuttgart, Deutsche Verlagsanstalt, 1950. Alle anderen Zitate wurden von Katja Meintel aus dem Französischen übertragen, insbesondere Louis Aragons »Bierstube Magie Allemande« und André Bretons »Brief an die Chefärzte der Irrenanstalten«.

Das Glossar auf den Seiten 251-256 erstellte Katja Meintel.

Die Originalausgabe des vorliegenden Buches
erschien unter dem Titel »Boulevard des Branques«,

Edition Nautilus Verlag Lutz Schulenburg
Schützenstraße 49 a · D - 22761 Hamburg
www.edition-nautilus.de

Deutsche Erstausgabe August 2011
Umschlaggestaltung: Maja Bechert, Hamburg
www.majabechert.de
Autorenporträt Seite 2: Elise Grynbaum
Druck & Bindung:
Druckhaus »Thomas Müntzer«, Bad Langensalza
1. Auflage · ISBN 978-3-89401-744-6

Juni 1940 in Paris: Die Menschen der Hauptstadt flüchten vor der deutschen Besatzung, auch die Irrenhäuser werden evakuiert und ihre Insassen wandern im allgemeinen Exodus nach Süden, während eine üble Fauna von Räubern, Nazis und Kollaborateuren in Paris Einzug hält. Nestor hat den Auftrag, einen depressiven Psychiater zu überwachen, doch dieser begeht Selbstmord. Besteht eine Verbindung zwischen ihm und einem geheimnisvollen Unbekannten, der Nestor um Hilfe bittet? Wer sind die falschen Polizisten, die ihn nicht aus dem Auge lassen? Und wer oder was versteckt sich wirklich hinter den hohen Mauern der Psychiatrie?

Patrick Pécherot, 1953 in Courbevoie geboren, Journalist. 2002 erhielt er den »Grand Prix de Littérature Policière« für **Nebel am Montmartre** (Nautilus 2010), den ersten Band einer Trilogie über das »populäre« Paris der zwanziger und dreißiger Jahre. 2003 folgte als zweiter Band **Belleville – Barcelona** (Nautilus 2011). Außer Krimis schreibt Patrick Pécherot Jugendbücher und Comics.

www.pecherot.com

»Es war eine unvernünftige Zeit ...«
Louis Aragon

I

Heute Morgen hat mich die Stille geweckt. Eine leere Stille. Ohne all die winzigen Geräusche, die man so gut kennt, dass man sie gar nicht mehr beachtet. Keine fern rauschende Klospülung, kein knarzendes Parkett, keine trällernde Frauenstimme beim Kaffeemahlen. Übrigens auch kein Kaffeeduft. Es war eine Stille ohne Gerüche. Merkwürdig bis in den Schlaf hinein. Leicht beklemmend. Und zuletzt erstickend. Es schlägt aufs Gemüt, wenn da nichts mehr ist. Es drückt einem den Atem ab. Wie eine Last auf der Brust. Eine solche Stille ist schlimmer als zu ertrinken. Ich erinnere mich, wie ich nach Luft schnappte. Mein Herz setzte aus, und ich öffnete die Augen.

Meine Pumpe schlug jetzt hart gegen die Rippen. Mein Blutdruck machte jedem Zapfhahn Konkurrenz. Und mein Puls zuckte wie eine epileptische Eidechse. Aber die Stille blieb intakt. Massiv, durch nichts zu erschüttern.

Ich dachte, ich hätte es vielleicht mit den Ohren. Seit es hier in der Gegend brenzlig wurde, wäre das ja eine verständliche Reaktion gewesen. Und in zwei Wochen Tohuwabohu hatte ich so einiges an Reaktionen gesehen. Gewöhnliche und krakeelende, eigenartige und sogar ungehörige. Wenn meine Lauscher das Zeitliche gesegnet hatten, würde ich es ihnen jedenfalls nicht verübeln. Sie wären nicht die Ersten, die das Weite suchen. Tagelang war Paris ein einziger anschwellender Strom gewesen. Ein über die Ufer tretender Fluss. Die Deiche waren geborsten und nun ergoss sich die Flut hinaus. Wie eine Waschschüssel, die man ausschüttet, wie ein platzender Abszess.

»Heda!«, rief ich, um aus meinem wattigen Dämmer aufzutauchen.

Meine Stimme hallte nach. Wie bei einem Schauspieler in einem leeren Theater. So was hatte ich schon mal gehört. Bei einem Avantgarde-Stück mit pointierten Ideen, aber ohne einen, der zugehört hätte. Das Publikum folgt lieber der Herde. Aufklärer bringen kein volles Haus. Dieses Mal war es anders. Die Vorhut hatten die Offiziellen gebildet. Sie waren als Erste getürmt. Geräumte Ministerien, ausgeflogene Amtsträger, auseinanderstiebende Behörden. Ein strategischer Rückzug, auf die vornehme Art. Man würde die Regierung doch nicht dem Feind in die Hände fallen lassen. Die große Flucht war couragiert. Patriotisch. »Sind die Kartons im Auto, Firmin? Ja, Herr Minister. Dann mal los. Auf nach Bordeaux! Bordeaux, Charles? Im Hotel ›Zu den zwei Fasanen‹ konnte man vor dem Krieg so gut essen. Nach Bordeaux, Irène, und Gott schütze Frankreich.«

Nach der ersten Reisewelle kam das Fußvolk. In seinem tresorartig bepackten Citroën dachte der Notar wehmütig, dass seine Panamaaktien in diesem Chaos bald keinen Sou mehr wert sein würden. An der Porte d'Orléans zitterte die Apothekerin um ihren Schmuck. Bei diesen Hungerleidern, die die Landstraßen verstopften ... Dabei war es schon gut, wenn man es überhaupt bis dahin geschafft hatte. Paris war ein einziger Trichter. War man erst mal im Strom drin, ging fast nichts mehr. Die Menge drückte und schob, was das Zeug hielt, und zog sich ewig hin. In endlosen Kolonnen. Mit Fahrrädern, Pferde- und Handkarren und Kinderwagen. Hemdsärmelige Männer, barhäuptige Frauen, schmutzige Kinder. Und ein unglaublicher Haufen an Kram, der sich auf den Dächern der Autos, den Ladeflächen der Lastwagen, den Lenkern der Tandems türmte. Eine erschöpfte Kohorte, bereit, sich in Bewegung zu setzen. Gespickt mit Näh- und Kaffeemaschinen, mit Stühlen und Vogelbauern. Den kleinen Dingen, die aus wenigem ein Leben machen. Wie man es manchmal in eingestürzten Häusern sieht. Aber Lebensgeschichten, trotz allem. Mit Bündeln, Bettwäsche, zusammengerollten Matratzen. Und dann und wann ein Alter, den man obenauf gesetzt hatte und der nur noch mit dem Kopf wackelte, mit einem Blick, dass es einem das Herz zerriss. Dahinter, davor, überall das Getrampel. Das Geräusch einer eingedämmten Flut, stundenlang. Und dann hatte es sich zuletzt doch gelöst wie ein Pfropfen, der von der Flasche springt. In den wie Festungen gestürmten Bahnhöfen waren schließlich die letzten Züge abgefahren. Rauch speiend und dicht beladen mit der immer gleichen, schicksalsergebenen Masse. Mit einem Schlag hatte das große Menschenknäuel die Segel gesetzt.

Ich dagegen blieb am Kai. Ich konnte es noch nie leiden, wenn man mich zur Eile drängt. Außerdem, Dienst ist Dienst. Erster Detektiv der Agentur Bohman, *Ermittlungen, Recherchen und Überwachung* – das verlangt Haltung und Pflichtgefühl gegenüber dem Auftrag. Vor allem, wenn dieser nicht nur dröge Routinearbeit ist. Schutzengel. Seit drei Wochen war ich Leibwächter. Hatte sozusagen den Bund fürs Überleben geschlossen mit einem führenden Mediziner, der den Durchbruch der Teutonen seelisch nicht verkraftet hatte. Antoine Griffart, seines Zeichens Professor der Neuropsychiatrie, hatte beim Einzug der deutschen Truppen nach Frankreich Symptome einer ausgewachsenen blau-weiß-roten Nervenschwäche entwickelt. Obwohl sich sein Zustand mit dem Vorrücken der Panzerdivisionen verschlechterte, hatte er sich hartnäckig geweigert, einen seiner Kollegen zu konsultieren. »Unsere Wissenschaft ist gegen ein solches Übel leider nicht gewappnet. Denn nicht der Geist ist betroffen, sondern das Herz.« Aber da die Kardiologie mit seinen metaphysischen Extrasystolen genauso überfordert war wie die Psychiatrie, hatte sich Griffarts Familie an die Agentur Bohman gewandt. Wenn es gegen die Depression des Gelehrten schon kein Heilmittel gab, so würde eine Rund-um-die-Uhr-Überwachung zumindest eine verhängnisvolle Tat verhindern. Für den Betroffenen selbst, dessen verschlechterter geistiger Zustand sein Urteilsvermögen in Mitleidenschaft gezogen hatte, war ich der Mann, dessen ständige Anwesenheit die fünfte Kolonne und ihre Agenten fernhalten würde, die allzeit bereit standen, sich bedeutender wissenschaftlicher Arbeiten zu bemächtigen.

Seit meiner Ernennung zum Schutzengel hatte ich eines festgestellt: Ein Kilo Federn wiegt zwar genauso viel wie ein

Kilo Blei, aber das Metall macht auf die, die es schützen soll, doch größeren Eindruck. Das Schießeisen unter meiner Achsel hatte jedenfalls eine beruhigende Wirkung auf den Professor. Die Früchte seiner Forschung würden nicht den Teutonen in die Hände fallen. Ansonsten brauchte ich mir keine grauen Haare wachsen zu lassen. Mein Job bescherte mir eine Unterkunft in seinem Palais, Verpflegung und sogar einen vortrefflich bestückten Weinkeller.

Er bedeutete auch, sich an gewisse Arbeitszeiten zu halten. Antoine Griffart gehörte zu den Frühaufstehern. Als ich an jenem Morgen auf meine Zwiebel sah, dämmerte mir, dass etwas faul war. Zehn Uhr. Die Stille hatte mich bis in die Puppen schlafen lassen, bevor sie mich schließlich weckte. In diesen aus dem Takt geratenen Zeiten hatte sie ihre Zeiger auf das Chaos eingestellt. Es war wirklich eine seltsame Stille. Ich bemerkte die Pulle, die mir gestern Gesellschaft geleistet hatte, und machte das Fenster auf. Das Auto des Professors stand mutterseelenallein auf der verlassenen Straße wie eine Nussschale auf spiegelglatter See. Ich zog mich hurtig an und trat in den Flur. Kein Geräusch außer meinen Schritten auf dem Parkett. Man hätte fast meinen können, das Haus sei unbewohnt. Der Chauffeur und die Dienstboten hatten sich dem Massenauszug angeschlossen. Auf nach Saumur, wohin Félicie Griffart ihrem Bruder vorausgefahren war, auf das Anwesen, das als Wartesaal dienen würde, bis wieder bessere Tage kamen. In diesem Augenblick ging es in der Familienresidenz wohl etwas lebhafter zu als in Griffarts Pariser Domizil. Mit seinen Schonbezügen über den Sesseln und den weggeschafften Gemälden konnte das Palais so hochherrschaftlich sein, wie es wollte, es hatte etwas von einem Spukhaus.

Griffarts Geist jedoch schien sich nicht gestört zu fühlen, als ich die Tür zu seinem Schlafzimmer aufstieß. Trotz des milden Juniwetters war er so kalt, wie es eigentlich nur mitten im Winter möglich ist. Sein Herz würde ihm jedenfalls keine Scherereien mehr machen. Der Professor würde eine hübsche Kreidezeichnung abgeben, farblich passend zum Laken, auf dem er ruhte. Nur ein Tröpfchen Blut stach aus dem Bild hervor. Es war auf seinem linken Arm geronnen. Genau dort, wo die Nadel die Vene getroffen hatte. Die Spritze lag ordentlich in ihrer Metalldose auf dem Nachttisch. Antoine Griffart war ein Mann der Ordnung gewesen. Und er hatte Wert darauf gelegt, ein ordentlicher Toter zu sein. Sein Abschiedsbrief steckte sorgsam gefaltet in einem Kuvert, das deutlich sichtbar auf dem Schreibtisch platziert war. In exakt demselben Abstand zu Tintenfass und Löschwiege. Es fehlte nicht viel, und er hätte der Freundlichkeit halber den Weg dorthin mit Pfeilen markiert. Nicht mal ein zurückgebliebener Schutzengel konnte ihn übersehen.

II

In Anbetracht der unabwendbar kommenden Schande habe ich beschlossen, meinem Leben am heutigen 14. Juni 1940 ein Ende zu bereiten. Noch im Sterben bete ich, unser Land möge die schreckliche Prüfung, die es gegenwärtig erleidet, eines Tages hinter sich lassen.

»Hallo, Mademoiselle! Bitte trennen Sie nicht! Clermont-de-l'Oise, bitte. Ja, das Krankenhaus. Was? Da ist niemand? Hallo? Hallo!«

Mit Griffarts Brief in der einen und dem Telefon in der anderen Hand verhöhnte mich mein Ebenbild im Spiegel des Salons. So also sah ein Schutzengel aus? Wohl eine besondere Spezies. Eine, die aus allen Wolken gefallen war.

Noch bei seinem Übertritt ins Jenseits hatte der Professor seine Gewissenhaftigkeit unter Beweis gestellt und sein Adressbuch offen liegen lassen. In Saumur hatte sich niemand gemeldet. Ich versuchte es in Clermont-de-l'Oise. Griffart hatte dort Forschungsarbeiten durchgeführt. Ich rief Doktor Delettram an, Griffarts psychiatrisches Alter Ego im Krankenhaus. Glück im Unglück, das Telefon hatte die wilde Flucht überlebt. Die Postangestellten waren in der Telefonzentrale geblieben. Anweisung von oben. Das offene Paris sollte nicht von der Welt abgeschnitten werden. Die Telegrafenleitungen übermittelten noch immer Nachrichten. Und die, die mir das Fräulein vom Amt eben weitergegeben hatte, war mit Ebonit nicht aufzuwiegen. Das Krankenhaus von Clermont hatte seine Patienten per Sondertransport evakuiert. Zweitausend Verrückte auf der Eisenbahn. Das war bestimmt den Strom wert. Ein Schnellzug, vollgestopft mit Napoleons im Pyjama und sabbernden Spinnern in Zwangsjacke, dagegen konnte die Geisterbahn einpacken. Zuerst fand ich das witzig, so nach dem Motto Dick und Doof bei den Bekloppten. Als ich auflegte, kam mir der Irrenexpress weniger spaßig vor. Mit all seinem bloßliegenden Leiden, all den Stirnen, die an Fensterscheiben schlugen. Rattatam, rattatam, im Rhythmus der Räder auf den Schienen. Der durch den Rauch jagende Zug hatte nichts Komisches mehr. Aber ich hatte einen Klienten am Hals, der steifer war als ein Brett. Eine neue Seite im Goldenen Buch der Agentur Bohman. Oder was davon übrig war. Die Agentur war so leer wie alles Übrige. Octave Bohman hatte dem Feldgrau das Grün des Landlebens vorgezogen. Er hatte gespürt, dass hinter den Panzern, die den Rhein überquerten, der große Albtraum heraufzog.

»Es steht alles in *Mein Kampf,* Nestor, alles. Hitler wird tun, was er geschrieben hat.«

»Regen Sie sich nicht auf, Chef, ich schmeiß hier den Laden und geb Ihnen Bescheid, sobald sich die Lage entspannt.«

»Sie verstehen nicht. Das Grauen war geplant.«

In Sachen Durchblick hatte der gute Bohman, glaube ich, eine Metro Vorsprung. Wohl die, die seinen Cousin Samuel in Berlin erwischt hatte. In einer Kristallnacht, als junge Leute mit himmelfarbenem Blick ihn lachend unter den Triebwagen gestoßen hatten.

Die Abfahrt des Chefs hatte bei mir einen bitteren Nachgeschmack hinterlassen. Zu normalen Zeiten hätte ich auf den Tischen getanzt wie die Mäuse, sobald die Katze aus dem Haus ist. Aber die normalen Zeiten würden wir so schnell nicht wiedersehen. Ich hatte gedacht, den Laden am Laufen zu halten, wäre eine Art, nicht ganz verloren zu gehen. Vielleicht aber machte ich es auch wegen Bohmans Traurigkeit, als er die Tür hinter sich zuzog. Oder wegen Cousin Samuel.

Griffart lag auf seinem Bett und pfiff auf die Nöte meiner Seele. Die seine hatte sich auf und davon gemacht, das war gerade groß in Mode. Bald würde der Professor in das Pantheon der Weißkittel und vergessenen Helden eingehen. In Examensnächten würden abgekämpfte Studenten über seinen unverständlichen Arbeiten einnicken. Und an Sommerabenden Vorstadtverliebte eine nach ihm benannte Allee entlangschlendern, ohne sich darum zu scheren, ob er das Wunderpulver erfunden hatte oder den Draht zum Butterschneiden.

Ich überließ den Professor seinen postumen Ehren und nahm das Zimmer in Augenschein.

Ich war schon in einigen Sterbezimmern gewesen, in lausigen Bruchbuden und in Nobelgemächern. Sie alle gaben einem dasselbe Gefühl. Im Gefolge des Todes bekommen die Gegenstände einen feierlichen Ernst. Sogar die dämlichsten. Normalerweise würde niemand bei einer Lampe oder einem Zahnputzbecher stehen bleiben. Sobald aber eine Leiche auftaucht, meint man, sie besäßen Würde. Trübsinnig stehen sie da. Als spürten sie, dass sie bald in alle Himmelsrichtungen zerstreut werden und der Tote dann wirklich tot ist. Solange sie aber in seiner Nähe versammelt sind, hauchen sie ihm ein bisschen vergangenes Leben ein. Ein Dubonnet-Aschenbecher in einem Sterbezimmer, und schon ist da der Stuhl im Bistro, die Partie Belote und der Aperitif am Sonntag. Der Glimmstängel im Bett, bevor der Schlaf nach einem harten Arbeitstag die Vorhänge zuzieht, oder auch die Kippe danach, die man zu zweit zwischen zerknitterten Laken raucht. Orangenblüten unter einem Glassturz beschwören konserviertes Glück, und getrocknete Freude duftet im hintersten Winkel des Kleiderschranks mit den Lavendelsäckchen unter dem Kleid der Braut. Schön war die Hochzeit gewesen. Piekfein die Jungvermählten, stolz die Gäste auf dem Foto und zum Dessert gab's die Witze von Onkel Pierre. Die Brautjungfern erröteten darüber hinter erdbeerverschmierten Servietten.

Sind die Verblichenen erst mal kalt, kommen sie unters Messer. Man weiß, dass der kleine Dicke mit dem Brieföffner umgebracht wurde. Dass der Erhängte von halb elf noch Blutwurst verputzt hat. Ja, und? Sagt das etwas darüber aus, wer sie waren, bevor sie zu totem Fleisch wurden? Die Flics trampeln mit dicken Stiefeln darüber, und alles, was das Lebendige ausmachte, sieht plötzlich aus wie ein ramponiertes Buch. Man muss es selber erlebt haben, um es zu begreifen. Man könnte fast meinen, das Gesetz zu vertreten, verbiete es, vor irgendetwas Respekt zu zeigen.

Griffart würde Besuch von den Bullen bekommen. Vielleicht würden sie ihre genagelten Schuhe auf der Fußmatte stehen lassen, man hat ja Manieren, wenn man bei feinen Leuten verkehrt. Bis dahin aber hatte er ein wenig Mitleid verdient. Ich öffnete seine Schubladen, wie man ein Familienalbum aufschlägt. Ich fand nicht viele Erinnerungsstücke. Der Nachttisch glich einem vollständig bestückten Rauchernecessaire: das Zigarettenetui, mit reinem Gold überzogen, das dazu passende Feuerzeug, der Taschenascher mit Perlmuttdeckel und Pastillen von Lajaunie – und Ihr Atem ist frisch wie nie. Ich fragte mich, ob die kleinen Bonbons auch für den letzten Atemzug funktionierten. Meiner Nase nach zu urteilen, hatte der Professor den seinen jedenfalls nicht mit Fichtennadel aus den Vogesen beduftet.

Im Schrank warteten zwei graue Anzüge, geduldig wie vergessene Hunde, auf ihren Herrn. Gefaltete Hemden, gewichste Schuhe ... Ich verließ die Kleiderabteilung und wandte mich den Papierwaren zu. Auch hier hatte das meiste den Weg nach Saumur genommen. Dass einer seine Sachen wegschickte, bevor er sich ins Jenseits beförderte ... Wenn Griffart seine Tat geplant hatte, dann war er sehr darauf bedacht gewesen, seine Schwester hinters Licht zu führen. Der doppelte Boden der Kommode, unter dem er seine Wertpapiere versteckte, enthielt nur ein paar lose Notizen zu seinem letzten Steckenpferd: *Die segmentäre Aphasie*. Ich steckte sie ein und rief die Polente.

III

»Untauglich. Ich habe Plattfüße, Inspektor.«

»Für einen so aufgeblasenen Gockel eher ungewöhnlich.«

Bailly stand auf dem Treppenabsatz und machte sich über mich lustig. Er machte sich über alles lustig. Er hatte sich nicht verändert. Außer, was das Viertel betraf. Vor sechs Monaten hatte er die Höhen von Belleville gegen den Quai des Orfèvres eingetauscht. Ein Abstieg, der ihm einen Aufstieg in der Polizeihierarchie beschert hatte. Dieser Flic war der Widerspruch in Person.

»Sie sollten Ihre Witze schleunigst ins Deutsche übersetzen«, konterte ich und ließ ihn herein, »die lieben seichten Humor. Und in der Beziehung scheint die Polizei nicht mobilisierter zu sein als ich.«

Sein Mundwinkel verzog sich in so etwas wie einer leichten Aufwärtsbewegung, die man für alles Mögliche hätte halten können, nur nicht für ein Lächeln.

»Ist sie aber, Nestor, hier vor Ort. Krieg hin oder her, wir haben Anweisung, die Ordnung aufrechtzuerhalten.«

»Bei allem Respekt, Inspektor, da dürften Sie bald ausschauen wie die Schlange, die sich selbst in den Schwanz beißt.«

»Wohl kaum bekloppter als ein Privater mit Plattfüßen. Was ist jetzt mit der Leiche?«

»In dem Zimmer ganz hinten. Sofern sie noch nicht verwest ist. Sie haben sich ja Zeit gelassen.«

»Ach, wissen Sie, die Leichen heutzutage … Die haben auch nicht mehr denselben Reiz wie früher.«

Er kam endlich rein, einen schwitzenden Untergebenen im Schlepptau.

»Was sie nicht daran hindert, für ein voll besetztes Haus zu sorgen«, sagte ich, nachdem zwei Bullen in Pelerine, der Gerichtsmediziner und der diensthabende Fotograf über die Schwelle getreten waren. »Sind Sie sicher, dass bei euch in der guten Stube noch jemand übrig ist, um die Stellung zu halten?«

Er begleitete den Dok ins Schlafzimmer, während die Schupos die Bahre aufklappten.

»Nobel hier«, bemerkte der Dickere. »Außerdem ist die Treppe breit.«

Durch die Mitesser im Gesicht hatte er was von einer Trüffelpastete. Sein Kumpel nahm mich zum Zeugen.

»Es gibt in der Stadt Ecken, da sind die Hütten so eng, dass man Akrobaten als Möbelpacker bräuchte, um die Trage runterzubekommen.«

»Klar, bei euch packen sie eher aus als an …«

»Ah, wem sagen Sie das! He, Marcel, erzähl dem Herrn mal von dem Typen aus der Rue Maxime-Lisbonne. Auch ein Kollege von Ihrem verstorbenen Freund.«

»Ein Psychiater?«

»Nein, ein Selbstmörder. Hatte sich allerdings fürs Kunstfliegen entschieden. Er ist im vierten Stock aus dem Fenster gesprungen. Patsch! Direkt der Concierge vor die Füße. Eine Überraschung aus heiterem Himmel, kann ich Ihnen sagen. Trotz der vier Stockwerke war der Typ nicht tot. Ein Wunder, da gibt's kein anderes Wort für. Oder aber ein Mordsglück. Ermordet hätte er wohl auch gern einen – nämlich den Typen, der mit seiner Frau … Kurzum, nach zwei Monaten im Krankenhaus bringt man ihn wieder heim. Bandagiert wie eine Mumie, aber lebend. Und er weiß, was er will. Kaum ist eine Woche um, hängt er sich an seinen Verbänden auf. Als er dann runtergetragen wird, kippt die Bahre. Eine Kehre zu knapp genommen und wusch! Der Junge nimmt die vier Stockwerke im Gleitflug. Ich höre noch das Gepolter von seinem Aufprall. Aber das Beste war die Concierge. Kaum dass der Kerl runtergeknallt ist, hat man sie schreien hören: ›Geht das noch lange hier?‹«

»Versucht, den hier nicht zu werfen«, riet Bailly, der gerade aus dem Schlafzimmer kam. »Hier in der Gegend haben die Concierges einen langen Arm.«

Die beiden Flics sahen ihn an und versuchten herauszubekommen, ob das ein Witz sein sollte. Sie legten respektvoll den Zeigefinger ans Käppi und zogen ab, um Griffart zu verpacken.

»Da muss sich die Fünfte Kolonne ja auf was gefasst machen«, sagte ich.

»Auch Sie beziehungsweise die Agentur Bohman könnten einen Angestellten verlieren.«

»Moment mal! An der Geschichte hier ist nichts faul. Es war Selbstmord ...«

Der Doktor trat zu uns und putzte seine Brille. Ohne die Gläser sahen seine Augen aus wie zwei benutzte Gummiflicken.

»Besser kann man es nicht vertuschen.«

»Was soll das heißen?«

Er setzte sein Gestell auf und seine Augen nahmen wieder ihre normale Größe an.

»Dass es sich auf den ersten Blick um einen Selbstmord handelt.«

»Sind Sie denn nicht mit von der Partie? Ich dachte, die Gerichtsmediziner sind alle an der Front? Ich pfeif auf den ersten Blick, wenn es einen zweiten gibt.«

Der Arzt sah Bailly an.

»Ich frage mich, ob ich ihn nicht auch untersuchen sollte. Für einen Kerl mit platten Füßen geht ihm, wie ich finde, ziemlich schnell der Hut hoch.«

»Warten Sie, bis er das Zeitliche gesegnet hat. Bei seiner Begabung, sich in die Scheiße zu reiten, bringt er es bald so weit.«

»He, ho!«, sagte ich. »Was denn für eine Scheiße? Griffart hat sich selber umgebracht, oder etwa nicht?«

»Dok?«, fragte Bailly.

»So werde ich es in meinem Bericht schreiben. Freitod durch Selbstinjektion. Und die Autopsie wird uns sagen, womit.«

Mein Uff hatte die Größe eines Zeppelins.

»Sie haben mir vielleicht Angst gemacht ...«

Bailly zog seinen Tabak heraus und fing an, sich eine zu drehen.

»Verstehe. Seinen Schützling abkratzen zu lassen, ist schon nicht besonders glorreich, aber wenn er umgelegt wurde, während Sie geschlafen haben ... Da findet man so schnell keine neuen Klienten mehr.«

»Bald ist sowieso niemand mehr in Paris.«

»Wenn Sie sich da mal nicht täuschen, vor den Toren werden ganze Regimenter von Touristen gemeldet.«

»Ich habe kein Talent für Sprachen.«

»Das lernen Sie noch. Alle werden es lernen, Sie werden schon sehen.«

Wir unterbrachen uns, um Griffart durchzulassen, der den Flur in der Waagerechten durchquerte, mit einem Beamten vorne und einem hinten. Unter der Decke, die ihn vor Blicken schützte, zeichneten sich seine sterblichen Überreste ab wie eine Statue vor ihrer Einweihung. Auf dem Treppenabsatz angelangt, betrachteten die beiden Flics die Stufen mit bedrückten Gesichtern.

»Bist du so weit?«, fragte der Dicke, der vorne ging.

»Klaro«, antwortete der andere ohne Überzeugung.

Sie nahmen den Abstieg in Angriff, als gingen sie auf rohen Eiern. Als ich sie unten mit wehender Pelerine davonrauschen sah, sagte ich mir, dass es das Normalste von der Welt war, den Himmel zwischen zwei Schwalben zu erreichen.

Der Fotograf räumte seinen Krempel zusammen. Der Arzt verabschiedete sich. Er schüttelte Bailly lange die Hand. So, als hätten sie eben ein gutes Geschäft abgewickelt: »Der Leichnam ist in ausgezeichnetem Zustand, Sie werden zufrieden sein. – Ich werde es Ihnen bei Gelegenheit bestätigen, Inspektor.«

»Ich schicke Ihnen dann meinen Bericht«, sagte der Dok einfach.

Daraufhin warf er einen fachmännischen Blick auf meine Füße und ging kopfschüttelnd seines Weges.

Der Sommer draußen lachte Krieg und Menschen aus. Die Avenue gab sich mit ihren geschlossenen Fensterläden einen Anschein von südlichem Mittagsschlaf. Mit der Sonne, die auf dem Trottoir die Zeit vertrödelte, und der Bank, die auf ihre strohhutbewehrten Alten wartete. In der leichten Brise lag ein Duft von Lindenblüten. Einen Kanonenschuss entfernt dünstete die Erde den Gestank von verfaultem Fleisch aus, hier aber sättigten sich die großen schwarzen Fliegen, von der Hitze schwer geworden, noch nicht an Kadavern.

Bailly bewunderte die Fassade des Palais.

»Ich hätte nicht Flic, sondern Psychiater werden sollen ... Die Krankenhausverwaltung scheint bei den Behandlungshonoraren nicht zu knausern.«

»Vertun Sie sich mal nicht, Griffart hat zwar in Clermont Sprechstunde gehalten, aber seine eigentliche Arbeit war seine Praxis. Die gut betuchten Irren haben seine Forschung finanziert.«

»Wissen Sie, ob man noch jemanden benachrichtigen muss, abgesehen von der Schwester und Delettram?«

»Nein. Für eine Koryphäe ist er nicht viel unter Leute gegangen. Na ja, seine Bekannten sind wie alle anderen auch. Haben wahrscheinlich eher daran gedacht, ihre Koffer zu packen, als lockere Partys zu schmeißen ... Apropos Koffer, was ist mit diesem Zug der Irren? Clermont wurde evakuiert?«

»Zum Teil. In der Ecke hat's geknallt. Als die nicht mobilisierten Ärzte die Scharen von Flüchtlingen gesehen haben, die mit den Panzern im Nacken angerückt sind, haben sie mit dem Evakuieren angefangen. Was hätten sie sonst auch tun können? Ohne Wasser, ohne Strom ... In der Zwischenzeit haben die Deutschen Clermont eingenommen. Seit einer Woche halten sie das Krankenhaus besetzt.«

»Und die Verrückten?«

»Diejenigen, die keine Zeit mehr hatten wegzugehen, sind mit dem dagebliebenen Teil der Belegschaft noch immer im Krankenhaus. Die anderen sind Gott weiß wo verstreut.«

Ich konnte sie mir lebhaft vorstellen. Zitternd vor Angst in einem bombardierten Bahnhof, ohne etwas von diesem Wahn zu verstehen, der schlimmer war als ihr eigener. Abgesetzt am Eingang irgendeines Kaffs, das dichtmachte wie eine Auster. »Wir haben nichts mehr, haut ab!« Entflohene, die die Freiheit nicht verstanden. Und die Pfleger, die nicht abgehauen waren und nun über eine hilflose Herde wachten. Ein Trupp verstörter armer Teufel, die Füße zerschunden von den Steinen auf dem Weg.

Wir standen da, ohne zu wissen, was wir uns in der zurückgekehrten Stille noch sagen sollten. Ein Paris ohne Geräusche macht trübsinnig. Wie ein großes Tier, das verstummt ist. Ein Pferd, das nicht mehr wiehern dürfte, wäre nicht mitleiderregender.

»Also dann, bis zur nächsten Leiche«, sagte er und reichte mir die Hand.

»Ich werde mir Mühe geben, Ihnen keine Zeit zu stehlen«, antwortete ich, indem ich sie schüttelte.

Er wollte eben in seine Karre steigen, drehte sich aber noch mal um, als hätte er etwas vergessen.

»Natürlich verlassen Sie Paris nicht, bevor der Fall abgeschlossen ist.«

Paris nicht verlassen, das war lustig, wo drei Viertel der Stadt abgehauen waren. Ich suchte nach einer flapsigen Antwort, aber Bailly hatte seine Schlangenmiene aufgesetzt. Die für die Verhöre, hinter der er seine Fragen ausbrütete wie die gestiefelte Unschuld vom Lande. Eine Klapperschlange war offenherziger.

»Welcher Fall?«, fragte ich. »Griffart hat sich umgebracht, haben Sie den Gerichtsarzt nicht gehört?«

»Sein Bericht wird das sicher bestätigen. In der Zwischenzeit kennen Sie das Spiel, Sie halten sich für die Polizei zur Verfügung.«

»Verflixt, und ich hatte gedacht, Ihre Zeit sei kostbar ... Dabei bleibt Ihnen noch genug zum Verplempern. Haben Sie nicht alle Hände voll zu tun, die Kommunisten zu überwachen?«

Ich hatte das so dahingesagt, ohne böse Absicht. Leere Worte. Seit Stalin sich so blendend mit Hitler verstand, waren die Kommunisten ins Visier der Polizei geraten. Das waren sie zwar gewöhnt, aber jetzt wurde es ernst. Die Partei war verboten. Und da war ihr nichts Besseres eingefallen, als dem deutsch-sowjetischen Pakt zu applaudieren. Und gleich darauf dem Einmarsch der UdSSR in Polen. Wenn die Chefs der Arbeiterheimat zusammen mit den Führern Nazideutschlands Champagnerflaschen aufsäbelten, war es kein Wunder, dass so mancher mit seinem Kyrillisch am Ende war. Aber nein, im Zentralkomitee fand man das *très chic*. Und mit einem Male waren auch Frankreich und England die Kriegstreiber, so was Niederträchtiges aber auch. Sie waren um nichts besser als das Reich. Bürgerliche Regierungen, ein Haufen Imperialisten. Das war's, der Krieg war imperialistisch. Also schrie man den Krieg nieder. Man sollte meinen, dass es mit dem Glauben wie mit dem Fahrradfahren ist, das vergisst man nicht. Trotzdem, alles in allem sah das Ganze nach Unordnung aus. Und die Polizei war dazu da, der Unordnung vorzubeugen …

Aber Bailly war ein besonderer Flic.

»Sollen die Roten doch in ihren Tipis bleiben. Ich bevorzuge die Selbstmörder. Das ist lustiger als Denunziantenbriefe.«

»Was für Briefe?«

»Die Schriebe, die jeden Morgen bei uns eingehen: ›Mein Nachbar redet defätistisches Zeug‹, ›Der Tabakverkäufer aus der Rue Popincourt liest heimlich *L'Humanité*‹, ›Mein Installateur hat behauptet, der Siphon von meinem Bidet sei so haltbar wie sowjetischer Stahl‹ … Was da fleißig gekrickelt und gekrakelt wird! Sie sind doch ein ganz Schlauer, Sie werden sehen, das ist erst der Anfang. Da kommt noch gehörig was nach. Früher oder später flattert mir vielleicht ein Wisch über Sie und Ihre Plattfüße rein.«

Es schien ihm ernst damit zu sein. Ich ließ das Gewitter vorüberziehen.

»Machen Sie sich keinen Kopf, Inspektor, ich rühre mich nicht aus Paris weg. Was soll ich auch woanders?«

Er stieg in sein Auto, und ich sah, wie er auf der verlassenen Avenue davonfuhr.

IV

Ich machte mich auf den Weg zur Agentur. Während ich also wieder nach Belleville hochmarschierte, hakte sich eine Idee bei mir unter. Eine, die ich nicht mochte. Es gibt so welche. Sie raunte mir zu, dass Baillys Hartnäckigkeit nicht normal war. Als hätte ihn ein Detail stutzig gemacht. Ein Detail, das ich übersehen hatte. Der Schutzengel mit den Plattfüßen konnte es ja ebenso gut auch an den Augen haben.

Eine Katze bummelte übers Trottoir. Sie war allein. Auf den Straßen gab es rein gar nichts. Kein Auto, keinen Fußgänger. Nichts und niemanden. Eine tote Stadt. Heruntergelassene Rollläden vor den Geschäften, Vorhängeschlösser an den Eisengittern, zugeklappte Faltläden ... Diejenigen, die nicht abgehauen waren, hockten hinter ihren verrammelten Fenstern und vermieden es, auch nur die Nasenspitze zu zeigen. Die Schlauberger aber, die auf die deutschen Feldwebel warteten wie andere auf den Frühling, zählten die Stunden.

Bei den Buttes-Chaumont zerriss ein Taubenschwarm mit lautem Flügelschlag die Luft. Einen Augenblick kreisten die Vögel im hellen Himmel, dann landeten sie mitten auf der Fahrbahn. Die Pferde hatten dort auf ihrem Weg eine dampfende Markierung hinterlassen. Die Tauben begutachteten die Pferdeäpfel mit Kennerblick und fingen an, darin herumzupicken und sich die besten Stücke streitig zu machen. Ich dachte an die Raben auf den Massengräbern und ging einen Schritt schneller.

An der Metrostation Bolivar sah ich ihn. Wie er da auf seiner Bank beim geschlossenen Zeitungskiosk saß, hätte man ihn beinahe für eine Versteinerung halten können. Als ich vorbeiging, lüpfte er seinen Hut.

»Monsieur«, sagte er ein wenig steif wie die alten Männer in den Straßencafés, die vage bekannte Gestalten grüßen.

Ich tippte an meinen Hut, um seine Höflichkeit zu erwidern. Na ja, so was macht man halt. Dann sah ich sein Gesicht. Von schmierigem Ruß geschwärzt, mit einer ausgesparten weißen Stelle um die Augen, als hätte er eine Maske auf. Vor ein paar Tagen hatten einige von uns die gleiche getragen. Als die brennenden Benzinlager in Rouen es schmutzigen Schnee auf Paris regnen ließen. Wir hatten die Wolke jenseits der Vorstädte beobachtet. Das mit verbranntem Kautschuk vermischte Erdöl war, vom Wind weitergetragen, in dreckigen Flocken niedergegangen. Eine Stunde später war das Viertel von Bergarbeitern bevölkert. Von der Tippse übers Milchmädchen bis zum Gasmann. Überall schwarze Gesichter, denen das Augenreiben eine helle Karnevalsbinde verpasst hatte. Man kam sich fast vor wie beim Maskenball, mit dem Feuerwerk draußen bei den Fabriken. Aber so ein freudloses Fest zerriss einem das Herz.

Der Typ auf der Bank hatte sich offenbar seither nicht gewaschen. Als ich genauer hinsah, erkannte ich den alten Herrn, den ich vor dem Krieg immer gesehen hatte, wenn er, wie aus dem Ei gepellt, an den Buttes spazieren ging. Mit dem Eierpellen war's jetzt Essig. Von seinem geschniegelten Anzug war nicht mehr als eine zerknitterte Erinnerung übrig.

»Hören Sie sie kommen?«, fragte er mich.

»Wen?«, fragte ich etwas blöde.

»Die Deutschen, Monsieur, die Deutschen.«

»Sie können sie ... hören?«

»Scht! Horchen Sie!«

Um uns herum war nur das Rauschen des Windes, der durch die Bäume blies.

»Und jetzt, hören Sie sie jetzt?«, beharrte er. »Sie werden bald da sein, es ist nur noch eine Frage von Stunden. Wir werden nicht viele sein, um sie zu begrüßen.«

»Sie zu begrüßen?«

»Sie sind die Sieger und Siegern hat man die Ehre zu erweisen, nicht wahr? Ich erwarte sie.«

Ich sagte nichts. Der alte Herr starrte mich durch seine Rußmaske hindurch an.

»Allein in der Erniedrigung liegt das Heil.«

Er setzte seinen Hut wieder auf und ich begriff, dass ich durchsichtig geworden war.

Als ich bei der Agentur ankam, klingelte das Telefon.

»Hallo ...«

»Ich bin's, Yvette.«

»Yvette?«

»Nestor, sind Sie am Apparat?«

»Ja, sicher, Nestor, Agentur Bohman, das ist da, wo Sie arbeiten ... Sie haben mich doch angerufen, oder nicht?«

»Kein Zweifel, Sie sind es. Aber Ihre Stimme klingt so seltsam. Alles in Ordnung?«

»Ich bin gerade einem lebenden Toten begegnet.«

»Hä?«

»Egal. Wo sind Sie?«

»In Chartres. Ich hab gestern versucht, Sie zu erreichen, aber die Leitungen waren unterbrochen ... Es ist furchtbar.«

»Na ja, so schlimm ist das nun auch wieder nicht.«

»Wie bitte?«

»Das kommt wieder in Ordnung, man kann es ja hören.«

»Wovon reden Sie eigentlich?«

»Von den unterbrochenen Leitungen ...«

»Sind Sie sicher, dass alles in Ordnung ist, Nestor?«

»Es ginge mir besser, wenn Sie da wären.«

»Wie überaus freundlich. Also, ich muss mich kurzfassen, die Telefonzelle wird bald gestürmt. Ich meinte nicht die Telefonleitungen, sondern den ganzen Rest.«

»Den Rest?«

»Es ist Krieg, Nes, erinnern Sie sich? Seit vier Tagen marschieren wir hier in einer unbeschreiblichen Menschenmenge im Gleichschritt. All die armen Leute mit ihren Habseligkeiten. Der Flugzeugbeschuss, die Toten, die fliehenden Soldaten, die verloren gegangenen Kinder ... Ja, Madame, ich fasse mich kurz, eine Sekunde noch und Sie sind dran ... Nes, Sie müssen kommen.«

»Hä?«

»Es ist hier was Seltsames passiert. Wir haben heute Nacht im Bahnhof geschlafen. Gegen ein Uhr ist ein Zug angekommen. Als ich aufwachte, tauchte er aus dem Dampf auf. Ich habe es deutlich gesehen, wie in einem Traum fuhr er am Bahnsteig ein. Und dann, nichts mehr.«

»Wie, nichts mehr?«

»Der Zug stand mit der fauchenden Lok einfach da. Der Mechaniker hat durch seinen Wagenschlag die Waggons beobachtet, so als warte er darauf, dass die Reisenden aussteigen. Aber niemand ist ausgestiegen ... Ich bin gleich fertig, Madame. Ja, ich weiß, es gibt nur drei Kabinen für alle ... Nes, sind Sie noch dran?«

»Ja, ja, und was war jetzt mit Ihrem Zug?«

»Man hätte meinen können, er wäre leer. Haben Sie momentan viele leere Züge gesehen? Also, der Mechaniker bläst in seine Pfeife. Nichts. Der Heizer steigt ab. Der Bahnhofschef geht mit seiner Laterne in der Hand zu ihm, und sie machen die erste Waggontür auf. Sie scheinen mit jemandem drinnen zu reden, dann geht der Heizer. Plötzlich sieht man einen Mann aussteigen, das Gesicht von Zuckungen verzerrt. Dann einen zweiten und Frauen, zuletzt eine ganze Gruppe. Sie wirkten völlig verängstigt. Wir haben ihnen gegeben, was wir dahatten, Wasser und Brot. Na, und einen Hunger hatten die, vor allem aber Angst. Unter ihnen war ein großer Kerl, so die Art Jahrmarktringer. Er hat sich das Brot sofort in die Manteltasche geschoben. ›Wollen Sie nicht essen?‹, frage ich ihn. Aber er bleibt stumm, als spräche er kein Französisch. Ich zeige auf seine Tasche. ›Keinen Hunger?‹, frage ich und mache die entsprechende Geste. Daraufhin sieht er mich mit solchen Augen an ... zum Gotterbarmen. Er gibt mir das Brot zurück. Er dachte, dass ich ihn beschuldige, er hätte es gestohlen. In dem Moment ist ihm der Zettel aus der Jacke gefallen ... Madame, seien Sie doch so gut, ich lege ja schon auf. Nestor, Sie müssen kommen.«

»Kommen? Hallo, hallo, bitte trennen Sie nicht ...«

»Ich muss auflegen, Nes. Kommen Sie. Auf dem Zettel steht Ihr Name ...«

»Mein Name? Hallo, warten Sie, woher kam der Zug?«

»Aus der Oise.«

»Ich höre nichts, hallo! Woher kam der Zug?«

»Aus Clermont ...«

»Hallo! Hallo!«

V

»Guter Mann, es gibt doch jetzt keine Züge mehr! Den nach Chartres nicht und auch sonst keinen. Der letzte ist gestern abgefahren. Ich kann Ihnen nicht mal sagen, bis wohin er es geschafft hat.«

Der Bahnhof sah aus wie ein aufgelaufenes Schiff. Der Mann, unrasiert und die Mütze schief auf dem Kopf, saugte an einer eingespeichelten gelben Kippe. Hin und wieder löste er sie von seinen Lippen und sah sie an. Überrascht, dass sie sich nicht in einen Schwamm verwandelt hatte.

»Wann der Betrieb wieder aufgenommen wird, kann ich Ihnen auch nicht sagen.«

Über seinem Kopf prangte wie ein schlechter Witz das Schild *Auskunft*.

»Ich weiß, ich weiß«, seufzte er. »Das sieht komisch aus. Na ja, komisch ist nicht das richtige Wort ... Wenn ich Ihnen erzählen würde, was ich gesehen habe.«

»Also ...«

»Keine Sorge, ich hab keine Lust dazu. Die habe ich nur noch auf eines: schlafen. Ich hab drei Tage am Stück bei der Abfahrt ausgeholfen. Nicht mal die Deutschen könnten mich jetzt daran hindern, schlafen zu gehen.«

Seine Kippe taugte nicht mehr viel. Er warf sie weg, in seinen Augen lag Bedauern. Auch Müdigkeit und ein Haufen anderer Sachen, die ich mir vorstellen konnte.

»Ich fürchte, die haben Wichtigeres zu tun«, sagte ich.

Er gähnte. Ein Drei-Tage-ohne-Schlaf-Gähnen. Sein Kiefer musste bombenfest sitzen. Die Klappe weiter aufzubekommen, wäre nur noch dem Nilpferd aus dem Zoo von Vincennes gelungen. Man sah seine Backen- und Weisheitszähne und sogar seine Mandeln. Um noch tiefer reinzuschauen, reichte das Licht nicht.

Ich sah ihn davonschlurfen. Als er unter dem Glasdach durchging, fiel Tageslicht auf ihn. Er machte eine Handbewegung, um es zu vertreiben.

Ich zündete meine Pfeife an und machte mich auf zum Ausgang. Ein einsamer Bettler suchte in dem auf dem Boden herumliegenden Zeug sein Glück. Im Wartesaal las er einen Frauenschuh auf, und sein Gesicht erhellte sich, als hätte er einen Stern vom Himmel gepflückt.

Mein guter Stern wartete in der Rue de Rome auf mich. Ein herrenloses Fahrrad. Für mich allein. Ein hübscher, noch ganz passabler Drahtesel, der neben einem Toreingang für mich bereitstand. Als ich mich daraufschwang, rechnete ich mir aus, dass ich es zur Vesper bis nach Chartres schaffen konnte, wenn ich ordentlich in die Pedale trat. Ich war noch keine zehn Meter gekommen, als sich ein Kauz in Briefträgertracht an mein Rücklicht heftete.

»Haltet den Dieb!«, brüllte er, als ob das noch irgendjemanden interessierte.

Ich ließ meine Wadenmuskeln spielen, und einen Moment lang flogen wir nur so hintereinander her. Ich, über meinen Lenker gebeugt, vorneweg, er wie ein Marathonläufer hinterdrein. Ich hörte, wie ihm die Puste ausging. Er fiel zurück. Noch einmal schrie er:

»Dieb!«

Dann blieb er stehen. Als ich mich umdrehte, stand er gebückt an einem Laternenpfahl und rang nach Atem. Seine Tasche lag neben ihm.

»Mein Fahrrad …«, jammerte er niedergeschlagen.

Es tat mir leid, dass es ausgerechnet ihn traf.

»Ich lasse es in Chartres«, rief ich. »Um schlechte Nachrichten auszutragen, kannst du genauso gut zu Fuß gehen.«

»Sie verlassen Paris nicht«, hatte Bailly gesagt. Um fünf Uhr nahm ich das Departement Seine-et-Oise im Wiegetritt. Nicht gerade ein einzelgängerischer Ausreißversuch. Das Peloton der großen Flucht war weit voraus, aber es gab noch die Nachzügler. Sie erstreckten sich über Kilometer, unterbrochen von liegen gebliebenen Autos und kaputten Wagen. Ich zog an denen vorbei, die vom Glück ganz verlassen waren und sich selbst vor den Karren gespannt hatten, nachdem ihnen unterwegs das Pferd weggestorben war. Und an den Hilflosen: »Haben Sie nicht meinen Mann gesehen? Er sollte nach Mantes nachkommen.« Und an den Ältesten, die sich fragten, wer von ihnen als Erster abkratzen würde. Sie hatten die Ulanen 1870 und den Letzten Krieg 1914 miterlebt. Sie sprachen von den Preußen, und alles geriet durcheinander. Ab und an lag eine Leiche im Straßengraben. Eine Frau, die hineingesprungen war, in der Hoffnung, den Sturzbombern zu entkommen. Oder ein Sterbender, dessen Weg zu Ende war.

Ich fand meine Radtour unerquicklich. Das hatte nichts

mehr mit den Tandems von '36, den lustigen Ausflügen und den Liedern unterm nächtlichen Sternenhimmel gemein.

Gegen Abend kamen die Krämpfe. Ich stieg ab und stopfte meine Pfeife, um meine Lunge zu entspannen. Es muss der Tabakgeruch gewesen sein, der ihn anlockte. Streunenden Hunden fehlen die Menschen so sehr, dass sie ihm nicht widerstehen können. Er war ein Schäferhund. Ausgemergelt. Er näherte sich mit misstrauisch gerundetem Buckel und angelegten Ohren. Um sich Mut zu machen, fletschte er die Zähne. Aber er konnte nicht anders, er musste kommen. Als er ganz nah war, holte ich den Rest Apfel heraus, den ich noch in der Tasche hatte. Ein schöner rotbackiger Apfel, am Straßenrand aufgelesen. Ich hatte eine Hälfte für später, wenn ich gar nicht mehr konnte, aufgehoben. Gefressen hat ihn der Köter. Ich legte den Apfel vorsichtig auf die Fahrbahn und trat zurück. Der Hund knurrte mit hochgezogenen Lefzen und stürzte sich darauf, als hätte er seit Tagen nicht mehr gefressen. Ich dachte an die Leichen in den Straßengräben und sagte mir, dass er ein anständiger Kerl war. Daraufhin schwang ich mich wieder auf den Sattel. Zwanzig Kilometer später lief er immer noch hinter mir her.

Als Chartres in Sichtweite kam, hatte es schon vor einer Ewigkeit zur Vesper geläutet. Sie war von der Totenglocke abgelöst worden. Ich hatte nicht die Muße, ihr lange zu lauschen. Der Lärm der im Sturzflug heranbrausenden Flugzeuge warf mich zu Boden. Ich presste mich auf die Erde und schützte den Kopf mit den Armen. Ich spürte, wie sie vorüberflogen. In der hereingebrochenen Finsternis sah ich nicht die Hand vor Augen, aber ich zählte vier Flieger. Wie viele Bomben, keine Ahnung. Ihr Pfeifen brachte mein Trommelfell fast zum Platzen. Noch bevor ich die Detonationen hörte, wusste ich, dass sie eingeschlagen hatten. Die Schockwelle setzte sich unterhalb der Straße fort. Und der rote Schein des Feuers steckte den Himmel in Brand. Im Weiß der Blitze, die die Nacht zerrissen, zeichnete sich die Silhouette des Hundes ab. Er suchte heulend das Weite. Ich schloss die Augen. Die Flugzeuge kehrten zum zweiten Angriff zurück.

Im Morgengrauen erreichte ich Chartres. Die Stadt war mittlerweile ein einziges Menschengewühl. Eine Weltuntergangsmelange. Die Bewohner waren geflohen, vertrieben von der Masse an Flüchtlingen, die aus Belgien, dem Norden und jetzt auch Paris kamen. Zusammengepfercht warteten sie darauf weiterzuziehen. Und überall Rauch und Asche.

Ich bahnte mir einen Weg zum Bahnhof. Ein großer Typ kämpfte sich gegen den Strom durch.

»Es brennt! Die Feuerwehr! Wo ist die Feuerwehr?«

»Abgehauen!«

»Dann holt die Gendarmen zum Pumpen!«

»Die haben sich verdrückt.«

»Wer hat den Befehl dazu gegeben?«

»...«

»Gütiger Himmel! Dann lenkt wenigstens die Flüchtlinge um, die behindern die Truppen beim Manövrieren.«

»Welche Truppen denn, Herr Präfekt? Außer den Kolonialtruppen sind keine mehr da.«

»Seht einfach zu, dass ihr klarkommt. Und beschlagnahmt das Mehl, damit Brot gebacken wird und die Leute zu essen bekommen. Versammlung in zwei Stunden im Rathaus.«

Der große Typ drehte sich um und stieß gegen mich. Sein Gesicht war abgespannt nach dem tagelangen Einsatz. Reflexartig entschuldigte er sich und machte einen Schritt zur Seite. Ich tat dasselbe. Wir standen uns immer noch gegenüber. Dieses Theater wiederholten wir zweimal, ohne Erfolg. Wir sahen aus wie zwei Eintänzer auf einem Minenfeld.

»Wenn das ein Walzer werden soll, suchen Sie nicht nach dem Orchester«, sagte ich, »das hat sich verdünnisiert.«

Er runzelte die Stirn. Und lächelte blass. Aber nicht lange. Von der Schwelle der ramponierten Metzgerei aus schrie sich ein Mann mit struppigem Haar heiser.

»Da drin ist alles voll mit Fleisch, und die wollen uns Brot andrehen.«

Eine ausgehungerte Meute kam mit glänzenden Augen angelaufen.

»Fleisch?«, brüllte ein rotweinfarbener Hitzkopf. »Solche Schweinehunde! Schlimmer als die Scheißdeutschen!«

»Wenn die bloß schon da wären«, kicherte der Erste, »die Scheißdeutschen! Schnauze voll von diesen Profitmachern!«

Der Präfekt wurde bleich.

»Rührt das Fleisch nicht an! Das ist voll mit Würmern. Die Kühlgeräte funktionieren nicht mehr, der Strom ist seit Tagen abgestellt.«

Der Struppige spuckte aus und nahm die Menge zu Zeugen.

»Da, schaut ihn euch an! Er will sich das Fleisch selber unter den Nagel reißen.«

Ein stämmiger Kerl in Hosenträgern hob einen Stein auf. Die langsame Geste des Werfers, der seinen Griff sichert.

»Da braut sich was zusammen«, raunte ich.

Zwei Senegalschützen trotteten herbei. Sie ließen ihr Gewehr vom Riemen gleiten und flankierten den Präfekten.

»Unser schönes Frankreich!«, grölte der Anführer. »Jetzt schicken sie schon die Neger, um uns abzuknallen.«

Der feindliche Kreis schloss sich enger um uns. Es roch nach tagelanger Übermüdung und nach Hass, der mit jeder neuen Blase an den Füßen stärker wurde. Erbitterter vor jeder geschlossenen Tür. Schärfer nach jedem MG-Beschuss. Klebrig von wiedergekäuten Erinnerungen, die hochkamen wie Kotze. Die ganze Galle musste endlich raus. Für ihr Unglück musste doch jemand verantwortlich sein! Wie benommen standen sie in den Trümmern, und gleich würden sie uns unter Rufen nach Gerechtigkeit das Fell abziehen. Mit dem verdorbenen Fleisch als Standarte. Es war hässlich. Die Wut ist hässlich, wenn sie außer Kontrolle gerät. Wenn eine Menge rot sieht, kann dabei ebenso leicht ein Lynchmord herauskommen wie der Sturm auf die Bastille.

Der Präfekt tat einen Schritt nach vorn.

»Ich verstehe eure Wut«, sagte er mit fester Stimme. »Aber ihr habt kein Recht, diejenigen verantwortlich zu machen, die geblieben sind, um euch zu helfen. In diesem Augenblick, da der Angreifer näher rückt, appelliere ich an eure Würde.«

Sie schienen verblüfft. Das alles war etwas viel für ihre müden Köpfe. Der Schreihals spürte ihre Unschlüssigkeit.

»Schwätzer!«, stieß er hervor.

Er hatte etwas von einem Gaukler, der seinen Text vergessen hat. Der stämmige Kerl mit dem Stein hob hinter ihm den Arm. Mit einem Satz rammte ich ihm meinen Kopf in den Wanst. Ihm blieb die Puste weg, und er rang nach Luft, fand aber nichts als Leere. Ihm blieb die Klappe offen stehen. Mit einer Kopfnuss half ich, sie zu schließen. Die beiden Senegalesen legten die Schießprügel an.

»Der Zwischenfall ist erledigt«, beschied der Präfekt, »bitte gehen Sie weiter! Vor der Bäckerei wird eine Ladung Brot verteilt werden.«

Mit einem Schlag war ihr Groll verflogen. Der Kreis löste sich schweigend auf. Der Rädelsführer sah zu, wie sie weggingen, verdrossen wie ein General, der von seiner Truppe im Stich gelassen wird. Dann zuckte er mit den Schultern und trat von der Bühne ab.

Der Präfekt streckte mir die Hand hin.

»Danke.«

»Der Krieg hat wirklich alles auf den Kopf gestellt. Jetzt stehe ich doch tatsächlich auf der Seite von Recht und Ordnung.«

Er sah mich verwundert an.

»Und der Ehre …«, begann er.

»Heben Sie sich dieses Zeug für die Reden in der Präfektur auf.«

Dieses Mal lächelte er.

»Ich fürchte, die Präfektur braucht etwas anderes als Reden. Nun ja, vielleicht sehen wir uns einmal wieder, Monsieur … Monsieur?«

»Meine Freunde nennen mich Nestor.«

Wir schüttelten uns noch einmal die Hand. Für auf den Weg.

»Also gut, Nestor. Meine nennen mich Jean. Jean Moulin«, sagte er.

Und er verschwand in der Menge.

VI

»Nestor! Ich dachte schon, ich würde Sie nie mehr wiedersehen.«

Nicht mal auf einem Betstuhl hatte Yvette etwas von einem Heiligenbildchen. In der Kathedrale war sie unmöglich zu übersehen. Sie passte hierher wie ein Schifferklavier in den Chor der Engel. Beinahe hätte ich sie auf die Schippe genommen, um an was anderes zu denken als an das ganze aufgehäufte Unglück. Aber da wurde sie von dem Licht, das durch ein Kirchenfenster hereinfiel, beschienen. Ich sah den Staub auf ihren Wangen, ihre zerzausten Haare und die Laufmaschen in ihren Strümpfen.

»Alles in Ordnung?«, fragte ich, als sie sich in meine Arme fallen ließ.

Sie schniefte, und die Handbewegung, mit der sie sich das Gesicht wieder zurechtmachen wollte, ruinierte ihr Make-up endgültig.

»Gott sei Dank, dass Sie gekommen sind«, sagte sie, als hätte sie schon nicht mehr daran geglaubt. »Haben Sie meine Nachricht am Bahnhof gefunden?«

»Hat etwas länger gedauert, da war ja nicht nur Ihre. Ist schon eine Weile her, dass jemand meinen Namen auf eine Mauer geschrieben hat.«

Auf den Mauern war nicht mehr die kleinste freie Fläche. Sie waren voll mit Kritzeleien und angepinnten Schmierzetteln wie ins Meer geworfene Flaschenpost: »Papa, wir haben Oma verloren. Sind an der Place de la Paix.« »Robert sucht Juliette. Warte jede Stunde an der großen Uhr.« »Wir gehen weiter nach Le Mans. Trffp. bei Raymond?« Auf gut Glück angeheftete letzte Hoffnungsschimmer, die den Ruinen eine bizarre Tapete verpassten. Man musste sich durchboxen, um heranzukommen. Je wüster das Gerangel, desto näher steht jeder sich selbst. Platz da für die, die sich selber helfen! Auf dass der Geschicktere gewinne. Schön und gut, dass die Alten und Schwachen es überhaupt bis hierher geschafft hatten. Jeder muss sehen, wie er zurande kommt. Nett war es, das große hysterische Geschubse. Es verhieß eine heitere Fortsetzung.

In dem Durcheinander war Yvette nicht die Einzige gewesen, die sich in der Kathedrale verabredet hatte. Seit die Grenze gefallen war, herrschte in den Kirchen Hochbetrieb. Nicht nur in den Käffern, wo man ständig den Weihwasserwedel schwang, um das Unglück abzuwenden. Auch in den Lichterstädten stimmte man in den Choral ein. Dort, wo niemand auf die Idee gekommen wäre, eine Eule an seine Tür zu nageln. Ein Kirchturm war ein Leuchtfeuer im Sturm. Und noch das kleinste Kirchenschiff ein Rettungsring. Man hängte Votivbildchen auf und legte Gelübde und Versprechen an den lieben Gott ab. Er würde es nicht mit Undankbaren zu tun haben, wenn Er nur unsere Soldaten verschonte, unsere Häuser rettete, die Scheißdeutschen rauswarf. Vorbei der Schlendrian, das lustige Leben in den bestreikten Fabriken, die Bacchanalien des Front populaire. Bestimmt war das jetzt die Strafe dafür, dass man sich im Laster gesuhlt hatte. Man akzeptierte die große Reue im Voraus. Um das zu beweisen, zündete man kiloweise Kerzen an und wetzte sich beim Niederknien die Schienbeine ab. Und bloß mit den Heiligen nicht gegeizt! Peter, Paul, Jakobus, Antonius mit Schwein und Rochus mit Pestbeule. Alle kamen zum Einsatz. Bis hin zu den völlig Unbekannten, den Vergessenen, den schwachen Wunderwirkern, den mit Verspätung Kanonisierten. Sogar Rita, die Schutzpatronin der Huren, kam in ihrer Kapelle am Boulevard de Clichy zu ihrem Recht. Aber auch für sie alle wurde es wahrscheinlich zappenduster.

Yvette schniefte noch einmal. Im Reich Gottes zog es durch alle Ritzen. Ringsum ächzte es schlimmer als im Armenhaus. Das Wehklagen der Verwundeten, die man mangels Betten hier zwischengelagert hatte. Das Weinen der Kinder, die keine Milch bekamen. Die Wiegenlieder der Mütter, »Schläft der Spatz bald ein, fliegt die Milch ins Schnäbelein«, »Schlummer du, mein Kindelein«, »Das Jesuskind zur Schule ging« ... Und das Husten. Ein echtes Sanatorium. Das hohle Bellen tief aus der Lunge, das widerwärtig verschleimte Räuspern derer, die sich nicht getrauten, im Hause des Herrn auszuspucken, und das trockene Hüsteln, regelmäßig wie ein Ticktack, das einem den letzten Nerv raubte.

Ein Typ stand über einen Opferstock gebeugt da und murmelte Gebete. Yvette schnäuzte sich lautstark in etwas, das zur Hand war. Das Echo hallte mit Harmoniumklang nach. Der Typ schreckte hoch und ein Kind plärrte lauter.

»Ich konnte ihn nicht zurückhalten«, sagte sie betrübt.

»Das ist doch ganz natürlich.«

Mit erstaunten Eulenaugen sah sie mich durch ihre Brille an.

»Was hat die Natur denn damit zu tun?«

»Sich die Nase zu schnauben, ist vielleicht nicht gerade elegant, aber das Natürlichste …«

»Nes, haben die Bombardierungen Ihnen das Gehirn durchgeschüttelt? Ich rede von dem Mann aus dem Zug. Ihn konnte ich nicht zurückhalten. Er ist mit den anderen weitergefahren.«

Sie kramte in ihren Taschen.

»Aber das hier habe ich behalten.«

Ich nahm den Zettel, den sie mir hinhielt. Ein zerrissenes Stück Papier. Kariert wie aus einem Schulheft. Ich hatte noch nie eine solche Schrift gesehen. Ohne Schwünge, ganz eckig und mit gekratzten Strichen. Sie ähnelte den Ausschlägen eines Seismografen. Ich trat zu einer Kerze, um sie zu entziffern: »Mein guter Nes, falls dich diese Nachricht erreicht, hol mich hier raus, ich flehe dich an. Ich bin lebendig begraben. Ich kann niemandem die Schuld geben außer mir selbst, ich habe die Rolle zu gut gespielt …« Der Rest musste irgendwo in einer Biegung des Weges vermodern. Auf der Rückseite standen mein Name und der der Agentur Bohman.

»Hat er Ihnen nichts gesagt?«

»Wer?«

»Der Typ, der das hier in der Tasche hatte.«

»Nein, kein Wort.«

»Wie war er?«

»Groß, Figur wie ein alternder Ringer. Er dürfte bessere Tage gekannt haben. Ziemlich mitgenommen, schwarze

Haare ... Ach ja! Seine Hände waren außen behaart. Sie wissen schon, wie diese Typen, die überall Haare haben.«

»Sie scheinen sich darin ja auszukennen.«

Sie zuckte die Achseln. Ich konnte mir noch so das Hirn zermartern und in meinen Erinnerungen kramen, ihren großen Behaarten konnte ich nicht einordnen. Einen schweigsamen Ringer hatte ich früher einmal gekannt. Einen Augenblick lang war mir das auch durch den Kopf gegangen. Aber mein Kumpel Lebœuf, der Herkules vom Jahrmarkt, mein Bruderherz unter der schwarzen Fahne, war vor einem Jahr in Madrid gefallen, niedergestreckt von Francos Kugeln.

»Sind Sie sicher, dass der Zug aus Clermont kam? Clermont-de-l'Oise?«

»Na, aus Clermont-Ferrand wohl kaum.«

Ich brachte sie auf den aktuellen Stand der Dinge.

»Griffart ist tot?«, fragte sie ungläubig.

»Machen Sie kein Drama draus. Er ist nicht der Einzige. Die Straßen sind voll von Leichen.«

»Schon, aber mit deren Schutz waren Sie nicht beauftragt.«

»Ich hätte es nicht schlimmer gemacht als die, deren Job es war, die Flüchtenden zu schützen. Und Sie waren bei Ihrem Stummen auch nicht gerade erfolgreich. Während ich mich für die Tour Paris–Chartres abstrample, lassen Sie ihn laufen.«

»La Charité ...«

»Was hat denn die Barmherzigkeit damit zu tun?«

»La Charité-sur-Loire. Laut einem Pfleger, der sie begleitet hat, sind sie dahin gebracht worden.«

Per Fahrrad war das ein gutes Stück, aber der Zug der Irren war der letzte gewesen, der Chartres verlassen hatte. Nach ihm waren die Gleise in die Luft geflogen. So weit waren meine Überlegungen gediehen, als sich ein Gerücht wie ein Lauffeuer verbreitete.

»Die Deutschen haben die Seine überquert!«

Man glaubt, den Tiefpunkt erreicht zu haben, aber die Scheiße hört nie auf. Eine Art Wirbelsturm erhob sich in der Kathedrale. In einer großen Woge drängte die Masse auf den

Ausgang zu. Ich schnappte mir Yvette und wir pressten uns gegen eine Säule. Der betende Typ hatte sich an seinen Opferstock geklammert wie an einen Fockmast im Sturm. Da bemerkte ich seine Schuhe. Sie passten nicht zum Dekor. Schwarz-weiße Treter, ganovenhafter ging's nicht. Jesus hatte bei seinem wundersamen Fischfang offenbar einen faulen Hering mit an Land gezogen. Und der hatte flinke Flossen. Das allgemeine Durcheinander nutzend, brach er den Opferstock auf, wie man ein Ei köpft, und griff mit beiden Armen hinein.

»Polizei!«, sagte ich und hielt ihm meine Karte unter die Nase. »Konfessionsbrigade!«

Das war das Letzte, womit er gerechnet hatte. Er wollte den Rückweg antreten, aber der Menschenstrom warf ihn in meine Arme.

»Du bist geliefert, Junge«, zischte ich ihm ins Gesicht. »Gott hatte dich im Visier.«

»Sie sind ja krank!«

Ich stieß ihm meine Knarre in den Bauch.

»Wir gehen zu deiner Kiste.«

»Meiner Kiste?«

»Du bist hier ja wohl kaum auf Freiersfüßen hergekommen.«

Ich sammelte Yvette ein, und wir ließen uns vom Strom treiben. Draußen hatte sich das Tohuwabohu um eine Stufe gesteigert. Wir bahnten uns einen Weg durch aneinanderklebende Stoßstangen, scheue Pferde und Flüchtlinge, die in alle Richtungen rannten. Schwarzer Rauch stieg hinter der Kathedrale auf.

»Das Benzinlager!«

Jeder noch irgendwie fahrbare Untersatz wurde gestürmt. Neben einer zerstörten Kneipe hielt eine Frau mit zerzaustem Haar eine Handvoll angekohlter Geldscheine in die Höhe und flehte, dass man sie mitnahm. Ein verloren gegangenes Kind plärrte mit Rotz an der Nase. Eine Gruppe Soldaten versuchte, sich zu organisieren. Senegalschützen zogen an eine vermeintliche Front.

»Scheiße! Lassen Sie mich in Frieden!«, protestierte der Opferstockschänder. »Gibt es denn nichts Wichtigeres, als mich hochzunehmen?«

Ich stieß ihm den Lauf meiner Knarre in die Rippen.

»Wo ist deine Kiste?«

Er beäugte mich wie einer, der Lunte riecht.

»Könnte ich noch mal Ihre Bullenkarte sehen?«

Ich drückte ihm meinen Ballermann ein bisschen tiefer rein.

»Okay«, ächzte er. »Gehen wir.«

Sein Citroën stand etwas abseits. Auf dem Rücksitz saß ein junges Ding und kaute Fingernägel.

»Mimile!«, seufzte sie und stieg aus. »Ich hab mir solche Sorgen gemacht. Wo warst du denn nur so lang?«

Ihre Absätze waren fast so hoch wie ihre Stimme. Den Wettbewerb der Gascogner Stelzenläufer dürfte sie um Haaresbreite verloren haben.

»Und wer sind die da?«, fragte sie von ihrem Hochstand herab.

Mimile verzog das Gesicht. »Wenn ich das wüsste!«

»Oh, verflixt, das da, was ist das? Ein Feuer?«

Sie gehörte zu der Sorte, die es ganz genau wissen wollte. Es war kein Hexenwerk, sich vorzustellen, dass sie sich auf ihre Fragen öfter Ohrfeigen als Antworten einfing.

»Vergiss es, Marcelle«, knurrte Mimile.

Ich stieß ihn hinters Steuer.

Wegen der verstopften Straßen war Chartres auch zwei Stunden später noch im Rückspiegel zu sehen. Um schneller vorwärtszukommen, hätten die Flüchtenden alles vor ihnen plattgemacht. Nach dem Zusammenbruch der Infanterie hatte sich ein Schwarm Heuschrecken in Bewegung gesetzt. Es fehlte nicht viel, und sie wären auf die Kolonialen losgegangen, die in die entgegengesetzte Richtung rannten.

»Oh!«, rief Marcelle wie bei der Parade am 14. Juli, »die Zuaven!«

Angesichts ihrer riesigen Mäntel und bleischweren Taschen konnten die deutschen Panzer sich auf was gefasst machen. Die Kolonialen zogen als tapfere Soldaten der Republik an die Front. Nicht unbedingt, weil sie so gern sterben wollten, nicht mal im Kampf. Vielmehr war das Ebenholzschwarz nicht gerade die Lieblingsfarbe der arischen Truppen. Das Gerücht kam auf, dass ihre afrikanischen Gefangenen ins Gras zu beißen hatten. Alles in allem zogen diese es daher vor, ihre Haut teuer zu verkaufen.

Später haben wir es erfahren. Beim Einmarsch in Chartres war der Armee des Reichs nichts Spaßigeres eingefallen, als die Kolonialen zu beschuldigen, sie hätten Flüchtlinge ermordet. Frauen und Kinder. Vergewaltigt. Und sogar verstümmelt. Aufgefressen fehlte noch. Nicht umsonst hatten sie jenseits des Rheins einen Propagandaminister. Die blonden Soldaten als Bollwerk gegen die Barbarei der Neger. Da musste man erst mal drauf kommen. Und um die Geschichte ein für alle Mal zu besiegeln, verlangten sie vom Präfekten der Stadt, er solle sie gegenzeichnen. Aber da stießen sie auf Granit. Den Schwanz einzuziehen, war nicht Moulins Art. Er erklärte ihnen, sie sollten sich zu ihrem Hitler scheren. Und handelte sich damit seine erste Foltersitzung ein. Um nicht doch klein beizugeben, schnitt er sich die Pulsadern auf. Das rettete ihn. Wenigstens dieses Mal.

Wir dümpelten im Menschenmeer. Zuletzt gaben wir auf und bogen in eine Nebenstraße ein. In einen dieser nach Haselsträuchern riechenden Feldwege. Eine Weile schlängelten wir abseits des Stroms den Weg entlang und hatten das Gefühl vorwärtszukommen. Marcelle wurde es offenbar zu viel.

»Wir müssen anhalten«, entschied sie.

Mimile lauerte auf meine Antwort.

»Fahr weiter«, sagte ich.

Einen Kilometer später fing Marcelle wieder damit an und zappelte auf dem Rücksitz.

»Wir müssen anhalten.«

»Wär schon besser«, stimmte Yvette von hinten her zu.

Wir parkten neben einem Weizenfeld und die beiden Frauen gingen auf ein Wäldchen zu. Mimile streckte sich wie ein ausgeleiertes Gummiband.

»Ich glaub, ich geh auch mal«, gähnte er.

Vor den Gesetzen der Natur schmolz meine Autorität wie Zuckerwatte. Ich zog die Schlüssel ab und stieg ebenfalls aus.

Mimile stand mit offenem Hosenlatz an einer Eiche und pfiff die Melodie aus der *Zünftigen Bande*: »Wie schön ist doch die Welt, wenn der Frühling Einzug hält ...« Ich fand sein Lied alles andere als angemessen. Ganz zu schweigen davon, dass es mich an etwas erinnerte. Etwas, das tief in meinem Gedächtnis vergraben war, ohne dass ich es hätte hochholen können. Es gibt nichts, was nervtötender wäre.

Die beiden Frauen kamen untergehakt zurück. Sobald Marcelle ihren Schatz singen hörte, stimmte sie ein. Sie brauchte keine Kurbel, um die Leier anzuwerfen. Ein echtes Spieldöschen, wie man es auf dem Jahrmarkt von Neuneu zwischen Krepprosen und Lebkuchenherzen gewinnen konnte.

»Ein Gefängnis scheint Paris euch aus der Ferne und unser Herz ist voller Lieder ...«, trällerte Marcelle mit ihrer Betty-Boop-alias-Mistinguett-Stimme. Das Dröhnen des großen Auszugs war verstummt, ersetzt vom Wind im Getreide. In der Luft lag ein Duft nach Gras und Heu und zuweilen angenehme Stallgerüche. Nach all dem Toten und Verbrannten, das wir eingeatmet hatten, war es wohltuend wie frisches Wasser.

»Es ist friedlich hier«, sagte Marcelle.

Die Jacke über die Schultern gehängt, brachte Émile seine Hose wieder in Ordnung.

»Auf dem Land muss ich immer daran denken, wie ich noch ein kleines Mädchen war«, fuhr sie fort. »Ganz abgesehen davon erregt es meinen Appetit. Was, Mimile?«

»An.«

»Was, an?«

»Es regt meinen Appetit an.«

»Wir könnten ja also vielleicht einen Happen essen ...«

»Ich glaube nicht, dass das eine gute Idee ist«, antwortete er.

»Warum denn nicht? Ich bin sicher, dass wir alle Hunger haben«, sagte sie. »Mach den Kofferraum auf, damit wir sehen, was es zu futtern gibt.«

Émiles Visage wurde immer länger. Er warf ihr einen vernichtenden Blick zu. Das mochte jetzt zwar angemessen sein, aber irgendwas war da faul im Staate Dänemark. Ich warf ihm die Schlüssel zu.

»Recht hat sie, mach den Kofferraum auf.«

Er gehorchte mit dem Enthusiasmus eines Verurteilten, der unter der Guillotine steht.

»Mal sehen. Was hat unser Leckermäulchen uns denn Gutes eingepackt?«, kokettierte Marcelle, halb im Kofferraum verschwunden. »Was haben wir da unter dem hübschen Plaid, das eine schöne Tischdecke abgeben wird?«

Émile verdrehte die Augen gen Himmel. Vielleicht, um ihn zum Zeugen dafür zu nehmen, dass er mildernde Umstände verdiente.

»Ja, und?«, fragte ich. »Was hat die gute Marcelle denn unter der hübschen Tischdecke von unserem lieben Émile gefunden?«

Marcelle machte keinen Muckser mehr. Sie drehte sich um, die Stirn in Falten gelegt, als würde sie nachdenken. Ihre Augen erinnerten an einen Karpfen, der zu begreifen versucht, warum er schon wieder den Haken geschluckt hat. Sie spitzte die Lippen und stieß in ultraschallverdächtiger Stimmlage hervor:

»Das Christkind!«

VII

Émile war kein Typ, der ohne Proviant aufbrach, nur was er da im Kofferraum durch die Gegend fuhr, roch nach Hostien. Ziborien, Abendmahlskelche, Weihrauchfässer ... ein Plunder, der die gesamte Hehlerzunft zum Strahlen gebracht hätte. Bis hin zum Gotteskind auf dem Stroh, »polychrome Holzarbeit, Mitte 12. Jahrhundert«. Das hatte Mimile uns als schlagendes Argument an den Kopf geworfen. Ohne ihn würde der Polychrome an den Feind fallen. Und der ganze Rest gleich mit. Die Deutschen hatten sich das Elsass und Lothringen gekrallt, unsere Jesuskindlein dagegen würden sie nicht bekommen! Aber Achtung, Émile war kein Dieb. Er praktizierte die patriotische Wiederaneignung.

Er war quasi ein Widerstandskämpfer noch vor der ersten Stunde.

Zehn Kilometer später schwadronierte er immer noch. Man hätte meinen können, er glaube seine eigenen Märchen. Noch der größte Gauner, der heimtückischste Mörder bastelt sich zu seiner Rechtfertigung etwas zusammen. Schuld waren die Großen, die die Kleinen fraßen, Schuld waren der Dschungel und sein Gesetz, die Ungerechtigkeit der Welt und alle anderen ... Von daher hatte Mimile durchaus das Recht, den alten Hasen zu markieren. Das war seine Art, in den Spiegel zu schauen und zu sich selbst »Gar nicht so übel« zu sagen.

Erst hatte Marcelle die Augen sperrangelweit aufgerissen. Dann ließ sie es geschehen. Ihr Held konnte noch so ein Gernegroß sein, die Favoritin eines Weltverbesserers zu sein, hatte was.

Ich war ein Glückspilz. Noch mitten im Krieg zog ich die Versager magisch an. Sogar wenn einer von ihnen durch die Sahara marschiert wäre, hätte ich ihn abbekommen.

Von der holperigen Fahrt eingelullt, döste ich schließlich ein. Mit den Kilometern wurde Émiles Geschwatze zu einem Brummen. Und sein Lied ging mir im Kopf um. Seit unserem Zwischenstopp auf dem Land hatte es mich nicht mehr losgelassen. *La belle équipe*, die zünftige Bande. Wahrscheinlich, weil wir in unserem Citroën selbst eine waren. Oder weil ich selbst es früher mal vor mich hingesummt hatte. Die Gefährten, die singende Zukunft und die zerschellenden Träume. »Wenn man am Wasser entlang spazieren geht ...«

Es schlug Mitternacht, als wir in La Charité einfuhren. Der Tross war an uns vorbeigezogen und hatte auf seinem Weg die Überreste der Katastrophe hinterlassen. Wir stellten das Auto dort ab, wo einmal der Marktplatz gewesen war. Nicht mal auf dem Flohmarkt von Clignancourt hätte man eine solche Menge an altem Krempel zusammengebracht. Unsere Scheinwerfer streiften eine Kulisse aus aufgerissenen Kartons und weit offen stehenden Koffern. Von einem räderlosen

Handkarren aus zwinkerte mir eine wächserne Schaufensterpuppe zu.

»Genau wie bei den großen Couturiers«, schwärmte Marcelle, als sie ausstieg.

Sie schlang sich einen Fuchspelzkragen, der auf einem Gestell liegen geblieben war, um den Hals und posierte vor den Lichtkegeln des Citroën.

»Paris ist und bleibt Paris!«

»Und du bist und bleibst eine blöde Gans«, knurrte Émile.

Marcelles Gesicht fiel in sich zusammen wie ein Soufflé. Yvette wollte Mimile eben Bescheid stoßen, was sie von Mackern seines Schlages hielt. Aber da verschlug es ihr die Sprache. Im Licht der Scheinwerfer zeichnete sich eine Gestalt ab. Sie sah aus wie aus einem Film von Tod Browning. Lang wie ein Tag ohne Brot, mit schwarz geschminkten Augen in einem Pierrotgesicht. Wie ein Nachtfalter klebte der Kerl an der Funzel. Er rührte sich nicht, gefangen im Licht. Er blinzelte nicht einmal, als Marcelle aufschrie. Ein zweiter Typ tauchte von wer weiß wo auf und schnupperte wie ein verängstigtes Tier an ihrem Fuchs. Er duckte sich, als erwarte er Schläge. Dann startete er einen erneuten Versuch, wobei er mit seinen übergroßen Armen schlenkerte.

Émile holte einen Kerzenleuchter aus dem Citroën.

»Beweg dich nicht«, flüsterte ich.

Fasziniert von den Scheinwerfern, blieb das Phantom mit den schwarzen Augen wie angewurzelt stehen. Vorsichtig schnappte ich mir eine Wurst aus dem Auto und näherte mich dem Kerl, der Marcelle beschnüffelte.

»So tun Sie doch was«, wimmerte sie halb tot vor Angst.

»Hier, nimm, mein Junge«, sagte ich und hielt ihm das Würstel hin.

Er schnupperte wie der Hund am Tag zuvor und einer seiner riesigen Arme langte nach der Wurst. Er schlug seine noch übrig gebliebenen Zahnstummel hinein. Bei dem Geräusch seiner Kiefer bekam man Gänsehaut. Man hätte meinen können, eine Hyäne beim Aasfressen. Plötzlich erinnerte er sich daran, dass wir da waren. Er hörte auf, sich vollzustopfen. Das

Kinn nass vor Speichel warf er uns einen verlorenen Blick zu und verschwand in der Dunkelheit.

Ich dachte, Marcelle würde aus den Latschen kippen, aber sie begnügte sich damit, ihren Fuchskragenpelz wegzupfeffern, als stinke er nach Verwesung. Mit dem Kerzenständer in der Hand belauerte Émile den Flattermann, der in den Lichtkegeln gefangen war. Leise öffnete ich die Fahrertür und schaltete die Scheinwerfer aus. Als ich sie wieder anmachte, war er verschwunden.

»Was war das denn?«, fragte Yvette.

»Steinchen auf dem Weg.«

»Hä?«

»Haben Sie deren Klamotten bemerkt?«

»Ich hab schon welche gesehen, die besser sitzen.«

»Anstaltsmodell. Das kommt bald ganz groß in Mode.«

»Wovon reden Sie eigentlich?«

»Die Tracht wird in allen Gefängnissen der Welt getragen. Und in den Irrenanstalten. Haben Sie das Etikett des Schneiders nicht gesehen? AP.«

»AP?«

»Assistance publique, die öffentliche Fürsorge ...«

»Sie meinen, diese Männer ...«

»... sind zwei der Insassen aus Clermont, die mit dem Sonderzug hergeschafft wurden.«

»Clermont ... Der Zug der Irren?«, fragte Émile nach, um seine Nase in Dinge zu stecken, die ihn nichts angingen.

»Mein Gott!«, ächzte Marcelle.

»Ich hatte was zu unser Verteidigung«, prahlte er und schüttelte seinen Leuchter.

»Doktor Bum Bum, was?«, versetzte Yvette mit verächtlicher Miene.

Er streckte die Brust heraus. »Haargenau.«

Yvette sah ihn bedauernd an. »Apropos haarig, legen Sie das Ding da wieder weg, die großen bösen Wölfe sind auf und davon.«

Mimile versuchte zu kapieren, was er falsch gemacht hatte. Beinahe hätte man seine Neuronen unter der Schädeldecke arbeiten hören. Das war viel verlangt.

»Die macht sich doch nicht über mich lustig?«, fragte er für alle Fälle.

»Wo denkst du hin«, antwortete ich, »das würde sie nie wagen.«

Er schien beruhigt.

»Ihr seid jedenfalls am Ziel«, erklärte er lächelnd und rieb sich die Hände. »Hier trennen sich unsere Wege.«

Jetzt hätten wir in aller Freundschaft Abschied nehmen können, aber das Reich hatte anders entschieden. Mit Höllenlärm näherten sich wie ein Schwarm monströser Hornissen die Flugzeuge mit dem Balkenkreuz. Der Tanz war eröffnet.

Die erste Bombe ging Feuer speiend in der Vorstadt nieder. Die anderen folgten dicht darauf. Wir warfen uns zu Boden, um den Metallsplittern auszuweichen, die von allen Seiten herunterprasselten. Als ich hochsah, riss der Funkenhagel einen Körper entzwei.

»Yvette!«

Alles wurde schwarz. Schwarz wie das Grab. Im Bruchteil einer Sekunde sah ich vor meinem inneren Auge das Haus, das nun in sich zusammenstürzte. Die aus dem Boden herausgerissene Erde, die als kompakter Regen zurückfiel. Und die fliegenden Steine ringsum. Ich war lebendig begraben! Die Worte hallten wider, dass mir das Trommelfell platzen wollte, aber kein Ton kam aus meinem Mund. Nur der kleine Lichtschein hielt mich davon ab, vor Entsetzen zu krepieren. Schwach tanzte er am Grunde des Loches. Ich dachte plötzlich, sie kommen, um mich zu bergen, und klammerte mich mit aller Kraft an diese Idee. In meiner Brust klopfte die Hoffnung. Die Taschenlampe kam näher. Sie war zwei Schritt entfernt, als sie plötzlich abbog. Ich dachte an die Schiffbrüchigen im Ozean, an die Schiffe, die vorbeifahren, ohne sie zu sehen. Der Lichtschein wurde schwächer. Ich auch und fiel in Ohnmacht.

Der Engel weckte mich. Ganz in Weiß, in einem weißen Paradies. Ein bärtiger Engel mit Brille und Warze auf der Nase.

»Witzbold!«, witzelte ich.

»Er kommt wieder zu sich.«

Um sicherzugehen, blies mir der Engel seinen schnapsigen Atem ins Gesicht. Ich amüsierte mich königlich: »Im Paradies ist heut wohl kein Tag ›ohne‹!«

»Eine Begleiterscheinung des Schocks ...«, sagte das himmlische Wesen trocken.

»Bedauerlicherweise war er schon vorher so«, säuselte eine weibliche Stimme.

Die Warze verschwand und überließ einem sehr viel liebreizenderen Lächeln das Feld.

»Yvette!«

Ich setzte mich auf. Plötzlich drehte sich alles wie das Teufelsrad im Luna Park und Yvette packte mich, bevor ich wieder von der Bühne trat. Der Geruch ihrer Haare kitzelte mich in der Nase. Wir waren am Leben, und das war gut.

»Lassen Sie mich nicht los«, murmelte ich, »ich hab weiche Knie!«

»Dann sind Sie hier gerade richtig.«

»Wo sind wir denn?«

»Im Krankenhaus von La Charité. Sobald Sie mir meine Hand zurückgegeben haben, können Sie die von Doktor Limay schütteln, er hat Sie gerade noch rechtzeitig wiederhergestellt.«

Mit einem Zipfel seines Kittels polierte der Warzenengel sein Nasengestell.

»Unser Freund hier hat eine robuste Konstitution.«

Ich behielt Yvettes Hand in meiner.

»Ich habe gesehen, wie Sie im Geschosshagel zerfetzt wurden ...«

Sie lächelte.

»Ach, deshalb ...«

»Deshalb was?«

»Sie haben sich an die Schaufensterpuppe geklammert. Nun ja, an das, was nach dem Angriff der Sturzbomber davon noch übrig war. Als man Sie abtransportierte, hat niemand es geschafft, Ihnen das Ding abzunehmen. Im weggetretenen Zustand sind Sie einfach hinreißend.«

Der Weißkittel nestelte an seinem Bärtchen, als suche er

etwas darin. Sein haariges Halsband erinnerte mich an den Fuchspelzkragen.

»Und Marcelle?«, fragte ich.

»Pffft! Sie und Émile.«

Yvette machte die entsprechende Geste.

»Der Bombenhagel?«

»Aus dem Staub gemacht trifft es eher! Der Citroën muss einen besonderen Segen gehabt haben, bei der Ladung ... Überall drumherum ist runtergekommen, was ging. Aber nichts darauf.«

Ich warf die Decken zurück.

»He! Wo wollen Sie hin?«, protestierte Limay.

»Zu einem Ihrer Kollegen, Spezialgebiet Psychiatrie. Yvette, helfen Sie mir.«

»Sie können liegen bleiben.«

Sie sah mich an wie ein Schulkind, das sein Zeugnis versteckt.

»Okay«, sagte ich, »rücken Sie mit Ihrer schlechten Nachricht raus.«

»Sie ist in der Kabine nebenan.«

Der Professor zog den weißen Vorhang zurück. Auf dem Bett neben meinem lag jemand. Das über das Gesicht gezogene Laken sagte mir, dass es für die Ewigkeit war.

Ich erhob mich schwankend und deckte ihn auf. Yvette hatte nicht übertrieben, er war sogar noch an den Fingergliedern schwarz behaart, wo es dicht wie Brombeerranken wuchs. Sein Gesicht sagte mir nichts, außer dass der Krieg immer ein garstiges Geschäft ist. Der blutige Brei, der auf dem Kissen lag, hatte keine Ähnlichkeit mit irgendetwas mehr.

»Eine Granate hat den Pavillon der Geisteskranken getroffen«, erläuterte Limay. »Mehrere von ihnen sind ins Freie gelaufen, so wie unsere Insassen, die während des Alarms am Vortag ausgebüxt waren. Andere hatten weniger Glück. Dieser Bedauernswerte hier war einer der evakuierten Patienten aus Clermont. Ein seltsames Schicksal, nicht wahr?«

»Was wissen Sie über ihn?«

Der Doktor zog die Nase kraus wie ein nachdenkliches Kaninchen, und seine Warze zitterte.

»Nichts, wir hatten nicht die Zeit, die Krankenakten durchzugehen.«

»Geben Sie mir die Erlaubnis, es zu tun?«

»Ich brauche das nicht zu entscheiden, sie sind unter den Trümmern begraben.«

»Kann ich mit einem der Pfleger aus Clermont sprechen?«

»Abgesehen von den dreien, denen ich erlaubt habe zu gehen, hat sie alle dasselbe Schicksal ereilt wie ihre Patienten.«

Hier endete die Spur. Trotzdem sagte mir ein Detail, dass der Unbekannte so unbekannt nicht war. Bailly hätte das ein Indiz genannt. Es führte mich zurück auf die Pfade eines anderen Krieges. *¡No pasarán!* Der eintätowierte Schriftzug unter der linken Schulter des gesichtslosen Mannes wand sich um eine schwarze Fahne, die herausfordernd wehte.

VIII

»Die Stimme des Marschalls ist wie das helle, sanfte Singen der Loire, das grüßend zu den Ufern schallt.«

»Wenn Sie das sagen ...«

»Die Stimme Pétains ... das Singen der Loire! Yvette, wo haben Sie dieses Käseblatt her?«

»Von da, wo die Käseblätter herkommen: vom Kiosk! Das hier ist ganz neu erschienen. Die erste Ausgabe. Ich dachte, es würde Ihnen Spaß machen, mal wieder den Duft von Zeitungspapier zu schnuppern ...«

»Ein Duft wie der hier entgeht einem nicht mal mit verstopfter Nase. *La Gerbe*. Na, wenigstens lügt der Name nicht!«

»Seit wir zurück sind, kann man Sie nicht mal mehr mit der Kneifzange anfassen ...«

Ich stopfte mir eine Pfeife. Ich hielt in der Bewegung inne, um ein zerknirschtes Lächeln aufzusetzen.

»Diese Geschichte lässt mich nicht mehr los. Der Typ im Krankenhaus ... Ich kann seine zerfleischte Visage einfach nicht vergessen ... Scheißkrieg!«

»Sie haben ihn ja nicht angezettelt. Anstatt zu lamentieren, sollten Sie lieber die Fälle annehmen, die er uns hereinbringt. Die Gläubiger haben jedenfalls keinen Waffenstillstand unterzeichnet.«

Auf dem Schreibtisch stapelten sich die Briefe. Auf gut Glück riss ich einen auf.

»So was nennen Sie Fälle! Noch eine, die mich bittet, ihren Mann zu suchen.«

Sie nahm die Brille ab und steckte sie sich wie einen Stirnreif ins Haar. Ich fühlte mich und meine Augen schwach werden.

»Wollen Sie die Agentur ruinieren?«, fragte sie. »Sind Ihnen die verschwundenen Ehemänner nicht mehr gut genug?«

»Die flatterhaften fand ich amüsant. Die auf dem Feld der Ehre gefallenen deprimieren mich. Einer in Tränen aufgelösten Frau beizubringen, dass ihr Herzallerliebster den Erdboden düngt, macht mich einfach fertig …«

Ich betrachtete den Berg Papier.

»Und das müsste man zehnmal pro Woche machen …«

Ich öffnete einen anderen Brief. Auf seine Weise ging es darin ebenfalls um den Krieg. Aber wenn auch hier von einem Toten die Rede war, dann nur, um auf ihn zu spucken.

»›Griffart war ein elender Hundesohn, aber es gibt noch eine Gerechtigkeit. Sogar Drecksäcke verrecken irgendwann.‹«

Yvette setzte ihre Brille wieder auf.

»Wie bitte?«

»Anonym natürlich.«

Nun untersuchte auch sie den Schrieb.

»Schrift und Parfum weiblich«, schlussfolgerte sie, wobei sie das Papier beschnüffelte.

»Aber der Wortschatz ist männlich«, bemerkte ich. »Eine Frau hätte ›Schuft‹ oder ›Halunke‹ geschrieben, nicht wahr?«

»Noch eine von Ihren vorgefassten Meinungen …«

Ich zündete meine Pfeife an.

»Jetzt vergessen Sie mal Ihre Suffragettenallüren. Können Sie innerlich hören, wie Sie ›Drecksack‹ sagen?«

»Schuft oder Drecksack, was ist da schon dabei!«

»Tss tss! Los, wiederholen Sie das!«

»Drecksack, Drecksack …«

»Sehen Sie, das klingt unecht, Sie zwingen sich.«

»Schuft, Halunke …«

»Das, das sind Sie. Ganz natürlich. Mit echtem Tonfall.«

»Idiot!«

»Nein, zu schwach. ›Sogar Idioten verrecken irgendwann‹ klingt unglaubwürdig.«

Sie warf mir einen vernichtenden Blick zu. Er stand ihr verflucht gut. Aber das war jetzt nicht der Moment.

»Na gut«, gab sie zu, »Drecksack kommt nicht spontan. Das ist also etwas, das ich schreiben würde, wenn ich mich für einen Mann ausgeben wollte.«

Ich nahm meinen Hut von der Garderobe.

»Wo gehen Sie hin?«

»Zu Griffart. Seit er verblichen ist, habe ich ihn ein wenig vernachlässigt.«

Bei den Pyrénées war die Metro geschlossen, weil es niemanden gab, um sie zu bedienen. Paris hatte sich innerhalb von zwei Tagen geleert, zwei Monate später zog sich die Rückkehr aus dem Exil dahin wie ein verregneter Sommer. »Schweren Herzens erkläre ich, dass der Kampf beendet werden muss.« Man hatte der zittrigen Stimme eines alten Marschalls gelauscht wie dem Messias. Die Kämpfe waren beendet. Die Heimkehr aber stand auf einem anderen Blatt. Stillstehende Fabriken, unpassierbare Wege und auf den Champs Élysées Touristen mit Hakenkreuz. Unterwegs konnte man durch so manches aufgehalten werden.

Ich stieg am Boulevard de la Villette aus. Die Marktschreier der Stadt klangen weniger laut. Ein paar Obst- und Gemüsehändlerinnen hielten an ihrem Stück Straßenpflaster fest, aber das Herz war nicht dabei. Mit düsterem Blick sahen sie den Blumenkohlköpfen auf ihren Karren beim Duell zu.

In Belleville war die Metro geöffnet. Der Kontrolleur nahm meine Fahrkarte mit den ergriffenen Bewegungen eines Philatelisten, dem man eine seltene Briefmarke überreicht, und ich sprang in den Waggon, der am leeren Bahnsteig wartete. Bei der Étoile studierten Wehrmachtsoldaten mit umgehängten Fotoapparaten einen Metroplan. Ich stieg aus, um die Luft der feinen Quartiers zu schnuppern.

Die machte die Lungen ihrer Bewohner jedenfalls nicht schwarz. Die Fabriken sah man hier nur in den Geschäftsbüchern ihrer Besitzer. Der Bankschalter war der Schutzschild, der den fernen Qualm der Werkstätten überdeckte. Die Knirpse hatten hübsche rosa Wangen und Kinderfrauen mit weißer Schürze. Ihre kleinen Boote wurden nicht im Rinnstein zu Wasser gelassen. Ich hatte ihnen früher gern zugesehen. Sie hatten so was Sauberes, wie am Waschtag. Frische Wäsche mit ein bisschen Stärke, damit es saß. Die englischen Nannys auf dem grünen Rasen, die Frauen mit Hut, der helle Tabak der Männer mit der schicken Bügelfalte in der Hose. Ich kannte welche, die das auf umstürzlerische Ideen brachte. Das kleine Gläschen Weißwein unter der Laube machte an den Abenden im Lampionschein Lust auf mehr. Ich für meinen Teil flanierte hin und wieder unter den Kastanienbäumen in der Avenue Foch oder im Parc Monceau. Ich sog den Sauerstoff tief ein. Es war wie ein harmloser Diebstahl in weißen Handschuhen. Geschützt hinter ihren Hutschleiern hätten die Damen der Reiteralleen es sich im Leben nicht träumen lassen, dass der Typ mit der Pfeife, der den Hut lüpfte, wenn sie vorüberritten, sie eines Quäntchens Luft beraubte.

Aber in diesen ungewissen Zeiten hielt sich das Viertel vornehm zurück. Die kuscheligen Nester warteten auf ihre Bewohner. Langsam sah man sie zurückkehren wie die ersten Schwalben, die den Sommer ankündigen. Schweigend und vorsichtig. Der Staub auf dem Wagen zeugte von ihrem Leidensweg. »Was haben wir ertragen müssen! Wir zahlen einen hohen Preis für die Entfesselung eines Volkes, das Blum und Konsorten mit leeren Träumen vollgestopft haben.« Angesichts der Höflichkeit der Soldaten mit dem weizenblonden Haar begannen sie, die Verirrung zu bedauern, die sie auf die Straßen getrieben hatte. Sie hatten bei Fischweibern gesessen, neben schnarchenden Krämern geschlafen. Haltung zu bewahren, hatte ihnen so viel abverlangt, dass sie jetzt, da sie den normalen Lauf der Dinge wieder vorfanden, darüber vergaßen, dass der Wind gedreht hatte.

Bei Griffart angekommen, wich ich zwei deutschen Kavalleristen auf ihren Tieren aus. Während ich sie in Richtung Concorde davontraben sah, dachte ich daran, dass der Platz mit dem Obelisken, bevor er als Souvenirkulisse für bummelnde Truppen diente, die aufmarschierenden Demonstranten des ersten 1. Mai erlebt hatte. Fünfzig Jahre zuvor hatte der Präfekt Poubelle dort, wo heute deutsche Soldaten paradierten, die Fahrbahn mit Sand bestreuen lassen, damit die Pferde der Dragoner beim Angriff auf die Arbeiter nicht ausrutschten.

Ich bemerkte die Amtssiegel am Stadthaus des Professors nicht gleich. Als ich darauftrat, sagte ich mir, dass nicht einmal mehr die Polizei richtig bei der Sache war. Auf diese traurige Feststellung hin drehte ich den Schlüssel im Schloss und ging hinein. Angesichts des heillosen Durcheinanders drinnen änderte ich meine Meinung. Die Flics waren doch nicht aus der Übung gekommen. Griffart hatte seine Haussuchung abbekommen. Nach allen Regeln der Kunst. Alte Schule. Herausgerissene Schubladen mit ausgekipptem Inhalt, durcheinandergeworfene Möbel ... Um wie der diensthabende Bulle mit einer solchen Wut Kissen aufzuschlitzen, musste man schon eine gehörige Portion Boshaftigkeit haben. Es sei denn, die Aktion ging nicht auf das Konto des Präsidiums. Instinktiv entsicherte ich meine Knarre.

Und sah zum ersten Mal seit der Besatzung schwarz.

IX

»Schwarz oder mit Milch und Zucker?«

Der Führer war ein Mann von Welt. Der Sieg hatte ihn entspannt. Mit der Teekanne in der Hand wartete er auf meine Antwort. Er schien betrübt darüber, keine zu bekommen. Mit einer Kopfbewegung warf er die Strähne zurück, die ihm quer über die Stirn hing. Bestimmt konnte er das Ding nicht ausstehen.

»Noch einen Tee!«, sagte er barsch.

Das war keine Frage mehr. Das Fragezeichen in seiner Stimme hatte sich still und leise verkrümelt. Ich sah es davonrobben wie einen Wurm, den der Angler vergessen hat, am Haken festzumachen. Ich schickte mich eben an, dasselbe zu tun, als zwei Typen in Schwarz mich am Kragen packten. Der Stärkere von beiden schob den Ärmel seiner Uniform hoch, der ihn dabei behinderte. »*¡Pasarán!*« Diese Devise zierte unterhalb einer Hakenkreuzfahne seinen Unterarm. Ich blickte auf. Dort, wo sich sein Gesicht hätte befinden müssen, sah ich nur einen blutigen Brei.

Schließlich wurden sie von der alten Dame vertrieben. Ich weiß nicht, wie sie es angestellt hat, aber als ich die Augen wieder aufschlug, war sie allein.

»Monsieur! Monsieur! Kommen Sie, schnell ... Sie dürfen hier nicht liegen bleiben.«

Eine nette alte Dame. Mit weißen, wohlgeordneten Haaren, die ihren Kopf wie ein Heiligenschein aus Baiser umgaben. »Im Reich von Madame Schnittchen, ein Schloss von Butter frisch und fein.« Man denkt vielleicht an Zeugs, wenn einem gerade das Hirn durcheinandergerüttelt wurde! Die Erinnerungen scheinen darin begraben zu sein wie alte Spielsachen in einer Kiste. Man braucht sie nur gut zu schütteln und schon purzeln sie heraus. In einer Sekunde war ich wieder der kleine Knirps im Garten des Bahnwärters. Mit den Schalotten in der Erde, dem Rosmarinstrauch in seiner Ecke und der drolligen Schnecke, die am Salat knabbert. Und der Oma, die auf der Veranda singend Bohnen enthülst, die neben den Brotscheiben für den Nachmittagsimbiss liegen.

»Sie dürfen hier nicht liegen bleiben!«

Madame Schnittchen zog mich am Ärmel weg, und ich verließ die süßen Kindertage.

Sie wohnte ganz in der Nähe, in einem Gebäude mit Kranzgesims und Karyatiden. Ein tolles, helles Appartement. Schnieke Möbel und Gemälde an den Wänden. Sie überließ mich den voluminösen Armen eines Klubsessels und durchquerte das Wohnzimmer, um das Fenster zuzumachen. Das war ein gutes Stück Weg.

»Was für ein Elend!«, rief sie betrübt, wobei sie einen winzigen silbernen Samowar auf ein kleines, mit Intarsien verziertes Tischchen stellte.

»Alles ist relativ«, sagte ich und begutachtete die Umgebung.

»Solche Rohlinge! Anständige Kaufleute anzugreifen. Und niemand rührt auch nur den kleinen Finger.«

Ich hatte Mühe, ihr zu folgen.

»Anständige Kaufleute?«

Anstatt mir einzuschenken, musterte sie mich. Man hätte meinen können, eine in die Jahre gekommene Alice, die feststellt, dass das Wunderland Schlagseite bekommen hat.

»Selbstverständlich, anständige Kaufleute«, sagte sie überrascht.

Eine Spur Unsicherheit trat in ihre Augen.

»Sie sind doch ein Freund der Griffarts, nicht wahr?«

Sie schien sich dessen plötzlich nicht mehr sicher zu sein. Ihr Gesicht wurde so weiß wie ihre Haare, als sie zur Tür sah und sich ausrechnete, wie hoch ihre Chancen standen, sie zu erreichen, bevor ich über sie herfiel.

Das in der Luft hängende Missverständnis war noch mit Schnupfennase zu riechen. Um es auszuräumen, schenkte ich ihr ein Lächeln, das eine von der bösen Miezekatze in die Enge getriebene Maus beruhigt hätte.

»Noch besser, ich stand in ihren Diensten ...«

Ihre Gesichtsfarbe normalisierte sich wieder.

»Mein Gott, einen Augenblick lang habe ich geglaubt, Sie wären einer von diesen Männern.«

»Von welchen Männern, Madame?«

»Na, von diesen wild gewordenen Kerlen, die die Champs-Élysées gestürmt haben ...«

Der Tee wartete. In Ermangelung einer anderen Beschäftigung schenkte ich die Runde aus.

»Oh!«, sagte sie mit dem Tonfall eines verblühten Mädchens, das sich nie daran gewöhnen wird, bei einem Fehler ertappt zu werden. »Ich vernachlässige meine Pflichten.«

»Das denke ich nicht, Madame. Erzählen Sie mir, was passiert ist.«

Sie führte die Tasse an die Lippen.

»Das wissen Sie nicht?«

»Ich kam eben erst an, als...«

Sie nahm einen Schluck.

»Ich verstehe«, seufzte sie, während ich mich abmühte, eine größtmögliche Anzahl von Fingern auf dem Henkel meiner Tasse zu platzieren.

»Ich nicht.«

»Heute Morgen sind Banden junger Leute in die Champs-Élysées eingefallen. Sie haben die Schaufenster der Geschäfte zerschlagen, von denen sie meinten, sie gehörten Juden. Als ich Sie bewusstlos bei dem Professor liegen sah, glaubte ich, sie hätten Sie malträtiert. Aber jetzt eben kam mir, Sie könnten ja ebenso gut auch einer von denen sein...«

Sie runzelte die Stirn. »Nein, Sie sind wirklich nicht mehr im Alter dieser Rabauken.«

Es war mir gelungen, drei Finger an meine Tasse zu klemmen.

»Haben Sie jemanden gesehen, der beim Professor hinein- oder hinausgegangen ist?«

»Hinein oder hinaus...«

Sie kramte in ihrer Erinnerung. Plötzlich lächelte sie wie ein kleines Mädchen, das eine Runde beim Versteckspiel gewonnen hat.

»Die beiden Herren.«

»Welche beiden Herren?«

»... die mit dem roten Band...«

»Sie haben eine Armbinde getragen?«

Mit genießerischer Miene ergründete sie den Inhalt der Zuckerdose.

»Eigentlich sollte ich ja nicht.«

Ich fragte mich, was hier gerade nicht rundlief.

»War dieses Band eine Auszeichnung?«

In ihren Augen lag Erstaunen.

»Ach so? Daran kann ich mich nicht erinnern.«

Sie hatte etwas von einer alten Puppe, mit der man aus Angst, sie kaputtzumachen, nicht mehr spielt.

»Lassen Sie sich Zeit, Madame. Waren die beiden Männer zusammen mit den Rowdys auf den Champs-Élysées?«

»Mit den Rabauken? Oh nein, sie …«

Sie unterbrach sich, um über etwas nachzudenken, das offenbar nicht hinhaute.

»Sie?«, fragte ich mit abgespreiztem kleinen Finger.

»Sie hatten einen Polizeiausweis.«

Drei Tees später hatte sie sich sortiert. Eine mühsame Arbeit. Ihr Geist ging auf unerwartete Abwege. Mit den Jahren hatte sie die geraden Strecken zugunsten der kindlichen Zickzackpfade verlassen. Von Zeit zu Zeit verirrte sie sich in Sackgassen. Stand vor schwarzen Löchern, die sie ratlos machten. Ihre falschen Weichenstellungen machten die Aufgabe nicht leichter, aber was soll's, ich lief ja auch nicht gerade auf Hochtouren. Also begleitete ich sie. Wenn sie sich verfranste, brachte ich sie wieder auf die richtige Spur. Ich hatte einmal ein Spielzeug, das eine gewisse Ähnlichkeit mit ihr hatte. Ein famoses kleines Aufziehauto mit einem Schlüssel an der Seite. Wenn es gegen ein Hindernis stieß, fuhr es auf der Stelle. Man brauchte nur die Fahrtrichtung zu ändern, und es fuhr treu und brav weiter. Madame Schnittchen mit ihrem Baiserhaar war genauso. Sie liebte es, dass man sie an der Hand nahm. Die Tischchen mit ihren geschwungenen Beinchen und die goldgerahmten Gemälde waren nicht immer die beste Gesellschaft.

Eine Weile lang ließen wir unsere Spielzeugautos fahren wie zwei gute Freunde. Dass wir dabei irgendwann irgendwo ankamen, war unvermeidlich. Als ihre Geschichte wiederhergestellt war, funkelten ihre Augen. Es war keine Kleinigkeit, sie zu sehen. Sie war so stolz darauf, sich zurechtgefunden zu haben, als hätte sie die Sterne vom Himmel geholt. Sie strahlte so sehr, dass sie gleich wieder von vorn anfing.

»Genauso war das. Als ich nach Hause kam, waren sie dabei, das rote Band abzureißen.«

»Das Siegel …«

»Ja! Das Siegel! Als ich sie vom Trottoir aus beobachtete, zog der Größere von beiden einen Ausweis aus der Jacke: ›Polizei.‹ Und dann, ja dann …«

»Dann haben Sie ihn gefragt: ›Was ist denn los …‹«

»›Was ist denn los bei diesem armen Professor?‹ Daraufhin hat er mir geantwortet…«

»›Nichts, nichts…‹«

»Ja, und er hat auch etwas gesagt wie: ›Es wurde uns gemeldet, dass eine verdächtige Person ums Haus schleicht … Wir überprüfen, ob alles in Ordnung ist.‹ Wieder daheim habe ich nicht mehr daran gedacht. Erst als ich vorhin erneut hinunterging, habe ich die halb geöffnete Tür bemerkt…«

»Sie haben sich gesagt, dass es sehr nachlässig war, die Wohnung des Professors für alle und jeden offen stehen zu lassen. Sie haben einen Blick hineingeworfen. Und dabei mich entdeckt…«

»Ich muss gestehen, dass ich den Berufsstand der beiden Herren vergessen hatte. Er ist mir eben eingefallen, als ich mit Ihnen sprach.«

Sie gluckste, als hätte sie einem Mitschüler gestanden, dass sie gerade über seine Schulter gespickt hatte.

»Wissen Sie, manchmal verliere ich mich ein bisschen. Mein Gedächtnis spielt mir Streiche.«

Sie legte einen Finger auf ihre Lippen.

»Aber pssst! Ich kann mich doch auf Sie verlassen, nicht wahr?«

Ich tat, als spuckte ich auf den Perserteppich.

»Großes Pfadfinderehrenwort.«

Sie lächelte verschwörerisch, während sie unsere Tassen füllte, und wir betrachteten das Teeservice, das wie ein Puppengeschirr wirkte.

»Der arme Professor…«, seufzte sie.

Ich nickte, während ich nach einer angemessenen Antwort suchte.

»In was für einem Zustand wird er nur sein Haus wiederfinden?«, fragte sie betrübt.

Ich schielte zu ihr rüber.

»Er ist … tot, wussten Sie das nicht?«

Sie machte eine Handbewegung mit einer Lässigkeit, als vertreibe sie an einem schönen Sommertag die Sorgen.

»Ja, doch, sicher…«

Ich hatte es geschafft, einen Schluck Ceylontee zu trinken,

ohne mir den kleinen Finger ins Auge zu rammen, als sie seufzend bemerkte:

»Trotzdem ... Er wird sehr ärgerlich sein.«

Ich verschüttete Tee über meine Hose und verfluchte den Erfinder der Tassen für Feenfinger. Ins Leere blickend, träumte Madame Schnittchen von dem fernen Land, in dem die Lebenden und die Toten miteinander Blindekuh spielen.

»Und diese Polizisten?«, fragte ich, als sie zur Erde zurückgekehrt war. »Können Sie mir die beschreiben?«

Ich kannte die Antwort schon.

»Was für Polizisten?«

Ich stand auf.

»Ich muss Sie leider verlassen, Madame.«

»Jetzt schon?«

Ihre Stimme war von der Melancholie zu Ende gehender Sonntage, wenn die Cousins wieder aufbrechen, um die kleinen Mädchen ihrer Einsamkeit zu überlassen.

Ich legte eine Visitenkarte neben den Samowar.

»Er ist herrlich, nicht wahr?«, fragte sie.

»Wie bitte?«

»Mein Samowar. Er hat Tolstoi gehört. Die Gravur hier ist ein Auszug aus einem Märchen. Es bedeutet: ›der Zauberkelch, der Speis und Trank spendet‹. Tolstoi trank beim Schreiben viel Tee.«

»Passen Sie auf sich auf«, sagte ich mit dem Hut in der Hand. »Es sind üble Zeiten.«

»Glauben Sie, dass sie zurückkommen werden?«, fragte sie an der Türschwelle beunruhigt.

»Wer denn?«

»Die Leute, die all die schönen Schaufenster zerschlagen haben?«

Mir fiel keine Antwort ein.

X

Auf den Champs-Élysées glitzerten die Splitter der Schaufenster wie Schneekristalle. Sie ähnelten Madame Schnittchens Erinnerungen. Wenn man sie einsammelte, konnte man daraus alles Mögliche wieder zusammensetzen. Der Besuch ihrer Flics war vielleicht zwei Monate her, als Bailly auf meinen Anruf hin bei Griffart aufgetaucht war. Oder zwei Jahre. Garantiert hatte die Polizei einmal einen Herumtreiber im Viertel gesucht. Vielleicht war es nicht einmal das Haus des Professors gewesen.

Etwas juckte mich. Etwas, das die Form einer Beule hatte. Warum hatten die Bullen mich nicht mitgenommen? Einen Typen niederzuschlagen, der in Reichweite ihrer Knüppel kommt, gehört zum guten Ton. Aber ihn an Ort und Stelle liegen zu lassen, das gibt es nicht alle Tage. Kriegszeiten hin oder her, selbst der zerstreuteste Bulle vergisst keinen Verdächtigen am Ort des Verbrechens. Es empfahl sich, Bailly einen Besuch abzustatten. Seit meiner Rückkehr hatte der Inspektor noch kein Lebenszeichen von sich gegeben. Die neuen Zeiten hatten wirklich alles über den Haufen geworfen.

Vor einem verwüsteten Laden fegte ein dicker Kerl in Hemdsärmeln das Trottoir. Mit müdem Gesicht hielt er inne, um den Triumphbogen zu betrachten, über dem die Flagge mit dem Hakenkreuz wehte. Er sah aus wie ein einsamer Schiffbrüchiger. Die wenigen Passanten wandten den Blick ab, ohne dass man hätte erkennen können, was ihnen unangenehmer war, die Fahne oder der dicke Mann.

An der Place de l'Étoile hielt die Blaskapelle der Wehrmacht ihre tägliche Parade ab. Da ich kein musikalisches Ohr habe, warf ich mich in die Metro. Auf dem Holzsitz einer zweiten Klasse brütete ich über meiner Geschichte mit den prügelnden Flics, bis ich beim Châtelet ausstieg. Der Brunnen plätscherte wie in den schönsten Tagen. An dem wiedereröffneten Zeitungsstand versuchten ein paar abgespeckte Gazetten, den Schein zu wahren. Im Juni hatten die Tageszeitungen, die sich in die Südzone zurückgezogen hatten, einer Ersatzpresse das Feld überlassen, die sich die manischen Gazettenleser in Ermangelung von Besserem einverleibten. In der Auslage lag neben einer *Paris-Soir*-Imitation die Ausgabe von *Le Matin*, in dem das Todesurteil eines Général de Gaulle durch das Militärgericht von Clermont-Ferrand wiedergekäut wurde. Ich nahm Kurs auf den Quai des Orfèvres, als ein kleiner Mann, der wie ein Amtsschreiber aussah, fünfzig Centimes gegen vier Seiten Falschmeldungen eintauschte.

Beim Pont au Change leerte ein schnurrbärtiger Bouquinist seinen Stand auf dem Trottoir aus.

»Zweig, Mann, Remarque …«, las ich auf den Bücherstapeln. »Da hat sich wohl ein besonders heller Büchernarr was Hübsches bestellt?«

»Schön wär's. So hell wie Otto ist sonst nur noch die Grotte von Lascaux.«

»Otto?«

»So heißt die Liste der zensierten Bücher. Hier …«

Er zog ein zerknittertes Papier aus der Tasche.

»›In dem Bestreben, zur Schaffung einer gesünderen Atmosphäre beizutragen, haben die französischen Verleger beschlossen, die Werke der folgenden Liste aus den Buchhandlungen und aus dem übrigen Verkauf zurückzuziehen. Die deutschen Behörden haben die Initiative beifällig zur Kenntnis genommen und ihrerseits die notwendigen Maßnahmen ergriffen.‹ Ihnen bleibt ja noch Mickey«, sagte ich, als ich ihm die in Garamondlettern gedruckte Bekanntmachung zurückgab.

Er grinste schief.

»Genau, eine Maus aus Amerika … Lassen Sie mir Ihre Karte da, wenn ich mal einen Rat brauche, komm ich zu Ihnen.«

Als ich ging, gesellte Freud sich zu seinen auf dem Boden aufgetürmten Kollegen.

Ich erreichte die Île de la Cité. Am Justizpalast lief ein deutscher Offizier mit langen Schritten die Steintreppe hinauf. Ein mit Achselschnüren dekorierter Wachtposten erstarrte in einem tadellosen Salut, als er an ihm vorbeikam.

Ich dagegen wurde von dem Schutzmann am Quai des Orfèvres nicht gegrüßt.

»*Guten Tag!*«, schmetterte ich auf Deutsch, als ich bei Bailly eintrat.

Im gelblichen Schein einer müden Lampe werkelte er an einem Bericht, dicker als die *Geheimnisse von Paris*. Er hob den Kopf.

»Was fällt Ihnen ein?«, fragte er unwirsch.

»Ich lerne gutes Benehmen.«

Im fahlen Licht aus dem Kellerloch, das als Fenster diente, war sein Büro eine Mischung aus verdreckter Zelle und Besenschrank. Bailly schlug seine Akte zu, als wolle er meine Bemerkung zwischen den Seiten zerquetschen.

»Auf Sie hatte ich schon nicht mehr gezählt. Sie kommen gerade rechtzeitig.«

»Rechtzeitig wozu?«

»Damit ich Ihnen keine grüne Minna hinterherschicken muss.«

»Mir?«

»Strapazieren Sie meine Nerven nicht. Sie hätten Paris nicht verlassen dürfen…«

»Ein Fall höherer Gewalt. Der Hilferuf meiner Sekretärin. Sie hätten genauso gehandelt.«

»Das bezweifle ich.«

»Da wird sie aber enttäuscht sein.«

Er drückte den Klingelknopf auf seinem Schreibtisch und ein in Pernoddunst gehüllter Wachtposten erschien.

»Wie machen Sie das?«, fragte ich.

Ich sah die Ader auf seiner Stirn schwellen, als er befahl: »Polizeigewahrsam.«

Der hochprozentige Flic legte mir schon die Hand auf die Schulter.

»Das ist eine willkürliche Verhaftung. Reicht es Ihnen jetzt nicht mehr, mir eine Abreibung zu verpassen?«

Bailly sah mich scharf an.

»Was für eine Abreibung?«

»Ihre beiden Handlanger bei Griffart…«

»Was verzapfen Sie denn jetzt schon wieder?«

Als ich mit meinem Bericht fertig war, hatte er den Wachtposten rausgeschickt.

»Ihre alte Dame konnte keine Beschreibung der beiden Typen liefern?«

»Ich sagte ja bereits, ihr Gedächtnis hat Aussetzer. Es war schon gar nicht schlecht, dass sie mir so viel hat sagen können.«

Er zog ein Päckchen Tabak aus der Schublade und drehte sich eine Zigarette. Seine Finger waren gelber als das Licht der Lampe. Als sein Glimmstängel fertig war, zündete er ihn an der rußigen Flamme seines Feuerzeugs an. Ein Geruch nach Benzin und Tabak breitete sich im Raum aus. Ich nahm mein Pfeiflein.

»Ich frage Sie nicht um Erlaubnis ...«

Er kippte nach hinten und sein Gesicht verschwand im Schatten. Unter der Funzel sah der tanzende Rauch wie Ektoplasma aus. Bailly schwieg eine Weile, die mir lang erschien. Das Tageslicht wurde weniger. Ich dachte an all die Typen, die es hatten schwinden sehen, während sie an meinem Platz auf dem ewig wackelnden Verhörstuhl gesessen hatten.

Im Flur hinter der Tür ging der Wachtposten auf und ab. Als Bailly es satthatte, seinen über die Dielen schlurfenden Pantinen zuzuhören, kehrte er ins Licht zurück.

»Die Nacht, in der Griffart gestorben ist, haben Sie da was Ungewöhnliches bemerkt?«

Er hatte es gefunden, sein Sandkörnchen auf der Leiche.

»Nein.«

»Um wie viel Uhr ist er ins Bett gegangen?«

»Er ist lang aufgeblieben, ich hab nicht gehört, wie er nach oben gegangen ist ...«

»Weil Sie geratzt haben wie ein Murmeltier!«

»He! Es reicht! Warum fragen Sie das alles?«

»Weil Ihr Klient seinen Zaster besser dem Waisenhaus der Polizei gespendet hätte, als Sie damit zu engagieren.«

»Er war eben ein Mann mit Geschmack.«

Meine Stichelei amüsierte mich nicht. Ich wusste, was Bailly sagen würde, noch bevor er es aussprach.

»Der Professor hat seinen Selbstmord nicht selbst begangen.«

Ich sah Griffarts Leiche vor mir, wie sie friedlich in dem aufgeräumten Zimmer lag. Die ordentlich zurechtgerückten Gegenstände, der Brief, die Spritze in ihrer Schatulle ... Ein Flic mit Schlangenkopf hatte das Detail entdeckt, das mir entgangen war. Das war starker Tobak. Griffart war nicht einer jener Klienten, die man erst am Zahltag sieht. Ich hatte bei ihm gewohnt. Die kleinsten Intimitäten mit ihm geteilt. Auch wenn man zur Essenszeit ins Anrichtezimmer geschickt wird, entstehen doch gewisse Bindungen. Die Domestiken spucken vielleicht in die Suppe, bevor sie sie servieren, aber letztendlich entwickeln sie eine Zuneigung. Monsieur ist ein richtiges Ekel? Ein unverhofft freundliches Wort genügt und man wird weich. Bis der Köter in die Hand beißt, die ihn füttert, muss schon einiges passieren, selbst wenn er von ihr geschlagen wird. Und wenn der Herr kein schlechter Kerl ist, hinterlässt er so etwas wie eine Leere. An den Tagen des großen Aufbruchs hatte ich so manches Dienstmädchen mit rot geweinten Augen gesehen, und so manche dickfellige Köchin, die von Tremolos geschüttelt wurde. Nicht mal die Leichenbittermiene der livrierten Lakaien war ausschließlich der Schicklichkeit zuzuschreiben. Mit den Gefühlen ist das so eine Sache. Da spielt man den Prahlhans, der weder Gott noch Herrn kennt, und dann geht man an die Front, weil der Herr Hauptmann sich nach dem Sohnemann erkundigt hat.

Ich weiß nicht, ob es am Licht draußen lag, das vor der Zeit schwand, aber ich fühlte Weltschmerz in mir aufsteigen.

Mit einer neuen Fluppe zwischen den Zähnen blies Bailly Rauchkringel. Ich wollte ihn nicht mit meiner Enttäuschung beglücken.

»Ihr Gerichtsmediziner ist ein echter Blindfisch«, tönte ich.

»Sein Optiker verkauft Brillen für kurzsichtige Privatdetektive. Schauen Sie bei Gelegenheit mal rein.«

»Passt schon. Spielen Sie jetzt die Rolle als Sphinx für das Gastspiel des *Groß-Paris*?«

»Die Klugscheißer-Nummer steht jedenfalls auf dem Programm, da könnten Sie durchaus für Wirbel sorgen.«

»Wie wär's damit: Sie sagen mir, was Sie aufgewirbelt haben, und hören auf, mir Ihren Tabak ins Gesicht zu blasen?«

»Schon erstaunlich, wie lange Sie brauchen, nur um mich nach etwas zu fragen. Nun ja, da sich der große Nestor auf das Niveau eines Polizeibeamten herablässt, würde ich es mir nie verzeihen, ihn zappeln zu lassen. Es wird Sie amüsieren, ich habe es sozusagen mit links rausgekriegt.«

Ich reagierte nicht. Er sah enttäuscht aus.

»Griffart war Linkshänder«, fuhr er fort. »Das haben Sie doch wenigstens bemerkt? Ich habe es sofort gesehen, als ich das Zimmer betrat. Der Nachttisch links vom Bett, die Armbanduhr am rechten Handgelenk ... Nur ein Detail stimmte nicht.«

Er unterbrach sich erneut. Ich wusste, worauf er wartete. Da musste ich durch.

»Welches?«, fragte ich widerwillig.

Er setzte ein breites, zufriedenes Lächeln auf. Das Lächeln der Schlange, wenn ihr das Mäuschen warm und knusprig in den Schlund fällt.

»Die Einstichstelle.«

Das hätte gereicht, aber er verspürte wohl das Bedürfnis, noch einen draufzusetzen.

»Sie war im linken Arm. Sie wissen schon«, präzisierte er und tat, als setze er sich eine Spritze, »der Arm, in den man sticht, wenn man Rechtshänder ist.«

XI

Als ich das Präsidium verließ, stand ich wieder draußen im Tageslicht und war überrascht, dass es noch nicht später war. In Baillys Schummerlicht hatte ich geglaubt, die Dämmerung hätte schon eingesetzt. Armer Bailly, diese Zwischengeschoss-Schlange, die zu Funzellicht verdammt war, während nur ein paar Schritte entfernt die Sonne schien.

Während ich die Seine entlangging, sog ich genüsslich und

in vollen Zügen eine Luft ein, die es nie bis ins Büro eines Polizeiinspektors schaffen würde.

An der Place du Châtelet hatte man die Brasserien wieder geöffnet. Ich setzte mich an einen der Tische draußen, um meine Gedanken zu sortieren.

Bei Griffarts Autopsie hatte der Gerichtsmediziner die gespritzte Substanz ermittelt. »Phenobarbital. Das wird in einigen Fällen von Geistesgestörtheit verwendet. Der Patient wird sanft wie ein Lamm. Und macht keinerlei Schwierigkeiten mehr.« Der Bericht, den die Gendarmerie aus Saumur geschickt hatte, kam einer Todesanzeige gleich. Mademoiselle Griffart hatte auf dem Weg zu ihrem Anwesen das große Los gezogen. Es hatte sie, von einem deutschen Flieger abgeworfen, mit seiner ganzen explosiven Wucht getroffen. In Clermont hatte man nach der Rückkehr zur Normalität Delettram erreichen können. Er fiel aus allen Wolken. Griffarts Selbstmord hatte ihn zwar betrübt, aber nicht überrascht, der Mord dagegen verschlug ihm die Sprache. Er wusste nicht, ob der Professor Feinde gehabt hatte, und konnte sich seinen Tod überhaupt nicht erklären. Griffart hatte außer der Psychiatrie keine Leidenschaft gehabt. Sein Lebenswandel war fast schon asketisch gewesen. Delettram ließ sich nicht lange bitten und nahm es mit seiner Schweigepflicht nicht so genau. Er würde aus Griffarts ehemaligen Patienten diejenigen heraussuchen, die seinen Tod hätten wollen können.

»›Der Psychiater, der in den Wahn eingreift, kann diesen für den Patienten, der ihn ja zu verdrängen sucht, unerträglich machen. Der Kranke findet möglicherweise keinen anderen Ausweg, als in eine umgekehrte Vorstellung von der Welt und der Norm zu flüchten. Er überträgt dann den Grund seines Leidens auf den Therapeuten. In einer anfallartigen Situation glaubt er unter Umständen, das Leiden auflösen zu können, indem er diesen ausschaltet.‹«

Bailly hatte mir alles in einem Rutsch vorgelesen, bevor er sein Notizbuch wieder zuschlug.

»Ich kann mir durchaus vorstellen, dass ein Wahnsinniger seinen Arzt erwürgt oder ihm mit dem Hammer den Schädel einschlägt. Das würde ich sogar verstehen. Als ich Delettram zugehört habe, bekam ich direkt Lust darauf. Sehr viel weniger kann ich mir vorstellen, dass ein Wahnsinniger in die Wohnung seines Therapeuten eindringt, um ihm eine Spritze zu verpassen. Das ist nicht sonderlich anfallartig. Was halten Sie davon, Sie sind doch auf dem Gebiet der geistig Umnachteten gut beschlagen?«

Ich saß vor meinem Bierchen und hielt davon gar nichts. Ein als Selbstmord getarnter Mord war das genaue Gegenteil einer im Wahn begangenen Tat. Allerdings konnte die Übertragung, von der Delettram gesprochen hatte, einen zeitlich versetzten Mechanismus ausgelöst haben. Eine Tat, die wie ein Hexensüppchen vor sich hin köchelte. Begangen mit der Kälte jener Psychopathen, denen man blindlings vertrauen würde. Eugène Weidmann, der Dandymörder, der ein Jahr zuvor einen Kopf kürzer gemacht worden war, hatte seine sechs Opfer abgeknallt, ohne aus der Ruhe zu kommen. Die braven Bürger dagegen, die unter der Guillotine zusammengelaufen waren, um sich an seinem Tod zu berauschen, legten eine sehr viel offensichtlichere Hysterie an den Tag. Kaum dass der Kopf im Korb lag, drängelte man sich vor, um sein Taschentuch in das Blut zu tauchen. Wenn der Bäckerin vor dem Fallbeil die Sinne schwinden und der Kneipenwirt röter sieht als sein Beaujolais, kann der Spinner mit seinen Zuckungen einpacken. Die Normalität war sonst schon nicht viel wert, aber seit vier Monaten entsprach sie der allgemeinen Niederlage. Um vor den vorrückenden Deutschen schneller fliehen zu können, hatten vier Krankenschwestern aus Orsay ihre Patienten mit einem Spritzencocktail aus Morphium und Sedol getötet. Dem mit dem Gutachten beauftragten Psychiater zufolge handelte es sich um eine »Trübung des Urteilsvermögens unter dem Einfluss eines kollektiven Erregungszustandes«. So ein Ding, das in der Lage war, vier anständige Mädchen in Todesengel zu verwandeln, konnte genauso gut einen Spinner zum kaltblütigen Mörder machen.

»Und was darf es für die Herren sein?«

Der Kellner nahm am Nachbartisch die Bestellung auf. Ich tauchte aus meinen Gedanken auf und sah, wie er den Tisch abwischte, an dem drei deutsche Offiziere Platz genommen hatten.

Die Uhr am Châtelet schlug sieben. Ich machte mich auf den Weg zur Agentur.

»Wo waren Sie denn abgeblieben?«

Yvettes Augen schleuderten Blitze, neben denen die Luftabwehr alt ausgesehen hätte. Ich hängte meinen Hut an den Kleiderhaken und ließ das Gewitter vorüberziehen.

»Detektiv im Bistro, Sekretärin im Büro!«, maulte sie, unbeugsam wie eine blinde Justitia.

Ihre Finger flogen mit einer Gewandtheit über die Tasten, die einen zum Träumen bringen konnte. Ich dachte an eine Menge Dinge, die der sittenstrenge Marschall nicht gebilligt hätte.

»Was tippen Sie da?«, erkundigte ich mich als Ablenkmanöver. »Ich habe doch seit unserer Rückkehr keinen Fall mehr angenommen.«

»Eben. Ich mache eine Bestandsaufnahme. Die Gläubiger werden schneller wieder zurück sein als die Regierung.«

Ohne einen Augenblick von ihrer Olympia abzulassen, machte sie eine Kopfbewegung zum Büro des Chefs. Sie sah aus wie ein dem Veitstanz verfallener Silberreiher.

»Die wartet schon seit einer Stunde auf Sie«, flüsterte sie.

»Wer?«

»Lucienne Grignand. Sie hat Ihnen zwei Briefe wegen ihres Ehemanns geschickt.«

Sie schielte zum Büro rüber und vollführte eine seltsame Mundgymnastik: »Dünkirchen! Vermisst gemeldet …«

»Yvette, ich habe Ihnen doch gesagt, ich will keine …«

»Lucienne Grignand!«

»Ja, und?«

»Die Sängerin …«

»Kenn ich nicht.«

»Sie ist sich sicher, dass ihr Mann am Leben ist.«

»Bestens, dann kommt er von allein wieder heim, es wird

demobilisiert. Und wenn er in England ist oder gefangen, kriegt sie bald schon Nachricht. Soll sie der Post doch Zeit geben, den Rückstand aufzuarbeiten.«

»Nes …«

Yvette setzte ihre Brille ab. Ohne das Gestell schwebte ihr Blick wie eine müde Wolke dahin.

Ich stieß die Tür zum Büro auf.

Lucienne Grignand blätterte beim Warten in einer alten Ausgabe von *L'Os à moelle*, Der Markknochen. Sie hatte eine Leibesfülle wie eine Opernsängerin, bebende Nasenflügel und einen Blick, fiebriger als die Spanische Grippe.

»Maurice lebt!«, deklamierte sie.

Sie legte eine kurze Pause ein, für den Fall, dass sie ihre Wirkung noch unterstreichen musste, dann streckte sie mir ein Foto hin.

»Monsieur, Sie werden ihn finden.«

In seiner Uniform wirkte Unteroffizier Grignand wie einer dieser Köter, deren Haut so viele Falten wirft, dass man meinen könnte, er hätte zu viel davon. Der Kontrast zu seiner Ehefrau war auffallend. In seiner Montur eines gemeinen Soldaten, die Pfeife im Maul und Wickelgamaschen an den Waden, posierte er neben einer Gulaschkanone mitten in den Dünen. Ein Hemd, das wie eine weiße Fahne an einem Pflock am Strand hing, verlieh dem Bild einen Hauch von Ferienstimmung. Dahinter kündete das schäumende Meer stürmische Zeiten an.

Ich legte das Foto wieder hin.

»Es gibt Tausende anständiger Jungs, von denen niemand Nachricht hat. Gefangen, entlassen, aufgeschmissen … Ganz zu schweigen von den …«

Sie erhob sich, die Hand auf dem Herzen.

»Natürlich«, bremste ich sie, »ist Ihr Gatte am Leben … Warten Sie also einfach ab, irgendwann kommt er zurück. In der Zwischenzeit nehmen Sie sich in Acht vor denen, die versprechen, ihn schneller wieder heimzubringen. Vor allem gegen Bares.«

»Viele würden Geld geben, um ihn wieder als meine Begleitung hören zu können.«

Ich stopfte mir eine Pfeife. Das Streichholz kratzte über die Schachtel, und ein Funke stob auf den Schreibtisch.

»Pardon?«

»Monsieur, viele Musikliebhaber würden Sie beneiden.«

Ich betrachtete das Grammofon des Chefs, das langsam verstaubte.

»Pathé Marconi ist eine gute Marke, aber ich verstehe nicht, was ...«

»Ihre Diskretion ehrt Sie, Sie sind ein Gentleman ... Seien Sie versichert, als ich zu Ihnen kam, war mir klar, dass ich nicht anonym bleiben würde. Der Erfolg hat seine Schattenseiten, nicht wahr?«

Ihre Finger sahen aus wie Würstchen. Wenn man von den Ringen absah. Sie hatte ihre liebe Not, sie in ihre Handtasche hineinzubekommen. Als sie sie wieder draußen hatte, hielten sie ein Theaterprogramm.

»Lucienne Grignand, Sopran, Star der Pasdequin-Konzerte«, las ich. *»Außergewöhnlicher Liederabend im Gaîté-Lyrique, Puteaux.«*

Sie kramte in dem Becher mit Bleistiften.

»Sagen Sie mir noch einmal Ihren Vornamen, Monsieur ...«

Sie kritzelte etwas auf das Programmheft und gab es mir zurück, als würde sie bei der Kollekte mit einem Geldschein rausrücken.

»Aus Schwertern werden wir Leiern schmieden«, rezitierte sie, und ihre Brust schwoll vor Erregung und einer Menge anderer Dinge. »Die Waffen schweigen. Unser armes Land hat es nötig, sein Leid zu vergessen. Die Pflicht von uns Künstlern der Bühne ist es, ihm Trost zu spenden. Und ich werde meine Pflicht nicht vernachlässigen.«

»Selbstverständlich«, sagte ich und tastete mit dem Fuß nach der Klingel unter dem Schreibtisch.

»Dem Ruf meiner Pflicht zu folgen, hängt nur von einem ab: Maurice' Rückkehr.«

»Weil auch er ...«

»Ah, Monsieur, als Liebhaber des Belcanto haben Sie nur ein Ohr für die Stimme, die ihm dient. Dabei hätten auch jene, die sie im Schatten begleiten, ein wenig Licht verdient.«

»Ihr Gatte ist ...«

»Pianist, Monsieur.«

Für Nestor – Klänge der Hoffnung, die schönste aller Partituren. Die Widmung zog sich in großen runden Buchstaben über das Programmheft. Ganz zuunterst konnte man, wenn man sich die Augen verderben wollte, den Namen des musikalischen Begleiters des Stars entziffern.

Vor meinem inneren Auge erschien wieder der Infanterist mit der zu großen Uniform. In der Hölle von Dünkirchen musste ihm eine Symphonie in den Ohren gedröhnt haben, die so ganz anders klang als die großen Arien über einen Krieg in Spitzenkragen. Wenn ihm die Meeresschnecken zwischenzeitlich nicht das Trommelfell zerfressen hatten. Zwei Monate zuvor hatten sich von Ypern bis Calais kilometerweit über den Sandstrand verteilt vierhunderttausend französische und englische Fußsoldaten gedrängt, in der Hoffnung, bald an Bord zu gehen. Der große Rückzug trieb sie zum Meer wie der Flötenspieler die Ratten. Die Felsen von Dover waren so nah, dass ihr weißer Schimmer unter dem Rauch der bombardierten Schiffe zu erkennen war. Doch Befehle und Gegenbefehle hatten sich nach Gutdünken der alten Kommisshengste abgewechselt. Nach neun Tagen Geschützfeuer gab ich keinen Pfifferling mehr auf den Kopf von Unteroffizier Grignand.

»Er ist vielleicht nach England rüber«, schlug ich vor, »schließlich haben dreihunderttausend übergesetzt.«

Sie richtete sich auf wie die vom Feind beleidigten Jungfrauen in den Geschichtsbüchern.

»Maurice ist auf französischem Boden!«

Ich ruderte zurück.

»Selbstverständlich. Das war auch nur rein hypothetisch ... Aber wäre es indiskret, Sie nach der Quelle Ihrer Information zu fragen?«

Lucienne Grignand beäugte mich, als wäre ich ein Fagottist, der gepatzt hatte.

»Der Swami.«

Ich dachte, sie wolle mich auf den Arm nehmen. Ich sah zur Tür, sicher, dass gleich die Kumpel von früher auftauchen würden. Mit der Pulle in der Hand würden sie hereinspazieren, glücklich über unser Wiedersehen und ihren blödsinnigen Streich. Wir würden es lustig haben und bis zum Umfallen auf eine Menge Dinge anstoßen, an die wir einmal geglaubt hatten. Aber niemand trat über die Schwelle, die Tür blieb zu.

»Erzählen Sie mir von diesem Swami«, sagte ich.

Sri Aurobindo Bakor kam aus Bombay. Geleitet von den Stimmen, die durch alle Dinge zu ihm sprachen, war er durch die Welt gezogen, bevor er begriff, dass sein Karma darin bestand, das Elend zu lindern, das wie ein böser Dämon über Europa niedergegangen war. Diese Offenbarung hatte ihn während seiner Meditationen am Ufer des Ganges ereilt. Seine Schritte hatten ihn nach Paris geführt. Dort hatte er sein Wissen in den Dienst derer gestellt, die nach einem geliebten Menschen suchten, der in den Wirren verloren gegangen war.

Ich hatte zwar nur selten eine Schule von innen gesehen, aber es reichte, um die Sprache der Gelackmeierten zu übersetzen. Ihren Swami sah ich vor mir. Klar und deutlich. Mit Rauschebart, Turban und einer dicken Schicht Schminke. Aus Indien kam er jedenfalls nicht. Seine Sandalen hatten mit den steinigen Pfaden Kataloniens Bekanntschaft gemacht. Und auch mit den Wegen des Exils, die Faschisten dicht auf den Hacken. Der Weihrauch, den er verkokelte, roch nach Dynamit und Schießpulver.

»Sie machen ja ein Gesicht«, rief Yvette erstaunt, als ich die Diva von Puteaux hinausgeleitet hatte.

Ich machte die Flasche Cinzano auf, die im Schrank herumstand, und erhob mein Glas »Auf Corbacks Rückkehr!«

XII

Am Boulevard de l'Hôpital gegenüber dem Krankenhauskomplex der Salpêtrière hatten die Bestattungsunternehmer ihren Sitz. Zwei schöne Geschäfte, die in tiefem Schwarz auf Kundenfang gingen. Im Schaufenster Kränze, Särge und Engelchen aus Gips. Erst hatte die Nachbarschaft das für ein starkes Stück gehalten, aber schließlich hatte man sich daran gewöhnt. Im Grunde war es ja praktisch. Und vorteilhaft. Denn da jeder irgendwann mal dran glauben musste, war es doch gar nicht so schlecht, für die letzte Reise nur kurz über die Straße zu müssen. Wenn die Patienten ihre Aufnahmebestätigung unterschrieben, war ihnen angesichts der Nachbarschaft zwar etwas mulmig zumute, aber sobald sie über die Schwelle des Krankenhauses getreten waren, machten sie es wie ihre Leidensgefährten. »Zehn Francs auf die Schwindsucht in der 12. Drei zu eins auf den Krebs in der 9.« Die Rüstigeren schlossen Wetten ab. Auf den Tod der anderen zu setzen, half, den eigenen zu vergessen. Die Sargträger machten es hinter ihren Schaufenstern genauso und alle waren es zufrieden. Sogar eine Druckerei für Kondolenzbriefe hatte sich zwischen den Leichengeschäften niedergelassen. Corback hätte für sein Wohnwägelchen keinen hübscheren Stellplatz finden können. Herausgeputzt wie eine Jahrmarktsbude, trug es ein riesiges aufgemaltes Auge, gelb auf schwarzem Hintergrund, das mit geheimnisschwerem Lid das Krankenhaus fixierte. Auf der Gehsteigseite symbolisierte ein Schicksalsrad die Weisheit des Orients. Ebenso sehr ähnelte es allerdings auch einer der manipulierten Glücksbuden auf der Foire du Trône. Unter einem Bild des Meisters, dessen Blick so dunkel war wie ein Trauerbehang, verkündete ein kleines Plakat, dass »Sri Aurobindo Bakor, Großer Swami von Bombay« jeden Tag »von 9 bis 12 Uhr und von 14 bis 18 Uhr« Sprechstunde hielt. Nach dem Stimmenlärm im Wageninneren zu urteilen, machte der Magier Überstunden.

»Hochstapler!«

Bei Corbeau war das keine Überraschung.

»Bauernfänger!«, brüllte die Stimme im Wohnwagen. »Du rückst jetzt sofort die Kohle wieder raus, die du eingesackt hast.«

»Mein Sohn, der Kummer macht Euch blind. Die Offenbarung schlägt mitunter den Weg der Schmerzen ein.«

»Den Weg der Schmerzen schlägst du gleich selber ein, und zwar zack, zack!«

Das Gepolter ließ darauf schließen, welcher Art die Aussprache war. Als ich hereintrat, lag Corback mit aufgeplatzter

Lippe und schiefem Turban der Länge nach auf dem Boden. Mit der linken Hand wischte er sich das Blut ab, das ihm übers Kinn lief. In der rechten hielt er eine Knarre so groß wie ein Hindutempel.

Ein Lächeln erschien auf seinen geschwollenen Lippen.

»Neftor, na fo waf!«

Ein Heini im Möbelpackerformat stand, von dem Schießeisen wie hypnotisiert, mit hoch erhobenen Händen da.

»Einen Heiligen verprügeln kann bös ins Auge gehen«, sagte ich.

Der verdutzte Typ hatte keine Zeit, einen Blick auf die rot gestreifte Karte zu werfen, die ich ihm unter die Nase hielt. Sie verschwand schneller wieder in meiner Tasche als das Herzass beim Kümmelblättchen.

»Aber … aber …«, schnappte der Kerl wie ein Karpfen auf dem Trockenen.

Ich hob ein Amulett auf, das bei der Rangelei kaputtgegangen war.

»Tätlicher Angriff mit Körperverletzung, Zerstörung von Kultobjekten …«

»Kultobjekten?«

»Ich fürchte, die Unannehmlichkeiten fangen für Sie gerade erst an. Allem Anschein nach hat Sie eine Meinungsverschiedenheit … geschäftlicher Art mit Seiner Heiligkeit aneinandergeraten lassen.«

»Heiligkeit? Dieser aufgeblasene Lackaffe?«

»Passen Sie auf, dass zu den übrigen Vergehen nicht auch noch Beleidigung dazukommt. Auf wie viel beläuft sich der Streitwert?«

»Vierhundert Francs. Das hat er meiner Schwester abgeschwatzt. Angeblich, um ihr Andrés Schicksal zu enthüllen.«

»André?«

»Mein Schwager. Wir haben seit Mai keine Nachricht mehr von ihm. André war Gefreiter im fünften Infanterieregiment. Laut den Visionen Ihrer beknackten Heiligkeit hat er den Deutschen heldenhaft Widerstand geleistet, bevor er den langen Weg der großen Flucht antrat. Mit der Rückkehr der Versprengten sollten wir angeblich Neuigkeiten bekommen.«

»Und dem war nicht so?«

»Ich bin André heute Morgen begegnet. Die einzigen Patronen, die er verschossen hat, waren im ›Blumenkorb‹, einem Bordell in Dijon. Ganz klar, das war heldenhaft. Seit zwei Monaten hat er mit den Damen da einen draufgemacht. Der lange Weg der großen Flucht hat ihn vom Spiegelzimmer zum japanischen Garten geführt.«

»Mancher Weg ift verflungen«, protestierte Corbeau, während er seine ramponierte Rübe in einem Hexenspiegel in Augenschein nahm. »Ich hatte Ihnen Nachrichten verfprochen und Fie haben welche bekommen …«

Der Möbelpacker wurde puterrot. Ein sanguinisches Rot, mit violetten Einsprengseln.

»Okay«, bremste ich ihn, bevor er einen Hirnschlag bekam, »die Polizei hat Wichtigeres zu tun. Seine Heiligkeit wird Ihnen die Hälfte der Summe erstatten und Sie beide sind quitt.«

»Die Hälfte?«, brüllte der Kerl.

»Ihr Schwager ist doch mit den Rückkehrern der großen Flucht zu Ihnen zurückgekommen, oder etwa nicht? Fünfzig Prozent für die Vorhersage, fünfzig Prozent für die Sprechstunde. Das ist mehr als korrekt. Versuchen Sie das mal beim Arzt, wenn bei seiner Diagnose nicht alles gestimmt hat. Würde mich wundern, dass das klappt. Darüber hinaus wird Seine Heiligkeit keine Anzeige erstatten.«

»Ich kenne kein Gefetf aufer dem göttlichen«, verkündete Corbeau, während er ein Bündel Geldscheine aus einem Reliquienbehälter zog.

Der Typ hätte ihn am liebsten gevierteilt, aber er zog es vor, sich die Kohle zu schnappen.

»An die Heiligkeit werd ich mich erinnern«, knurrte er, bevor er die Tür hinter sich zuschmiss.

Als wir allein waren, sahen wir uns an wie zwei alte Kumpel, die nicht wissen, wo sie anfangen sollen. Es war erst zwei Jahre her, aber unter den Brücken war seither eine Menge Dreck durchgeflossen. Nach unserem letzten Treffen war Corbeau nach Spanien aufgebrochen. Ohne Blumen, aber mit Gewehr. Auf der anderen Seite der Pyrenäen lag die Republik im Todeskampf, und mein Kumpel, der Sargträger und Fakir, dessen Ideen schwärzer waren als sein Anzug, ließ sich auf eine im Voraus verlorene Sache ein.

Dem Augenschein nach war er immer noch derselbe. Die Art Typ, dem die Zeit nichts anhaben kann. Trotzdem, der »Rabe« Corbeau hatte Blei in den Flügeln. Es war etwas in seinen langsamer gewordenen Bewegungen, in seiner Art, einen anzusehen, in seinem Gesicht, das wie ein Flicken auf einem abgenutzten Kleidungsstück saß. Er machte sich über seine Visage im Zerrspiegel lustig, aber ich wusste, dass er hinter die Wunden und Beulen sah.

»Lass uns einen kippen«, schlug er vor und öffnete eine der Phiolen, die auf dem Regal standen.

Ich ignorierte das Formolfläschchen mit der baillyköpfigen Schlange.

»Lucienne Grignand hat mir einen Besuch abgestattet.«

Er füllte zwei Gläser mit einem sirupartigen Gesöff.

»Is nich wahr ... So eine dumme Pute!«

»Wie mir scheint, machst du mit dummen Puten dein Geschäft.«

»Also dann, auf die dummen Puten und auf die Freundschaft«, sagte er mit erhobenem Glas.

Ich prostete ihm zu: »Auf die Unabhängigkeit der Welt?«

»Bis dahin ist es noch eine Weile hin, was?«, erwiderte er lächelnd.

Er trank sein Glas leer.

»Lucienne Grignand, die Nachtigall von Puteaux ... War sie wirklich bei dir?«

»Sie glaubt steif und fest an deine Visionen. Du hast in deiner Kristallkugel offenbar ihren Mann gesehen.«

»So einfach hast du dir deine Kohle noch nie verdient, ganz ohne Rennerei. Grignand ist gegenüber.«

»In der Salpêtrière?«

»Na, bei den Bestattern jedenfalls nicht.«

»Lass hören ...«

Er schenkte eine neue Runde ein.

»Erinnerst du dich an Riton?«

»Riton?«

»Esculape ...«

Ich leerte mein Glas. Die Besatzung versprach, heiter zu werden. Riton Esculape war, was Scherereien anging, für sich allein schon mit Gold nicht aufzuwiegen. Seinen Spitznamen verdankte er seinem Sanitäterdiplom. Ob echt oder gefälscht, es diente ihm als Eintrittskarte zu einem Hof der Wunder, bevölkert von Armbrüchen, Versicherungsschwindeleien und vorgetäuschten Arbeitsunfällen. Mit der Zeit hatte er sich nebenher einen exklusiven Kreis begüterter Schöngeister aufgebaut, die er mit Laudanum und anderen Traumelixieren versorgte. Die krummen Geschäfte gingen mit den Überzeugungen Hand in Hand und so erleichterte er mitunter auch ein Mädchen in auswegloser Lage von der Last ihrer Sünden. Riton erledigte dies allein um eines Ideals willen, von dem ihm noch ein paar Erinnerungen geblieben waren.

»Was hat der denn damit zu tun?«, fragte ich, und mir schwante Böses.

»Er arbeitet an der Salpê. Wir sind miteinander im Geschäft ... Seit Kriegsausbruch steht die Kundschaft vor meinem Hänger Schlange. Die einen haben keine Nachricht mehr vom Ehemann, die anderen jede Spur vom Bruder verloren und von wieder anderen hat sich der Verlobte in Luft aufgelöst ... Einfach ekelhaft.«

»Du sagst es.«

Seine Züge wurden hart.

»Der Krieg ist immer ekelhaft, Nes. Immer. Aber ich, ich nehme den Leuten nur ihre Moneten ab. Und im Gegenzug gieße ich ihnen Balsam in ihr wundes Herz. Meine Tür ist die letzte, an die sie klopfen. Wenn sie schon alles versucht haben, bleibt ihnen hier ein Hoffnungsschimmer. Warum sollte man ihnen den mit aller Gewalt nehmen? Ich habe so manchen gesehen, der vorbereitet werden musste, bevor er die Wahrheit akzeptieren konnte. Meinst du vielleicht, die Armee oder die Bullen würden das tun? Ich schon. Meine Trancen und Tarotkarten sind nicht nur fauler Zauber.«

»Und wie bringst du deine Trancen in Schwingung?«

»Sofort, nachdem mich ein Klient nach einem Verschwundenen um Rat gefragt hat, gebe ich seine Beschreibung an Riton weiter. Die Pfleger haben untereinander verdammt gute Verbindungen. Egal, ob in Lille oder Marseille, wenn der Bursche in einem Krankenhaus liegt, erhält Riton Nachricht. Er gibt mir einen Tipp und wenn die Familie wiederkommt, habe ich eine Gewinnvision. Bei der Sängerin brauchten wir nicht lange zu suchen. Ihr Göttergatte war in der Salpêtrière gelandet. Bombardierung, Gedächtnisschwund. Er muss eine Weile herumgeirrt sein, bevor er wieder in Paris eingelaufen ist. Aber warum zum Teufel Paris, wenn er sich doch an nichts erinnert? Riton hat ihn wiedererkannt. Er hatte ihn in *Ciboulette* gesehen. Ich hab den Spaß noch etwas in die Länge gezogen, bevor ich damit rausrücke. Und da ist sie ausgerechnet zu dir gelaufen! Die Welt ist klein, was?«

»Und wenn über die Verbindungen nichts rauskommt?«

»Dann improvisiere ich. Ich bin nicht aus der Übung gekommen, weißt du. Verdammt, erinnerst du dich an unsere Wahrsagenummer mit Lucia? Das war was, wie?«

Sein Blick schweifte ab, weit hinaus, jenseits des Wohnwagens.

»Ihr wart die Besten, Lucia und du.«

»Du siehst ja, was ohne sie aus mir geworden ist. In Barcelona hab ich mich oft gefragt, ob ich nicht auf Phantome schieße.«

»Sie fehlt uns allen, Corback.«

»Du bist in Ordnung, Nes, du warst schon immer in Ordnung.«

Er hatte angefangen zu schniefen.

»Du bist ein verdammter Halunke, Corbeau, so vom Schmerz der Welt zu profitieren. Aber du bist wirklich der König der Zauberkünstler.«

Er wischte sich den Zinken am Ärmel ab.

»Echt?«

»Gegen dich kann Robert-Houdin einpacken.«

Sein Gesicht hellte sich auf.

»Hokuspokus zu produzieren, ist eine Kunst. Das Wichtigste dabei: vage bleiben. Je nebulöser eine Weissagung ist, desto weniger sprechen die Tatsachen gegen dich. Ein Detail ist immer dabei, das sich scheinbar erfüllt hat. Und das lässt den Rest durchgehen. Bring etwas ganz Offensichtliches, und die

Leute klammern sich daran. Du sagst ihnen, dass sie bald Nachricht erhalten werden. Das verpflichtet zu nichts, möbelt sie aber wieder auf. Später kann die Nachricht dann ruhig kommen, mit der Heimkehr des verlorenen Sohnes, einem Brief oder einer Todesanzeige ...«

»Sag mal, Esculapes Verbindungen reichen nicht zufällig bis nach Clermont?«

XIII

Wenn man die Salpêtrière verließ und sich nach Osten wandte, konnte man die Cité Doré sehen, sofern man imstande war, über die eigenen Schuhspitzen hinauszuschauen. Die »Goldene Stadt« verdankte ihren Namen allerdings sicher nicht dem edelsten aller Metalle. Sie bestand aus einem Haufen verwitterter Bruchbuden, die sich dicht aneinanderdrängten, um nicht in sich zusammenzufallen. Man konnte daran vorbeigehen, ohne sie zu bemerken, so tief duckten sie sich hinter eine Mauer, hoch wie die der Gefängnisse. Hinein gelangte man durch drei Öffnungen, an der Place Pinel, an der Rue Jenner und am Boulevard de la Gare. Drei weit aufgerissene Mäuler, denen manchmal üble Abfallgerüche entwichen. Die zukunftsweisende Siedlung des werten Monsieur Doré, die ein Jahrhundert zuvor gegründet worden war, um für die Arbeiter hübsche Häuschen mit Gemüsegarten bereitzustellen, war zum Elendsloch verkommen. Die rechtschaffenen Leute erwähnten sie nur schaudernd, die Polizei wagte sich gar nicht mehr hinein. Nachttöpfe, Steine, Bleirohre – mit all dem Zeug, das die Flics bei jedem ihrer Besuche aufs Käppi bekommen hatten, hätte man eine Müllkippe bestücken können. Sie hatten sich damit abgefunden, die Siedlung war zur gesetzlosen Zone geworden. Man lebte von der Außenwelt abgeschlossen. Es wurde aufs Geratewohl geboren und schnell gestorben. Das Königreich der Armut. Nicht die von der Postkartenidylle mit den rotwangigen Straßenkindern und den liebenswerten Clochards. Die echte. Die Armut mit Fieber und Bazillen. Die die Brustkörbe aushöhlt. Die den Nacken beugt und rücksichtslos macht. Die man mit schlechtem Wein und Maulschellen totzuschlagen versucht.

In diesem von der sanitären Landkarte gestrichenen Mikrobenherd waren um die tausend Lumpensammler mit Frauen und Kindern, Ratten, räudigen Hunden und Katzen mit zernarbtem Fell zusammengepfercht.

Die Abbrucharbeiter hatten gründlich aufgeräumt. Die Cité Doré hatte früher als ihre Schwester in der Rue Jeanne-d'Arc angefangen, zur bloßen Erinnerung zu werden. Während sie auf das Ende wartete, dienten ihre aufgerissenen Häuserwracks den Kindern des Viertels als Spielplatz. Und einigen Unbeugsamen als Behausung. Hier wohnte Esculape, niemand hatte je begriffen, warum.

»Ich begleite dich besser.«

Corbeau hatte manchmal einen guten Rat auf Lager. Von ein paar schlammbraunen Gören eskortiert und auf unsere Skalps achtend, schlängelten wir uns durch Lumpen und aufgeschlitzte Matratzen hindurch. Wir erreichten Esculapes Baracke. Eine Bruchbude, schäbig, krumm und schief. Mit Steinen zusammengeschustert und kleinen Balken abgestützt. Alles aus wiederverwerteten Materialien, von überallher zusammengetragen. Ein Ricard-Plakat, wie man sie während des Sitzkrieges in den Bistros anschlug, ersetzte eine der zerbrochenen Fensterscheiben: »Seid wachsam, Feind hört mit.«

»Der hat sich auch nicht verändert, was?«, lachte Corbeau, als er an die Tür klopfte.

Er klopfte lauter. Drinnen waren schlurfende Schritte zu hören. In Pantoffeln. Die Art Schritte, wenn man beim Gehen die Füße nicht mehr hebt. Dann machte Esculape uns auf.

Abgesehen von dem Fett, das ihm das Aussehen eines Beinschinkens verlieh, war er noch immer derselbe. Das strohblonde Haar, der Zinken, zerbeulter als ein Blech vom Schrotthändler, und dieser treuherzige Blick, hinter dem er sich über einen lustig zu machen schien.

In seinem Unterhemd, das ihm bis zu der nicht ganz sauberen Unterhose hinunterhing, reckte und streckte Riton

Esculape sich wie einer, der eben aufwacht, ohne beim Schlafen auf seine Kosten gekommen zu sein.

»Hast du gesehen, wie spät es ist?«, gähnte er. »Komm heute Abend wieder, ich muss Schlaf nachholen. Scheiße, ich hab die ganze Woche Dienst geschoben.«

Eine Stunde später tranken wir so etwas wie Kaffee. Griffarts Tod und die Todesspritze, Esculape konnte es nicht fassen. Er tat es treffsicher mit lautstarken »Scheiße aber auch!« kund.

»Griffart haben sie abgemurkst! Ich bin echt platt. Oh, Mann, Scheiße! So ein Ass ... Und nicht der Typ mit schlechtem Umgang. Abgesehen von den Verrückten. Bei denen weiß man nie, aber das war ja seine Branche, nicht wahr? Oh, Mann, Scheiße! Aber wenn es in Clermont was aufzuschnappen gibt, sagt Edmond uns Bescheid.«

»Edmond?«

»Ein Kollege. Er ist mit denen dageblieben, die nicht evakuiert werden konnten.«

Corbeau verzog das Gesicht über seinem Kaffeepott.

»Komisch.«

Esculape schnupperte an seiner Tasse.

»Es wird schwierig, echten aufzutreiben. Ich strecke ihn mit Zichorie. Hab ich zu viel reingetan?«

»Ich meinte Edmond. Bei den Bekloppten zu bleiben, wenn die Deutschen vor den Toren stehen, ist doch komisch.«

»Er ist, solange ich ihn kenne, schon in Clermont gewesen. Ich weiß nicht einmal, ob er irgendwann woanders gewohnt hat. Er ist schon seit Ewigkeiten bei seinen Verrückten ... Was soll er sich mit dem Volk rumärgern, das momentan auf der Landstraße unterwegs ist? Seine eigenen Leute kennt er wenigstens.«

Mir kam das zustatten.

»Frag ihn, ob ihm ein großer, stark behaarter Kerl was sagt, Aphasiker und tätowiert. Eine spanische Tätowierung.«

»Spanisch?«

»Auf dem linken Arm, die Devise der Republikaner.«

»*¡No pasarán!* ...«, murmelte Corback.

Wir überließen die Siedlung ihren Ausdünstungen. Auf dem Boulevard hing Hopfenduft in der Luft. Ein Lutèce-Bierwagen schwankte Richtung Austerlitz davon. Ich zog meine Pfeife hervor.

»Man möchte meinen, die Brauereien sind wieder geöffnet.«

Im Viertel sprudelte es nur so vor Bier. Wegen des kreidehaltigen, kühlen Untergrunds, durch den die Bièvre fließt. Schöne Naturkeller, gut für die Gärung. Die Fabriken produzierten in großen Braukesseln – Pilsener, dunkles und bernsteinfarbenes. Die Fässer wurden an die Bistros der Hauptstadt und der Banlieue geliefert. Die großen Familienflaschen von Uniprix. Und die Bügelflaschen eigens für die Baustelle. Zur Brotzeit. Man lässt den Metallmechanismus, der den Keramikstöpsel hinuntergedrückt hält, aufschnappen und der Schaum steigt mit einem liebenswürdigen Seufzer im Flaschenhals auf. Dann setzt man die Pulle wie ein Signalhorn an und lässt das Bier durch die Kehle rinnen. Danach der große genüssliche Rülpser mit seinem Geschmack nach Essen und nach Wo-gibt's-mehr-davon. Man wischt sich mit der Hand den Mund. Man blickt auf die wartende Arbeit. Und wenn der Polier krakeelen würde wie eine Sirene, man würde sich nicht von der Stelle rühren.

»Was ist denn das für eine Geschichte von einem tätowierten Spanier?«, fragte Corbeau in einem plötzlichen Gedankensprung.

Ich gab ein Resümee von Yvettes Bericht und von der Bombennacht in La Charité.

»Der Kerl war nicht mehr zu erkennen. Zur Stunde liegt er in einem Massengrab und knabbert den Löwenzahn von unten an.«

Ein deutsches Motorradgespann mit Beiwagen brauste mit wehendem Fähnchen vorbei. Corbeau sah ihm hinterher.

»Hast du seinen Wisch behalten?«

»Ich hab ihn immer noch bei mir. Yvette behauptet, dass das zur fixen Idee wird.«

Ich ging meine Taschen durch. Vergeblich.

»Das kapier ich nicht. Er war in meiner Brieftasche.«

Ich suchte nochmal alles ab.

»Scheiße! Die falschen Flics!«

Corbeau sah mir zu, als säße er in einer schlechten Vorstellung. Nach reiflicher Überlegung fand ich sie auch nicht gerade doll. Ich ließ ihn in seinem Wohnwagen zurück und schlug den Weg nach Saint-Marcel ein. Auf dem abblätternden Anstrich einer Lagerhallenmauer rief ein vergilbtes Plakat zum sofortigen Frieden auf: »3. Oktober 1939. Gebt der Vernunft das Wort und lasst die Armeen ihre Waffen niederlegen …« Aber die Vernunft war endgültig in die Jahre gekommen und der lächerliche Aufruf einer Handvoll Pazifisten kläglich gescheitert. Louis Lecoin, Jean Giono, Henri Jeanson waren eingebuchtet. Die Namen der anderen Unterzeichner auf der verwaschenen Proklamation verblichen. Alain, Henry Poulaille, Marceau Pivert … Der Name von Marcel Déat, dem ehemaligen sozialistischen Abgeordneten, der zum Faschismus übergetreten war, stach wie ein Schmutzfleck hervor.

XIV

»*Griffart ist verreckt, jetzt müssen andere dran glauben.*«

»Das ist gestern Morgen gekommen.«

Ich untersuchte den Brief, den Yvette mir hingehalten hatte.

»Wieder anonym.«

»Und wieder derselbe Parfumduft.«

»Sind Sie sicher? Ich rieche nichts.«

»Das liegt am Odeur Ihrer dreckigen Pfeife, das betäubt Ihnen den Geruchssinn.«

»Das liegt wohl eher an Ihrem.«

»Meinem Geruchssinn geht es blendend«, sagte sie und rümpfte über dem Aschenbecher die Nase.

»Ich meinte Ihren Parfumduft.«

»Mein Parfum betäubt den Geruchssinn? Na, danke! Seien Sie unbesorgt, Ihrer Rüpelhaftigkeit kann es jedenfalls offensichtlich nichts anhaben.«

»Herrgott nochmal, heute ist wohl Kratzbürstentag. Ich habe nur versucht, galant zu sein.«

»Galant wie eh und je.«

»Ich wollte einfach sagen, dass Ihr Parfum mich verwirrt. Es schaltet sozusagen alle anderen Gerüche aus ... Ach, Sie wissen schon, was ich meine.«

Sie reckte sich empört, was ziemlich hübsch anzusehen war. Und noch netter war es, sich das vorzustellen, was man nicht sah.

»Sie verstehen es, mit den Frauen zu sprechen, Nestor. Frauen lieben es, wenn man ihnen sagt, dass das Wässerchen, mit dem sie sich einsprühen, so schwer ist, dass es alles auf seinem Weg umhaut.«

»Sie sind wirklich unmöglich!«

»Werner war da offenbar anderer Meinung.«

»Werner?«

»Der deutsche Soldat, der mir seinen Platz in der Metro angeboten hat. Der fand mein Parfum jedenfalls sehr pariserisch.«

»Nur zu! Nehmen Sie seinen Platz auf der Bank ruhig an, morgen bekommen Sie die Knie angeboten.«

Sie ließ ihre Brille auf die Nasenspitze rutschen. Ihre Augen erinnerten an jene Murmeln, die ganze Schulhöfe zum Träumen brachten.

»Wer sagt Ihnen denn, dass ich seinen Platz angenommen habe?«

Sie warf einen gefalteten Zettel auf den Schreibtisch und stand auf.

»Sycomore.«

»Was, Sycomore?«

»Das ist das Parfum, nach dem Ihr anonymer Brief riecht. Es ist von Mademoiselle Chanel. Wenn Sie mein Gehalt aufstocken, kann ich es mir vielleicht leisten, da meines ja nicht nach Ihrem Geschmack ist.«

Sie knallte die Tür zu und ließ ihre restliche Gereiztheit über ihre Schreibmaschine ergehen. Seufzend streckte ich die Hand nach meinem Pfeifenständer aus. Der Schrieb lag neben den aufgereihten Pfeifen und verhöhnte mich. Sycomore ... Ich konnte ihn mir noch so dicht unter die Nase halten, ich roch nur den vagen Geruch von kaltem Tabak. Ich verzichtete auf meine Tschibuks und begnügte mich mit dem Telefon. Ein paar Minuten später wurde ich mit dem Krankenhaus von Clermont verbunden.

»Professor Delettram ist nicht im Hause, wenn Sie mir bitte Ihren Namen und Ihre Telefonnummer sowie den Grund Ihres Anrufes nennen würden, ich werde ihn dann benachrichtigen, sobald er zurück ist.«

Die Sekretärin am anderen Ende der Leitung hatte ihren Monolog, ohne Atem zu holen, abgespult.

»Es handelt sich um eine private Angelegenheit. Ich bin ... nun ja, ich war ... ein Freund von Professor Griffart.«

Ein mitfühlendes Seufzen signalisierte durch den Hörer hindurch das Ende des Atemstillstandes.

»Was für ein Drama, einfach furchtbar!«

»Kannten Sie den Professor?«

»Er arbeitete an denselben Forschungen wie Professor Delettram. Was für ein Drama ...«

»Einfach schrecklich.«

»Was für ein Verlust ...«

»Einfach unersetzlich.«

»Man kann es nicht anders sagen ...«

»Wissen Sie, wann Professor Delettram voraussichtlich wieder da sein wird?«

»Ja, sicher ... Er kommt übermorgen zurück.«

»Ach! Das ist ärgerlich. Da werde ich nicht mehr in Paris sein. Die Schwester des Professors hatte mich mit einer ... besonderen Mission betraut.«

»Die Schwester von Professor Delettram?«

»Von Professor Griffart!«

»Ja ... natürlich ...«

»Er wäre eine große Hilfe gewesen.«

»Was für ein Unglück!«

»Das ist richtig.«

»Er hinterlässt eine große Leere.«

»Ist er denn schon so lange außer Haus?«

»...«

»Hallo?«

»Entschuldigen Sie, ich ... ich dachte, Sie sprechen von Professor Griffart.«

»Ist Ihnen nicht wohl?«

»Ich bitte um Verzeihung. Bei allem, was gerade passiert ... Da Madame Griffart Sie schickt, wird Professor Delettram wohl einverstanden sein, dass ich Ihnen seinen Aufenthaltsort nenne. Er ist momentan auch in Paris, Sie können ihn in seinem Hotel antreffen. Das ›Continent‹, in der Rue du Mont-Thabor.«

Als ich auflegte, fragte ich mich, in was für einem Zustand sich die Anstalt befinden musste, wenn man schon Patienten an die Telefonvermittlung setzte. Ich wollte gerade aufstehen, als mir Yvettes Zettel ins Auge fiel.

Ratschläge für die besetzte Bevölkerung ...

Eng bedruckt gab er den mit den Besatzern konfrontierten Parisern eine Reihe von Empfehlungen:

Sie sind Sieger. Verhalte dich ihnen gegenüber korrekt, aber komme ihren Wünschen nicht zuvor, um dich beliebt zu machen. Wenn einer von ihnen dich auf Deutsch anspricht, mach eine hilflose Geste und geh weiter. Wenn er dich auf Französisch um eine Auskunft bittet, fühl dich nicht verpflichtet, ihn auf die richtige Spur zu bringen, indem du ihn ein Stück des Weges begleitest. Er ist kein Weggefährte. Wenn sie auf unseren öffentlichen Plätzen Konzerte geben, bleib zu Hause oder geh aufs Land und lausch den Vögeln ...

Ich machte die Tür auf.

»Yvette? Wo haben Sie das her?«

Sie sah nicht von ihrer Tastatur auf.

»Vom Boden.«

»Hört auf, den Koloss zu stützen und ihr werdet ihn stürzen sehen.«

»Wie bitte?«

»La Boétie, die Rede über die freiwillige Knechtschaft. Ein kleiner Leitfaden zum passiven Widerstand, das seiner Zeit voraus war.«

Ich ging zum Papierkorb. Sie hörte auf zu tippen.

»Was tun Sie denn da? Sie wollen das doch nicht etwa wegwerfen?«

»Ich dachte, Sie hassen es, wenn überall Papier herumliegt.«

»Das da ist dafür gemacht. Geben Sie es mir zurück.«

Ich gehorchte.

»Ich werde es an den Buttes-Chaumont auslegen«, sagte sie und steckte es sich in den Ausschnitt. »Jemand wird es finden, und so geht es dann weiter. Wie eine Kette, verstehen Sie?«

»Kann ich es noch einmal lesen?«, fragte ich und schielte auf ihren Busen.

»Finger weg! Das ist Ratschlag Nummer 1.«

»Na hören Sie mal. Ich bin vielleicht besetzt, aber für Sie doch wohl mehr als irgendwer aus der Bevölkerung.«

»Besetzt ist bei Ihnen noch nicht mal die Telefonleitung.«

»Täuschen Sie sich mal nicht, was meine professionelle Tätigkeit anbelangt: Ich habe Maurice Grignand gefunden.«

Die Überraschung stand ihr ausgezeichnet. Fast hätte ich es ihr gesagt, aber sie hätte es mir übel genommen.

»Er ist in der Salpêtrière. Ich überlasse es Ihnen, seiner Sopranistengattin die freudige Nachricht zu überbringen. Ich habe einen Termin mit einem Psychiater.«

»Das wurde auch Zeit!«

XV

Das Hotel »Continent« hatte seine Uhren auf deutsche Zeit umgestellt. Sobald man durch die Drehtür trat, suchte man das Spruchband mit dem Willkommensgruß an die siegreiche Armee. Zwar hatte das Bemühen um Diskretion den Geschäftsführer davon abgehalten, es aufzuhängen, ansonsten aber konnten sich die im Salon plaudernden Offiziere vom Eisernen Kreuz ganz wie zu Hause fühlen. Von den Zeitungen über die Getränkekarte bis hin zu den von der Direktion kostenlos verteilten Pariser Stadtplänen war die Sprache Goethes unerlässlich. Schlüsselbrett, Lift, Toiletten, überall prangte sie in brandneuen Frakturlettern.

»Der Herr wünscht?«

Hinter seiner Theke zog der Empfangschef eine Fresse wie der Offiziersbursche im Kasino.

»Ach was«, versetzte ich, »Sie sprechen Französisch?«

Er zog eine buschige Augenbraue empor.

»Ebenso wie die englische, die italienische und die deutsche Sprache, Monsieur.«

»Professionell und vorausschauend ...«

»Merci, Monsieur.«

In seiner gestreiften Weste wirkte er so ausdrucksvoll wie ein ausgestopftes Zebra. Sein Blick ging durch mich hindurch, ohne auf Widerstand zu stoßen, dann vertiefte er sich in sein Register.

»Professor Delettram«, verlangte ich und hatte den Eindruck, mich an den König von Preußen zu wenden.

Er nahm sich Zeit, um seine Seite umzublättern, bevor er einen Blick auf die unter den Zimmernummern hängenden Schlüssel warf.

»Wen darf ich melden?«

»Einen Freund von Professor Griffart.«

Er hüstelte.

»Dürfte ich Monsieur bitten, seinen Namen zu wiederholen?«

»Nestor«, sagte ich, »von Bohmans.«

Er nahm den Telefonhörer von der vergoldeten Gabel.

»Professor? Ich bitte um Entschuldigung, ein Freund von Professor Griffart ist hier an der Rezeption ... Monsieur von Bohmans.«

Seine Kinnbewegung konnte zweierlei heißen, entweder sollte ich einen Abtritt machen oder im Salon warten. Ich entschied mich für Letzteres. Ich setzte mich in einen Sessel, dessen Leder wie ein Cognac gealtert war, und versuchte zu schätzen, wie viel so ein Seelenklempner verdiente. Für seine Ausflüge in die Stadt hatte Delettram sich nicht den übelsten Schuppen ausgesucht. Das »Continent« war vom gediegenen Luxus jener Etablissements, wo die einzigen Detektive, die sich ein Gläschen leisten können, die Leute vom Sicherheitsdienst sind. Die kleinen Mahagonimöbel, die Teppiche, die Nachdrucke an den Wänden ... alles sehr geschmackvoll.

Strohhüte à la Renoir und Degas' kleine Ballettratten in der Opéra. In ihren patinierten Rahmen strahlten sie Ruhe und Gewissheiten aus. Man war in Paris, Frankreich. Das war beruhigend, und auch schmeichelhaft für den, der es wiedererkannte. Es versicherte laut und deutlich, dass die Soldateska hier nicht die große Masse war, nicht Bierzelt und schlechte Manieren. Man befand sich unter Leuten von Welt. Zuvorkommenheit und Katzbuckelei. Frauen gab es bisher keine. Es war noch die Stunde der Zurückhaltung. »Also wissen Sie, die sind ganz so, wie es sich gehört. Manierlich, ja sogar ausgesucht höflich.« Die große Angst stumpfte ab. Der Krieg war vorbei, das musste man eingestehen. Eigentlich war der Krieg Schuld. Im Grunde hatte niemand ihn gewollt. Und Deutschland hatte ihn nicht erklärt. Dahin führte es, wenn man die ausgestreckte Hand zurückwies. Den Politikern gehörte mal kräftig der Kopf gewaschen. Diesen Streithammeln. Das wird uns eine Lehre sein. »Die bitteren Lektionen helfen manchmal am besten.«

»Monsieur von Bohmans?«

Delettram wollte nicht so recht zum Ambiente des Hotels passen. Die graue Jacke war an den Ärmeln speckig, das Hemd aus der Form geraten und die Strickweste hatte Knötchen. Er sah aus wie einer, den man aus Versehen eingelassen hatte. Dazu noch eine schlaffe Hand, als müsse er sich überwinden, die eines anderen zu schütteln. Nicht notgedrungen unsympathisch. Er hatte eine Haarsträhne, die in ausgesuchten Momenten herunterfiel. Eine Nachlässigkeit, die auf Konventionen pfeift. Er war kein Bürgerlicher, und vielleicht war es ihm wichtig, das hervorzukehren. Zu zeigen, dass er zuallererst Denker war. Darüber hinaus legte er eine Distanz zwischen sich und die Welt, als lebe er auf dem Mond. So in der Art von Le Vigan in *Das Geheimnis von St. Agil*.

Er hatte nicht viel Zeit. Tausend Dinge spukten ihm im Kopf herum. Und nochmal so viele, die heute noch zu erledigen waren. Und dann musste er ja auch nach Clermont zurück, nicht wahr. Ich dankte. Er machte eine kleine Geste, ich bitte Sie, das ist doch selbstverständlich.

»Sie waren ein Freund von Griffart …«

Er hatte den Nachnamen verwendet, wie Ärzte es untereinander tun. Den Nachnamen, ohne alles. Direkt und präzise wie eine gute Diagnose. Auf den Punkt gebracht. Wissenschaft, keine Schöngeistelei.

»Was man nicht von allen behaupten kann, die ihn umgaben«, sagte ich.

»Was meinen Sie?«, fragte er, um sicherzugehen, dass er richtig verstanden hatte.

»Dass er nicht nur Freunde hatte.«

Er legte die Hände unterm Kinn zusammen, wie er es wahrscheinlich tat, wenn er bei seinen Patienten war.

»Ich höre.«

»Mademoiselle Griffart hat das hier erhalten«, log ich und zog den anonymen Brief hervor.

Er las ihn und seine Strähne fiel an seinem Gesicht herab.

»Das hatte ich befürchtet«, seufzte er und strich sie wieder weg.

»Das heißt?«

»Die Nachricht von Griffarts Selbstmord hat mich leider nicht überrascht.« Er senkte die Stimme. »Sein Patriotismus war ihm heilig. Die Depression, in die ihn der unausweichliche Sieg Deutschlands gestoßen hatte, ließ das Schlimmste befürchten ... Aber als ich hörte, dass er ermordet wurde ... Ich habe sofort an die Tat eines ehemaligen Patienten gedacht.«

»Kommt so was öfter vor?«

»Der Wunsch zu töten bleibt in der Regel ein Phantasma. Dass ein Patient zur Tat schreitet, ist die Ausnahme, aber das Risiko besteht.«

»Sie denken, dass diesen Brief möglicherweise der Mörder geschrieben hat?«

»Wer denn sonst? Ein lauter Schrei wirkt befreiend und das Schreiben, besonders eines wie dieses hier, ist eine Form des Aufschreis. Das Bewusstsein des Betroffenen darüber, dass er das nicht Wiedergutzumachende begangen hat, kann bei ihm einen noch stärkeren Leidensdruck erzeugen als den ursprünglichen, aus dem heraus er sein Verbrechen verübt hat. Der Patient kann dies nur überwinden, indem er den durch die Grenzüberschreitung verursachten Schmerz ausstößt. Ein Moralist würde sagen, indem er seine Schuld gesteht, aber die Moral hat hierbei nichts zu suchen. Ein anonymer Brief ist ein Mittel. Dieser hier ist interessant. Denn das Unterbewusste versucht, über ein Phänomen der Selbstrechtfertigung die Tragweite des Mordes herunterzuspielen. Griffart war ein ›Drecksack‹, folglich musste er ›verrecken‹. Der betroffene Patient war somit lediglich das Werkzeug des Schicksals. So, wie man Medikamente regelmäßig einnimmt, wird sich auch diese Art von Brief wiederholen.«

»Der zweite Brief ist gestern gekommen.«

Er strich sich die Strähne glatt, bevor sie zurückfiel.

»Jetzt schon ...«

»Sie scheinen überrascht.«

»Der kurze Abstand der Nachrichten zeugt von schnell aufeinanderfolgenden Krisen. Darf ich?«

Ich überließ ihm das Schreiben. Sein Gesicht verdüsterte sich.

»Die Entwicklung ist beunruhigend. Da das Subjekt durch die Beseitigung des Therapeuten sein Leiden nicht besiegt hat, sucht es dessen Ursprung bei einer größeren Gruppe.«

»Vermutlich die anderen Ärzte, mit denen er zu tun hatte?«

»Exakt.«

»Besteht die Gefahr eines Rückfalls?«

»Das ist nicht ausgeschlossen. Sie sollten diesen Brief zur Polizei bringen.«

»Ich wollte erst Sie konsultieren. Angenommen, er stammt nicht von einem Patienten ... Und auch nicht vom Mörder.«

»Was wollen Sie damit sagen?«

»Es wäre ja durchaus möglich, dass jemand den Professor aus anderen Gründen gehasst hat. Diese Briefsendungen könnten auf eine Erpressung hindeuten ... Offenbar weiß ihr Verfasser nichts von Mademoiselle Griffarts Ableben.«

»Eine Erpressung?«

»Gehen wir einmal davon aus, dass etwas, das den Professor kompromittieren könnte, einem Hochstapler in die Hände gefallen ist ...«

»Undenkbar, Antoines Integrität ist über jeden Zweifel erhaben. Sie sind einer seiner Freunde, Sie wissen das ebenso gut wie ich.«

Er hatte den Vornamen seines Kollegen benutzt, als wolle er seine Hochachtung für ihn unter Beweis stellen. Ich beruhigte ihn.

»Ich versuche, einen Fauxpas zu vermeiden. Sobald die Polizei verständigt ist, wird sie zwangsläufig alle möglichen Vermutungen anstellen. Und wenn sie erst einmal im Leben eines Mannes wühlt, der ...«

»Ohne Fehl und Tadel war.«

»Selbst ohne Fehl und Tadel ...«

»Ich verstehe schon. In dieser Hinsicht haben Sie nichts zu befürchten, glauben Sie mir, dieser Brief ist das Werk eines verwirrten Geistes. Diese Annahme bestätigt sich übrigens in dem zweiten Brief: ›Jetzt müssen andere dran glauben‹.«

»Sie haben recht. Wäre es Ihnen möglich, anhand des Schreibens ein Bild des Mörders zu umreißen?«

»In groben Zügen, ja. Ich habe der Polizei übrigens meine Mitarbeit versichert, natürlich unter Berücksichtigung der ärztlichen Schweigepflicht. In dieser Hinsicht sind die Briefe eine wertvolle Hilfe. Deshalb ist es, das kann ich nur betonen, besser, sie den Ermittlern zu übergeben.«

»Ich werde Ihrem Rat folgen ...«

Wir sahen uns an wie zwei, die noch nicht fassen können, was geschehen war, und er fummelte an seiner Strähne herum.

»Professor«, setzte ich an, »ist Ihnen bei den evakuierten Patienten aus Clermont ein athletisch gebauter Mann, bärtig, vielleicht Spanier und wahrscheinlich Aphasiker, untergekommen?«

»Clermont beherbergt viertausend Kranke. Wozu fragen Sie?«

»Dieser Mann hat versucht, mit mir in Kontakt zu treten, als er nach La Charité verbracht wurde.«

»Wenn er sich in stationärer Behandlung befindet, kann ich mich erkundigen.«

»Nicht nötig, er wurde beim Bombardement der Stadt getötet.«

»Hat das etwas mit Griffarts Tod zu tun?«

»Ich weiß es nicht. Ach ja, ein Detail, das möglicherweise von Bedeutung ist: Auf dem linken Arm trug der Mann eine Tätowierung: *¡No pasarán!*«

»*No pasarán*?«

»Die Devise der spanischen Republikaner.«

XVI

Zum Angeln braucht man Geduld. Nachdem ich die Leinen ausgeworfen hatte, hieß es abwarten. Mit den zurückkehrenden Parisern würden bald auch die Informationen kommen. Seit ein paar Tagen trudelten sie wieder ein. Mit Autos und Karren, Pferden und Fahrrädern. Sie gingen vorsichtig, glücklich über ihre Rückkehr an den heimischen Herd. Die Fensterläden wurden geöffnet. Die Wohnungen gelüftet. Es roch muffig, aber nach daheim. Da waren Männer in Hemdsärmeln, die unter den Möbeln, die sie schleppten, ins Schwitzen kamen. Frauen beim Auspacken, Kinder, die wie nach Schulschluss durch die Gegend liefen, und die ganz Alten, die draußen auf ihrem Stuhl saßen und dem Treiben kopfschüttelnd und mit einem »Immerhin sind wir noch da« zusahen. Die Treppen ächzten unter dem steten Kommen und Gehen. Dem Auf und Ab, den aufgerissenen Türen. Nach den Nächten im Stroh hatte man die Wohnung größer in Erinnerung. Während der Abwesenheit war sie geschrumpft. Man wusste nicht mehr, wohin mit den Sachen. Aber man war zurück, und das heil und gesund. Nicht alle waren so gut weggekommen. Worüber also sollte man klagen? Ich bitte Sie. Es gibt so schon genug Elend.

Zwischen zwei Stockwerken erzählte man einander von der Loire bei Tours und vom Beschuss in Maintenon. »Herrgott, siehst du nicht, wie schwer das ist? Hilf mir lieber mal, statt hier groß zu palavern.« Kaum war man zurück in den eigenen vier Wänden, richtete man sich wieder in seinem früheren Leben ein. Schimpftiraden und wissende Blicke inklusive. »Gehen Sie nur, Madame Goitreux, Ihr Mann ist ja bepackt wie ein Esel, ich kümmere mich schon um den Kleinen.« Völlig zerschlagen würde man heute Abend in seinen eigenen Bettlaken schlafen und genau da, wo sie hingehörte, die eigene Kuhle in der Matratze wiederfinden.

Auch Gopian war zurückgekommen. Bei meiner Ankunft hatte ich nur für eines Augen: den hochgezogenen Rollladen an seinem Bistro. Die große Flucht hatte Gopian schon einmal mitgemacht, in einem anderen Leben. Die Türken, das massakrierte, in Flammen stehende Armenien. Die Grenzposten, die man bei Nacht und in der Kälte der Berge passierte. Die Wachtsoldaten, die steif und klamm in ihrer Hütte saßen und dennoch in der Lage waren, auf einen zu feuern. Und, um es zu begießen, einen Becher zu leeren. Die Visa, die Stempel, die gültigen Papiere, gegen Bares. »Da lässt sich vielleicht was machen, ist das da Ihre kleine Schwester?« Dann das Schiff, der Rumpf stärker zerfressen vom Rost als der Kapitän von den Pocken. Die schlüpfrigen Planken, die vom Meerwasser schmierige Decke, und dann, wenn man schon nicht mehr daran glaubte, Marseille, das sich der Morgensonne enthüllt. Und über allem Unsere liebe Frau de la Garde. Die so tapfer über der Stadt wacht, dass man nach der Landung den Boden küssen möchte. Aber nein: »Los, macht schon! Auf die Canebière könnt ihr wann anders.« Der bereitstehende Planenlaster, der dem Flusslauf folgt und mit seiner ausgeleierten Federung die Eingeweide durchrüttelt. Ziel Valence oder Romans, zu den Schuhfabriken. »Wir Armenier sind dafür berühmt. Wir liefern saubere Arbeit.« Pumps, Stiefeletten, Slipper. Elegante Ware, und strapazierfähig. Beste Handarbeit. Zuletzt Paris. Belleville. Immer noch in Leder. Die Nähmaschine am Fenster, die bis zum Abend ohne elektrisches Licht tackert, um Geld zu sparen. Das Leben eines kleinen Armeniers, der weit herumgekommen ist, bevor er das Bistro in der Avenue Bolivar kauft, um die Reisetasche abzusetzen. Um zu glauben, man hätte das Recht erworben, hier zu sein. Wenn dann einer kommt und sagt, man muss wieder auf Achse ... Gopian hatte gemeint, verrückt zu werden.

In seiner Kneipe hatte er sich, so gut es ging, gegen die alten Geschichten über verfluchte und umherirrende Völker gewehrt. Indem er weiter in den Töpfen rührte. Er hatte gesehen, wie in den Studios der Buttes-Chaumont die Projektoren verlöschten. Wie die Bühnenarbeiter ihre Kabel liegen ließen, die Werkstätten sich leerten. Eine Singer nach der anderen war in den Buden der Lohnveredelung verstummt. Und in der Rue Jouye-Rouve hatten die Wäscherinnen das Waschhaus verlassen. Wir aber kamen immer noch an seinen Tresen. Und klammerten uns an den Schanktisch wie an ein Floß. Eines Abends hatte Bohman Lebewohl gesagt. Gopian hatte begriffen, dass es vorbei war. Am nächsten Tag machte er dicht.

Auf nach Valence. Die Viertel mit den Gerüchen Armeniens, die Steige der Gerber und die der Hutmacher. Die Platanen an den Boulevards. Der Ouzo und die Vettern.

Er war nie über Orléans hinausgekommen. Zu viel Chaos, zu viel Unglück, zu viel Tod. Gopian war umgekehrt. In der Avenue Simon-Bolivar, als der Rollladen hochgezogen, die drei Tische hinausgestellt und er dabei war, sie abzuspritzen, war es wie ein Feiertag. Ein 1. Mai mit Maiglöckchen, Blasen an den Füßen vom vielen Defilieren und einer Kehle, die vom Brüllen trocken geworden war.

Ich stürmte die Treppe zur Agentur schneller hoch als Bartali den Tourmalet.

»Yvette! Gopian ist zurück!«

Mit einer Fluppe zwischen den Lippen malte sie ihre Fingernägel rot.

»Der Herr Detektiv haben stets den richtigen Riecher…«

»Sind Sie mir noch böse?«, fragte ich und hustete Nikotin und Lunge wild durcheinander. »Begraben Sie das Kriegsbeil, Yvette, ich lade Sie auf ein Gläschen ein.«

»Danke, ich brauche keinen Galan, ich wollte selbst gerade runtergehen.«

»Deswegen also die Kriegsbemalung?«

Sie blies auf ihre abgespreizten Finger, damit der Lack trocknete.

»Soll ich Gopian etwa willkommen heißen, ohne Farbe zu bekennen?«

Sie wedelte mit ihren roten Nägeln wie mit zwei Handvoll bunter Lollis. Als ich die hübschen Lutscher sah, bekam ich Heißhunger auf Süßes. Vielleicht weil die liebe Yvette einfach ein Zuckerstück war und richtig lebendig nach den Totmachern im »Continent«. Vielleicht weil die Rückkehr von Gopian etwas anderes als Ruinen verhieß. Vielleicht auch wegen ihrer Augen, die sie im Rauch zusammenkniff, oder wegen ihrer Schnute mit dem Glimmstängel zwischen den Lippen. Keine Ahnung, warum ich zu ihr sagte: »Und wenn wir das Gläschen erst danach trinken würden?«

»Wonach?«, fragte sie mit einem Blick, der einen Panzer samt Besatzung zum Schmelzen gebracht hätte.

Gopian hatte sein Bistro seit einer halben Ewigkeit fertig gewienert, als wir uns vom Sofa quälten.

»Sie haben mir noch nicht von Ihrem Psychiater erzählt...«, sagte Yvette, während sie ihre Haare wieder in Ordnung brachte.

»Er hatte nicht viel Neues zu berichten.«

»Weil Sie ihm nicht alles gesagt haben.«

»Wovon reden Sie?«

»Von Ihren perversen Neigungen. Ich könnte ihm da ja Dinge erzählen...«

»Weibliche Wunschvorstellungen. Aber ich bin sicher, dass Delettram die Ihren liebend gerne hören würde.«

»Sie etwa nicht?«, säuselte sie. »Sie kennen beileibe nicht alle.«

»Eine Menge Seelenklempner würde Sie nur zu gern bei sich auf der Couch liegen haben.«

»Die sind sicher bequemer als das Sofa hier in der Agentur. Erzählen Sie mir von diesem Professor.«

»Da gibt es nicht viel zu erzählen ... Er ist offenbar bereit zu kollaborieren.«

»Mit wem?«

»Wie, mit wem?«

»Sind Sie nicht auf dem Laufenden? Pétain hat eine Politik der Kollaboration mit dem Besatzer angekündigt.«

»Der Geschäftsführer des ›Continent‹ muss seinen Aufruf gehört haben. Das Hotel ist gesteckt voll mit deutschen Offizieren. Neben denen wirkt Delettram geradezu herzerfrischend. Unsere Brieflein haben ihn interessiert. Seiner Meinung nach bestätigen sie seine Theorie: Griffart wurde von einem seiner Verrückten kaltgemacht, und der Mörder wird es dabei nicht belassen.«

»Wie erfreulich. Und unser Bärtiger?«

XVII

Unser Bärtige kam am übernächsten Tag. Nun ja, ein erstes Stück von ihm. Ein ziemlich haariges Puzzle. Esculape lieferte uns ein Teil davon.

»Edmond hat nicht auf der faulen Haut gelegen. Euer Junge wurde am 6. Januar '40 in Clermont aufgenommen. Ein paar Tage vorher hatte er Anzeichen von Verwirrtheit gezeigt. Fing auf einmal an, in offenen Räumen auszuflippen. Akute Paranoia. Verbarrikadiert sich daheim, erkennt niemanden mehr, droht, sich mitsamt der Bude in die Luft zu jagen. Als er eingeliefert wurde, war er so lebhaft wie ein Waschlappen. Und genauso redselig. Seither hat er nicht mehr gesprochen. Laut seinem Einlieferungsschein hieß er Max Fehcker und wohnte im Hotel ›Moderne‹, in einem möblierten Zimmer in der Rue de la Glacière.«

Glacière, die Eisdiele. Die Vermieterin musste im falschen Viertel gelandet sein. Eis schien jedenfalls nicht ihr Ding zu sein. Der Wein aus den Lagerhallen von Bercy schon eher. Er hatte ihren Zinken aufblühen lassen und den Charakter getränkt. Sie zur Stunde des Verdauungsschnäpschens anzusprechen, war ein gewagtes Unterfangen. Aber auf ihrem Terminkalender stand sonst nichts. Den Wein servierte sie selber in dem an das Hotel angrenzenden Lebensmittelladen mit Ausschank.

»Fehcker? Schon wieder? Sie sind doch wohl nicht hier,

um mir zu sagen, dass er zurückkommt? Weil solche wie den, die kann ich hier nicht brauchen.«

»Hat er hier schon lange gewohnt?«

»Er ist an Weihnachten gekommen, das vergisst man nicht. Das war mir vielleicht ein Christkind!«

»Ärger?«

»Nein, überhaupt nicht, man hätte damit wirklich nicht rechnen können. Ein Eigenbrötler. Dabei wohlgemerkt kein ungehobelter Klotz. Aber ich misch mich nicht in die Angelegenheiten meiner Pensionsgäste. Bonjour, bonsoir, und das war's. Na, in zwei Wochen hat er auch nicht die Zeit gehabt.«

»Und vorher?«

»Bevor er bei mir war?«

»Ja.«

»Also, da, mein Herr, da fragen Sie die Falsche. Das hab ich Ihren Kollegen auch schon alles erklärt.«

»Meinen Kollegen?«

»Die beiden Inspektoren, die gestern da waren.«

»Zwei Inspektoren ...«

»So was sehe ich sofort. Schon wie Sie hier durch die Tür sind, hab ich gewusst, dass Sie vom Kommissariat sind.«

»Ein scharfes Auge ...«

»Oh la la!«

»Und ein gutes Personengedächtnis, da bin ich mir sicher.«

»Können Sie Gift drauf nehmen.«

»Ist nicht einfach, Sie hinters Licht zu führen, was?«

»Hehe ...«

»Wenn ich Sie fragen würde, wie meine Kollegen aussahen, hätten Sie sie mir im Handumdrehen beschrieben.«

»Im Handumdrehen. Sollen wir wetten?«

»Die Wette gilt.«

»Bei dem Großen ist das einfach, der hatte eine Hasenscharte. Er hat sich zwar einen Schnauz wachsen lassen, aber die Scharte sah man trotzdem wie die Nase im Gesicht. Das kann man wohl sagen. Vor allem, weil seine platt war, zwangsläufig. Und dazu die entsprechende Art zu reden. Eine Stimme, bei der man nicht weiß, ob sie aus der Kehle oder der Nase oder von irgendwo dazwischen kommt. Der andere war ein bisschen weniger groß, krauses Haar und große getönte Brillengläser. Schwache Augen bestimmt. Hasenscharte und Karnickelauge, hab ich, mit Verlaub, bei mir gedacht …«

Ich stieß ein bewunderndes Pfeifen aus.

»Wenn man nicht fotografiert werden will, sollte man Ihnen nicht ins Visier geraten!«

»Macht der Beruf. Dreißig Jahre hinterm Tresen!«

»Das hilft, um den Durchblick zu bekommen. Was trinken Sie?«

»Einen Roten, was anderes kommt mir nicht ins Glas.«

Ich legte einen Schein auf den Tresen.

»Das Wechselgeld ist für Sie.«

Sie füllte zwei Rotweingläser und leerte ihres, bevor ich ansetzen konnte.

»Der Winzer steigt den Weinberg rauf, der Tropfen aber, der muss runter.«

»Hatte Fehcker was dagelassen, als er ging?«

»Was denn, Herr Inspektor? Der hatte doch nur seine Klamotten und zwei, drei Bücher. Von den Büchern hab ich diese Woche eins gefunden. Das ist mir gestern bei Ihren Kollegen nicht eingefallen. Die waren aber auch nicht so liebenswürdig wie Sie …«

»Sie nehmen doch sicher noch einen Roten.«

»Da sag ich nicht Nein, Reden trocknet die Kehle aus. Ich weiß ja nicht, wie die das im Parlament machen, den lieben langen Tag zu palavern.«

»Die haben da einen Ausschank«, sagte ich und zwinkerte.

»Ach so! Verstehe.«

»Und was ist mit diesem Buch?«

»Was davon noch übrig ist, hängt im Apport.«

»Im …?«

»Kann die Polizei es sich etwa leisten, das Papier zu kaufen? Wir nicht. Sein Buch war ja nicht mal auf Französisch.«

»Und wo ist Ihr Abort?«

»Auf dem Hof, Herr Inspektor. Achten Sie nicht auf die Unordnung, ich hab heute noch nicht reinegemacht.«

Wenn man es schaffte, sich auf den rutschigen Pflastersteinen nicht der Länge nach hinzulegen, lief man keine Gefahr, ihren Apport zu verfehlen. Auch während der Ausgangssperre nicht. Der Geruch hätte einen noch mit verbundenen Augen hingeführt. Ich hatte mal was über die Schützengräben von 1914 gelesen. Daran erinnerte ich mich, als ich die Holztür aufstieß. Das zerfetzte Buch baumelte an einer Schnur über dem Loch. Ich riss es herunter, ohne zu atmen, und trat hinaus, um es an der frischen Luft zu untersuchen.

Alexis Carrel: *Der Mensch, das unbekannte Wesen.*

Es waren Sätze darin unterstrichen. Wie Studenten es vor dem Examen machen. Wichtige, treffsichere Sätze bestimmt. Sätze, die man sich einprägt und in Gesellschaft zitiert. Sätze, die wie Fahnen knallen, und genau da liegt der Hase im Pfeffer.

»Hat Fehcker nie Besuch bekommen?«, fragte ich, als ich in den Laden zurückkam.

»Besuch? Nein, niemand, abgesehen von Fernand.«

»Fernand?«

»Na hören Sie mal, der hat ihn doch selber zum Krankenwagen gebracht! Mit so einem Jungspund, den ich vorher noch nie gesehen hatte. Gesicht wie ein Grünschnabel und dick Pomade in den Haaren.«

»Und wer ist dieser Fernand?«

»Boisrond, hat vor bald zwei Jahren bei mir logiert. Damals hat er in der Knochenmühle gearbeitet.«

»In der Knochenmühle?«

»Die Zuckerraffinerie Say, am Boulevard de la Gare.«

Wer träumt nicht davon, im Zucker zu schwelgen. Wenn man aber vor dem Say-Gebäude stand, wurde einem schnell klar, dass das hier alles andere als ein Zuckerschlecken war. Unter dem Staub ihrer hundert Jahre sah die Fabrik so einladend aus wie eine Festung. Schon beim Gedanken einzutreten, schwante einem, was es bedeutet, malochen zu gehen. Ich stand da und glotzte mit einem Déjà-vu-Gefühl auf das eiserne Tor, als ich plötzlich das Bild wieder vor mir sah. Ohne Vorwarnung. An die Mauern geworfen wie auf eine Kinoleinwand: »Arbeiter und Arbeiterinnen der Raffinerie Say, 13. Streiktag«. Das war '36 gewesen. Im Buffalo-Stadion. 50000 Menschen. Und auf der Bühne der Aufmarsch der Streikenden. Sie waren aus ganz Paris und aus dem Roten Gürtel gekommen. Ivry, Aubervilliers, Pantin, Nanterre, Courbevoie. Mit dem Namen der Fabriken wie die Reklame auf den Trikots der bejubelten Tour-de-France-Fahrer. Panhard, Simca, Cadum, die Grands Moulins ... Die Gasgesellschaft und die Gesellschaft für Druckluft. Und all die anderen, die man nicht kennt, Druckerei Dingsda, Kabelwerk Sowieso ... »Raffinerie Say, 13. Streiktag« Das war keine Kleinigkeit, nicht wahr? Die Frauen in leichten Kleidern und Hütchen, mit erhobener Faust. »Arbeiter und Arbeiterinnen ...« Die Männer im Sonntagsanzug, um ein großspuriges Lächeln nicht verlegen. Und trotz allem ein Zittern innen drin, dass man einen solchen Augenblick miterlebte. Und das Spruchband, so klein, als wolle man niemanden stören. »Wir hätten es größer machen sollen. Nein, nein, es gibt noch andere kämpfende Genossen.«

Und dann, vier Jahre später, fragt man, wo Fehcker arbeitet, und eine Weinhändlerin antwortet: »In der Knochenmühle.«

»Ich suche Fernand Boisrond, er arbeitet hier.«

Der Vorarbeiter legte den Zeigefinger an seine vorschriftsmäßige Mütze.

»Das tun hier über zweitausend. Haben Sie nichts Genaueres? Seine Werkstätte? Seine Kolonne?«

»Nein.«

»Wissen Sie, zweitausend ... das war vor dem Krieg. Nach der Mobilmachung und der großen Flucht könnte ich nicht sagen, wie viele davon jetzt noch da sind. Auf jeden Fall noch immer zu viele. Bald werden wir lernen, ohne Zucker auszukommen. Die Rüben sehen wir so schnell nicht wieder. Es gibt keine Aussaat mehr und keine Bauern zum Ernten. Den Laden hier zu schmeißen, ist ein echter Saustall geworden. Schlimmer als '36.«

»Kann man wohl sagen.«

»Ja, nicht wahr?«

Er kurbelte die Schranke hoch, um einen dicken Laster hinauszulassen. Ich wartete, bis er sie wieder unten hatte.

»Wie mache ich das jetzt mit Boisrond? Ich habe eine schlechte Nachricht für ihn. Einer seiner Freunde ist gestorben. Bombenangriff.«

»Das ist bitter. Aber so geht das jeden Tag. Gestern war es eine Kleine aus der Raffination. Ihr Verlobter. Sie hatte seit Juni nichts mehr von ihm gehört. Jetzt erst haben sie seine Leiche gefunden, in der Nähe von Amiens. Na, Pétain hat dem Ganzen ja ein Ende gesetzt.«

»Aber Boisrond wird er wohl kaum Bescheid sagen.«

Er zog eine Schnupftabakdose hervor, schob sich eine Prise in die Nasenlöcher und sog die Luft ein, dass es ihm die Nebenhöhlen zerreißen musste.

»Das ist hart«, sagte er nochmal und kniff sich in den Riecher. »Gehen Sie mal beim Personalbüro vorbei. Nach dem Hof links, die geben Ihnen Auskunft.«

Fernand Boisrond würde seinen Dienst so schnell nicht wieder antreten. Nachdem sein Zug in dem Dörfchen Craon-sur-la-Lys eingekreist und drei Tage lang von seiner Kompanie abgeschnitten war, hatte er sich dem Feind ergeben, als die letzten Patronen in der Maiensonne verschossen waren. Seither zählte der im März '40 einberufene Soldat Boisrond die Tage in den grauen Baracken eines fernen Stalags.

»War er ein guter Freund?«

Der kleinen Angestellten mit dem netten Lächeln tat es leid. Sie hätte gern etwas für mich getan, anstatt mit ihrem Bleistiftbecher herumzuspielen. Und vor allem für Fernand. So ein feiner Junge, dass ihm das ausgerechnet jetzt passieren musste! Einen Monat vor der Hochzeit in Gefangenschaft gekommen ... Stellen Sie sich das mal vor. Nun ja, lieber das als vermisst gemeldet, nicht wahr? Und jetzt war es ja vielleicht nur noch eine Frage von Wochen. »Waffenstillstand heißt doch Frieden. Also, wozu sollen sie unsere Soldaten jetzt noch behalten wollen?« In der Zwischenzeit würde es Fernand nicht gerade aufheitern, wenn man ihm die Nachricht vom Tod eines Freundes überbrachte. Wenn sie, die kleine Angestellte mit ihrem netten Lächeln, an meiner Stelle wäre, würde sie es Suzanne erzählen. Der Verlobten von Fernand.

»Sie arbeitet auch bei Say. Packerin. Hören Sie, ihre Schicht ist um zwei fertig, sie kommt bestimmt gleich raus.«

Sie stand von ihrem Schreibtisch auf, um mir durchs Fenster die Werkstätte zu zeigen. Ein hübsches Mädchen. Sie hatte ein geblümtes Kleid angezogen. Ein fröhliches Muster, passend zur Jahreszeit. Beim Aufstehen nahm sie ihren Gehstock. Die Bewegung brachte ihr Kleid zum Schwingen. Die Blumen umspielten eine Prothese, die sich an ihrem Bein emporrankte wie Unkraut.

»Da ist sie!«

Eine Gruppe Mädchen ging über den Hof.

»Die in der Mitte, die gerade mit der Kleinen mit Kopftuch diskutiert … Das ist Suzanne … Ja, die hübsche Brünette.«

»Hübsch ist sie schon«, stimmte ich zu, »aber im Vergleich mit Ihnen muss sie sich anstrengen …«

Das Rosa auf ihren Wangen stand ihr gut. Ich glaube, ich habe es ihr beim Rausgehen gesagt. Das war vielleicht ein bisschen dick aufgetragen, aber, Himmel noch mal, ihre rosa Wangen waren wirklich allerliebst.

Ich holte Suzanne an der Schranke ein. Ihre Freundinnen gingen weiter, um in einiger Entfernung auf sie zu warten. Als ich ihr erklärt hatte, um was es ging, machte sie ihnen ein Zeichen zu gehen.

»Der arme Junge. Wenn Sie möchten, werde ich es Fernand selbst sagen. Das ist besser. Es reicht, dass er in seinem Stalag vor Angst und Sorge umkommt!«

Fernand hatte ihr Max an einem Abend im Januar vorgestellt. Sie waren im Restaurant verabredet, dem »Tout va bien«, dort trafen sie sich manchmal am Samstagabend zu zweit. Als sie daher diesen Typen ankommen sah …

»Ich war nicht begeistert, ganz bestimmt nicht. Aber ich war freundlich und nett. Armer Max, wenn ich ihn auch noch schmollend begrüßt hätte …«

»Wie, ›auch noch‹?«, fragte ich, während wir zur Place de l'Italie hinübergingen.

»Nach allem, was er schon durchgemacht hat.«

»Ach, in Spanien...«

»Und vorher, in Deutschland.«

»In Deutschland...«

»Sein Land aufgeben zu müssen, Freunde und Familie zurückzulassen. Vor allem seine Schwester, Max hing sehr an ihr. Aber da erzähle ich Ihnen ja nichts Neues.«

»Er betete sie an...«

»Er wollte sie immer nachkommen lassen. Aber er hatte so schon Mühe, sich über Wasser zu halten. Und dann noch mit einem behinderten Kind ... Trotzdem, was für ein Schicksal! Aus Deutschland geflohen, um dann in Loriol zu landen...«

»Loriol...«

»Das Internierungslager. Sie wissen schon...«

»Hat Fernand ihn da kennengelernt?«

»Ja und nein. Das war September '39. Fernand war zu seinem Onkel nach Montélimar hinuntergefahren. Der hat da eine Kneipe. Max war gerade im Lager nebenan angekommen.«

»In Montélimar?«

»Ja, in der alten Gerberei bei Le Teil. Man hatte da Flüchtlinge untergebracht. Sie konnten frei ein- und ausgehen. Nicht wie in den Pyrenäen mit Bereitschaftspolizei und Stacheldraht. Max hat von Zeit zu Zeit in der Kneipe ausgeholfen. Dann wurde er nach Loriol verlegt, das muss Ende November gewesen sein. Einen Monat später stand er bei Fernand vor der Tür.

»Wissen Sie, was seinen Wahnanfall ausgelöst hat?«

»Nein. Er war eher verschlossen. Aber deswegen ist er doch nicht gleich ... Fernand hat ihn ein paar Mal in Clermont besucht. Dann wurde er einberufen. Das ist die ganze Geschichte.«

Wir waren bei der Metro angekommen. Der zum *Soldatenkino* umfunktionierte *Kursaal* brachte einen deutschen Film.

»Ich sage Fernand Bescheid«, seufzte sie. »Es ist besser, wenn ich das tue.«

Ich schüttelte ihr die Hand. Sie zog eine Grimasse.

»Entschuldigung«, sagte ich, als ich ihre aufgeschürften Finger sah.

»Berufskrankheit.«

»Wieso das?«

»Bevor der Zucker in Stücke geschlagen wird, kommt er in Platten heraus. Man muss sie packen und in den Trockner stecken. Sie können sich nicht vorstellen, was für scharfe Kanten eine Zuckerplatte hat.«

Ich setzte meinen Hut wieder auf.

»Ich glaube, ich werde ihn nicht mehr auf dieselbe Weise essen wie vorher.«

»Das ist nett.«

An einer Mauer setzte ein Plakat die Passanten darüber in Kenntnis, dass es verboten war, nach einundzwanzig Uhr *ohne Ausnahmegenehmigung der Kommandantur* auszugehen.

»Hat sich sonst niemand bei Ihnen nach Max erkundigt?«

Suzanne schien überrascht.

»Ich wusste nicht einmal, dass er in Paris Freunde hatte.«

Plötzlich wurde ihr etwas bewusst: »Max hat nie von Ihnen gesprochen …«

Sie hatte diesen Blick, den man bei Tieren sehen kann, die in die Falle gegangen sind.

»Ich bin einer von den Guten«, sagte ich lächelnd und reichte ihr meine Visitenkarte. »Was auf die beiden Typen nicht zutrifft, die sich hier in der Gegend herumtreiben dürften. Der eine hat eine Hasenscharte, der andere getönte Brillengläser. Ihre Polizeiausweise sind genauso falsch wie die Nachrichten von Radio-Paris. Wenn Sie sie sehen, nehmen Sie sich in Acht und rufen Sie mich.«

Das Plakat an der Wand verfügte, man habe *nur auf den Bürgersteigen zu gehen und sich auf der rechten Seite in Gehrichtung zu halten.* Ich machte auf dem Absatz kehrt, mit beiden Füßen in der Gosse.

XVIII

Manchmal reicht eine Kleinigkeit, um das Rennen mit einer Länge Vorsprung zu machen. Ein Glas Rotwein zum Beispiel, das man einer Kneipenwirtin mit durstiger Kehle spendiert hat. Fehckers Vermieterin hatte ja gesagt: »... doch der Tropfen, der muss runter.« Die falschen Flics hatten ihre Chance jedenfalls verschlafen. Dass sie nicht bei der Raffinerie aufgekreuzt waren, bewies eines: Sie wussten nichts von Fernands Existenz.

Ich fühlte mich in Feierlaune.

»Was gibt es heute als Mittagstisch?«

Gopian werkelte in der Küche seines Restaurants.

»Omelette du chef.«

»Und was macht der Chef da rein?«

»Eier.«

Yvette faltete ihre Serviette auf. Sie machte mir ein Zeichen, nicht nachzuhaken.

»Hast du von den galoppierenden Preisen nichts mitbekommen?«, fuhr Gopian, umgeben von seinen Kochtöpfen, fort. »Hier ergeht es dem Chef wie den Gästen, er kommt nicht mehr hinterher. Wenn die Herrschaften der Agentur Bohman jetzt das große Los gezogen haben, kann ich ihr Omelette natürlich mit Speck und feinem Gartengemüse garnieren.«

»Ich mag es nature«, sagte Yvette und verdrehte die Augen.

Wir überließen Gopian seinem Kochgeschirr und kamen wieder zur Sache, ohne den mageren Zeiten weiter Beachtung zu schenken.

»Es geht langsam voran, aber es geht voran. Wir kennen die Identität des Bärtigen, und wir haben eine Beschreibung der falschen Flics.«

»Das ist doch ein Anfang«, sagte Yvette und betastete das Brot vom Vortag, das im Korb lag. »Aber warum wollen Sie unbedingt Fehcker mit Griffart in Verbindung bringen, so als ginge es um ein und denselben Fall?«

»Haben Sie schon mal geangelt?«

»Was hat denn das damit zu tun?«

»Die Schnur, die ins Wasser hängt, nur so stark gespannt wie nötig, um sich der Strömung anzupassen, der Korken, der an der Oberfläche treibt wie ein winziges Entlein, und du selbst, wartend. Man könnte meinen, du tust nichts anderes als zu warten. Aber unter deiner Mütze zappeln die Gedanken nur so. Ein Spektakel aus hunderttausend Dingen und Ideen, die kommen und gehen. Trotzdem bewegt sich nichts außer dem leise schaukelnden Korken. Er wird das Signal geben, er und die Spannung in der Schnur. Tja, du schaust ihm zu und schon werden die Gedanken weniger. Die Schnur, der Korken und die Gedanken, die sich vermischen, bis sie nur noch ein einziger sind. Der wesentliche …«

»Und der wäre?«

»Der Korken.«

Sie nahm eine bewundernde Haltung ein.

»Das ist genauso schön wie das Nirwana, von dem Corbeau erzählt.«

»Ich habe nie behauptet, dass Fehcker und Griffart derselbe Fall sind. Aber wenn ein Psychiater ermordet wird, wenn uns seine Forschungen nach Clermont führen, wenn ein Patient von dort mit einer Botschaft für mich rumläuft, dann werfe ich meine Schnur aus und beobachte sie. Und wenn die Dinge sich vermischen, was kann ich dafür?«

Die Tür ging auf und zwei Typen im Overall standen darin, mit weiß gewordenen Haaren unter der Mütze.

»He, Wirt!«, riefen sie und setzten sich an den Tresen.

Gopian kam mit der Pfanne in der Hand aus der Küche.

»Achtung, heiß und fettig!«

Sein Gesicht hellte sich auf.

»Die Könige der Scheinwerfer sind wieder da. Geht es in den Studios wieder los?«

Einer der Bühnenarbeiter bewunderte seinen Schnäuzer im Spiegel hinter dem Tresen.

»Kann nicht mehr lange dauern.«

»Der Tag bricht an!«, rief der Kleinere, die Zigarette hinterm Ohr. »Die Kinos machen wieder auf. Die brauchen Futter. Scheinbar sollen die englischen Filme verboten werden.«

»Aber keine Ahnung, wer in der Zwischenzeit den Laden zum Laufen bringen soll«, sagte der mit dem Schnurrbart. »Die Hälfte der Jungs fehlt.«

Gopian stellte zwei Gläser hin.

»Zweimal Anis, solange es noch welchen gibt?«

»Auf die Rückkehr der Gefangenen!«, tönte der Kleine.

»Und zum Gedenken an die, die nicht wiederkommen werden«, sagte der andere.

Sie machten ein Gesicht wie zur Schweigeminute und kippten ihren Pastis.

»Apropos Tote«, sagte Yvette, während sie ihr Omelette in Angriff nahm, »Sie haben wegen Griffart noch nicht richtig nachgeforscht.«

»Ich habe nicht viel in der Hand. Delettram ist sich ganz sicher, dass Griffart keine Feinde hatte. Abgesehen vielleicht von ein paar seiner Patienten, wenn man Delettrams Theorie Glauben schenkt. Und die hat Hand und Fuß.«

»Was ist mit ihm selbst?«

»Eine Reputation wie aus Stahlbeton. Auf seinem Gebiet ist er eine Kapazität. Man veröffentlicht seine Forschungen in Fachzeitschriften, Periodika, wissenschaftlichen Bänden. Seine Arbeiten sind ins Englische und Deutsche übersetzt ... Ein schlauer Kopf, anerkannt und geachtet.«

Ich zog mein Notizbuch hervor.

»*Die Medizin der Vererbung.*«

»Was ist das?«

»Der letzte Artikel, den Delettram veröffentlicht hat...«

»Da raucht einem ja so schon der Kopf.«

»... und zwar in den *Arbeitsheften der Psychiatrie.*«

»Erinnern Sie mich daran, ein Abo zu nehmen.«

»Einer, der für die *Arbeitshefte der Psychiatrie* schreibt, ist selbstverständlich über jeden Zweifel erhaben.«

»Selbstverständlich.«

Sie wischte ihren Teller mit Brot aus und führte das vollgesogene Stück zum Mund.

»Das schmeckt vielleicht lecker, wenn es nur leicht durchgebacken ist«, seufzte sie, ein Rest Eigelb am Kinn.

Die Bühnenarbeiter schielten im Spiegel zu ihr herüber, die Augen heller leuchtend als eine ganze Batterie von Projektoren.

»Yvette, Sie werden die Studios in Brand setzen, noch bevor sie wieder geöffnet sind.«

Sie kaute mit leise schmatzendem Geräusch auf ihrem eigetränkten Brot herum.

»Nes, ich sage Ihnen, Sie sollten mit Delettram darüber reden.«

»Worüber?«

»Über Ihre Obsessionen. Bislang waren Ihre Gedanken nicht eben brillant, aber momentan werden sie zur fixen Idee.«

Ich schlug mein Notizbuch zu.

»Einer davon lässt mir keine Ruhe.«

Sie stellte die Ellenbogen auf den Tisch, nahm das Kinn in die Hände und zog einen irren Schmollmund. Die beiden Typen im Spiegel waren so rot wie ein Kinovorhang.

»Welcher?«, flüsterte sie.

»Der rachsüchtige Spinner, der seinen Dok umlegt, das haut hin. Zwangsjacke, eiskalte Duschen, obwohl man eigentlich nicht in Stimmung dazu ist, so was kann zu Missverständnissen führen. Dass er eine Spritze benutzt hat, warum nicht? Bei der Menge Stoff, die man den lieben langen Tag in sie hineinjagt, wäre das nicht mehr als eine Retourkutsche. Aber nicht die falschen Flics. Die passen beim besten Willen nicht ins Bild.«

Ernst wischte sie sich das Kinn ab. Die beiden Kerle am Tresen sahen aus wie Kinder, die keinen Nachtisch bekamen.

»Reden Sie weiter«, sagte sie, während sich auf ihrer Stirn eine hübsche Falte bildete.

»Selbst wenn unser Spinner ein paar Kumpel haben sollte, die sich für Bullen halten, es gibt ja auch welche, die glauben, sie wären Ludwig XVI. Also, selbst wenn …«

»Schon gut, selbst wenn«, sagte sie leicht gereizt.

»Können Sie mir erklären, was die bei Fehcker zu suchen gehabt hätten?«

Als die Bühnenarbeiter sahen, wie Yvette ihre Brille aufsetzte, zuckten sie mit den Schultern.

»Sind Sie jetzt zufrieden? Sie haben Ihre Pointe gut gesetzt. Der Korken, die Gedanken, die zuletzt nur noch ein einziger sind …«

»Ja, und? Falls uns der Korken sagen würde, dass Griffart und Fehcker ein und derselbe Fall sind, was könnte ich dafür?«

XIX

Die beiden waren zwar falsche Flics, dafür aber mit einer echten Manie. Ihre Marotte, alles durch die Gegend zu werfen, war sogar ziemlich ausgeprägt. Sie wäre eine wissenschaftliche Untersuchung und Abhandlungen in den *Arbeitsheften der Psychiatrie* wert gewesen. Man hatte diesen Fall bei Bullen zwar schon beobachtet, aber beim Durchsuchungstest schnitten die beiden Imitate besser ab als das Original.

Es war Yvette gewesen, die die aufgebrochene Tür bemerkt hatte. Wir waren zur Agentur gebummelt, von den Buttes her roch es nach frischem Rasen. Ein Morgen, an dem man nicht aus den Federn kam. Schuld daran war wohl die Zeitumstellung. Die Behörden hatten angeordnet, dass wir die Berliner Zeit übernahmen. Das war nur logisch. Aber ehrlich gesagt, seine Zwiebel zurückzudrehen, verleitet nicht gerade dazu vorwärtszustürmen. Yvette und ich hatten uns das auf unserer Schlummerrolle lange durch den Kopf gehen lassen. Ich dachte immer noch daran, während ich auf der Treppe hinter ihren Beinen herschielte. Mit den straff gezogenen Strümpfen und der schönen geraden Naht, die unter dem Rock verschwand. Meine eigenen Knie fühlten sich weich an. Taub nach dem Mangel an Nachtruhe, der mir noch schwer in den Beinen hing. Yvette war mir einen guten Treppenabsatz voraus, als sie plötzlich stehen blieb.

»Nestor!«, flüsterte sie. »Schnell!«

Eine Hand an der Knarre holte ich sie atemlos ein. An der nur angelehnten Tür baumelte das Schloss, tief betrübt darüber, dass es sich so hatte reinlegen lassen.

Als ich die Tür aufstieß, wusste ich, was wir drinnen vorfinden würden. Nicht mal eine Panzerkolonne hätte so viel Schaden angerichtet. Ich suchte das Zimmer nach etwas ab, das noch heil geblieben war, aber ich fand nicht viel. Dann dachte ich an Bohman. Daran, wie er für seine Agentur geackert hatte. An all die Nächte, die er Typen aufgelauert hatte, die vielleicht nie aus dem Haus gehen würden. An die feuchten Morgendämmerungen, wenn er mit leeren Händen zurückkehrte. An die Spelunken, in denen man Ewigkeiten herumhängt und wartet. An die überraschten Ehebrecher, die Frau, die das Laken übers Gesicht hochzieht, und den Mann mit Falten am Bauch, der seine Socken nicht ausgezogen hat. Wenn einen die Scham überkommt, da zu sein und diesen dreckigen Job machen zu müssen. An die ekelerregenden Gassen und ihre Gaslaternen, die schlimmer stinken als Pissbuden. An die Mülleimer, die man auf der Suche nach einem kompromittierenden Brief durchwühlt, der ganz unten vor sich hin fault, begraben unter Tonnen von Abfall, fettigem Fleisch und Monatsbinden. An die elenden Schlafkammern. An die von abends bis morgens besoffenen Strichmädchen, die ein Neugeborenes aufknüpfen lassen würden, wenn sie sich dafür noch was zu trinken besorgen könnten. An die eingesteckten Prügel, an die Trottoirs, deren Bekanntschaft man häufiger macht als nötig.

Alles, was Bohman ertragen hatte, bevor er das Recht erworben hatte, jener respektable kleine Mann mit Schmerbauch zu werden, dem eine seriöse Firma unterstand. Und eine äußerst diskrete, kann ich nur weiterempfehlen. Ein kleiner Mann mit Monokel, der mit einem ganzen Haufen Madame Griffarts, Avenue Foch, 8. Arrondissement, Umgang zu pflegen vermochte und jeden Morgen an seiner Tür das angeschraubte Schild mit seinem Namen betrachtete: *Agentur Bohman, Ermittlungen, Recherchen und Überwachung.*

»Nestor?«

»Hmm?«

»Sie haben mir vielleicht Angst eingejagt, Sie sind ganz grau im Gesicht.«

»…«

»Alles in Ordnung, Nes?«

»Das letzte Mal, als ich mich so gut gefühlt habe, war ich zehn. Der Lehrer wollte mich zwingen, der zappelnden Kröte zuzusehen, die er gerade für den Naturkundeunterricht in zwei Teile geschnitten hatte.«

Yvette hob die Kurbel des Grammophons auf, die vor dem Fenster auf dem Boden lag.

»Der Chef hat seinen Pathé Marconi gehütet wie seinen Augapfel. Warum haben die das getan?«

»Manche macht es böse, mit dem Besenwagen hinter dem Rennen herzuzuckeln.«

Sie kramte auf allen vieren hinter dem umgeworfenen Schreibtisch herum.

»Was für ein Besen?«

»Die haben kapiert, dass ich Vorsprung habe. Aber sie überschätzen mich.«

»Nes!«

»Sie haben bei Griffart etwas gesucht, und sie haben es bei Fehcker gesucht. Jetzt suchen sie es hier.«

Sie stand auf, einen Metallzylinder in der Hand.

»Nes!«

Sie sah aus wie ein Schulmädchen, dem die Klassenälteste die Puppe gemopst hat.

»Meine Olympia. Nur der Wagen ist heil geblieben.«

Wir verbrachten den Tag damit, die Trümmer zu beseitigen. Als wir damit fertig waren, sah die Agentur fast wieder nach was aus.

»Die haben hier doch nicht alles kurz und klein geschlagen, nur um meine Pfeifensammlung zu klauen.«

Yvette versuchte, mit etwas Spucke der Laufmasche in ihrem Strumpf Einhalt zu gebieten.

»Wenigstens hat ihr Besuch uns von Ihren Abscheulichkeiten befreit«, versetzte sie, während sie sich in den Hüften wiegte, um das Ausmaß des Schadens zu begutachten.

»Was kann aus den Händen eines Seelenklempners in die eines Patienten gelangen?«

»Oder umgekehrt ... Das waren nagelneue Rosy's.«

»Was haben Sie gesagt?«

»Nagelneue Rosy's. Größe drei, um genau zu sein, für den Fall, dass Sie mir neue schenken wollen.«

»Aber ja doch.«

»Wirklich! Das ist ja nett.«

Sie lächelte, als sie ihren Rock glattstrich, der so hoch gerutscht war, dass es an Indiskretion grenzte.

»Sie haben recht, es ist umgekehrt!«

»Wovon reden Sie?«

»Ich bin den falschen Flics zuerst bei Griffart über den Weg gelaufen, und dann bei Fehcker. Daraus habe ich den Schluss gezogen, dass sie etwas suchten, das Letzterer von Ersterem bekommen hatte. Dabei habe ich das Pferd vom Schwanz her aufgezäumt …«

»Ich glaube, ich weiß, worauf Sie hinauswollen.«

»Ich dachte, Griffart hätte Fehcker etwas anvertraut. Sie haben Fehcker gesehen. Nicht gerade der Typ, dem Griffart irgendetwas anvertraut hätte, abgesehen vielleicht von seinen Kippen. Lassen Sie uns jetzt mal in die andere Richtung nachdenken. Über die Beziehung Patient – Psychiater.«

»Ich wusste, dass es mich treffen würde. Sie sind unerträglicher als einer dieser alten Kläffer vom Theater, die sich ständig mit ›Teufel auch, wer hätte das gedacht!‹ und ›Schau an, schau an‹ ans Publikum wenden.«

»In dieser Art von Beziehung«, fuhr ich fort, »redet der Patient, und der Arzt hört zu. Der Austausch geschieht vom Ersteren zum Letzteren. Können Sie folgen?«

»Teufel auch.«

»Okay, nehmen wir nun einmal an, dieses so heiß begehrte Etwas sei nicht wirklich ein Gegenstand …«

»Schau an, schau an …«

»… sondern eine Information …«

»Wer hätte das gedacht.«

»… die Fehcker Griffart während einer Therapiesitzung geliefert hat.«

»Etwas, das sich zu Geld machen lässt?«, fragte sie mit plötzlichem Interesse.

»Ganz heiß … Was macht ein Seelenklempner, während sein Patient ihm etwas erzählt?«

»Notizen?«

»Noch heißer!«

»Dann hätte man also Griffart umgebracht, seine Wohnung durchsucht und die Agentur verwüstet, um diese Notizen wiederzufinden?«

»*Die segmentäre Aphasie*!«

»Pardon?«

Unter Yvettes besorgtem Blick leerte ich meine Schubladen

auf dem Schreibtisch aus. Vergebene Liebesmüh, ich wusste schon, dass sie weg waren …

»Die Notizen, die ich bei Griffart gefunden hatte … Das ist es, was sie geklaut haben!«

XX

Oh Marschall, hier vor dir / dem Retter Frankreichs, stehen wir …

André Dassary schmetterte durchs Radio, als das dritte Schreiben eintraf. Yvette erkannte es am Geruch.

»Madame Sycomore«, sagte sie und warf die Post auf den Schreibtisch.

Ich riss den Umschlag auf und fragte mich, ob es für einen Privatdetektiv gesund war, über so wenig Riecher zu verfügen.

»Haben Sie den Stempel gesehen?«, fragte Yvette und setzte sich auf eine Ecke des Schreibtischs. »Rue Poliveau, ein paar Schritte von der Salpêtrière entfernt. Immer dasselbe Postamt und immer dieselbe Leerungszeit.«

Ihre Strümpfe ließen ein seidiges Kratzen hören.

»*Die Drecksäcke werden sich für ihr Foltern verantworten müssen*«, las ich.

»Und derselbe Stil.«

»Vom Genre Fortsetzungsroman. In jeder Episode werden die Dinge klarer.«

»Finden Sie?«

»Zuerst geht unser Brieffreund auf Griffart los, dann auf die Psychiater im Allgemeinen, und jetzt sagt er uns, warum.«

»Seine Anspielung auf das Foltern? Was für ein Foltern denn?«

»Wenn Sie eines Tages mal nichts zu tun haben, probieren Sie Elektroschocks aus.«

»Ich habe bereits den Elektrodetektiv getestet. Hat ihr Dingsda mehr Wirkung?«

»Ein bisschen wie der elektrische Stuhl. Etwas weniger radikal. Der Strom, den man Ihnen durchjagt, soll Ihnen die Ideen wieder zurechtrücken.«

»Und das klappt?«

»Manchmal hat man danach noch ein paar Ideen.«

Die Heimat wird uns neu erblühen / Marschall, Marschall, sieh, wie wir hier stehen.

Über den Äther sang sich der baskische Tenor die Lunge aus dem Leib.

»Sagen Sie mal«, begann Yvette mit dem Lächeln eines Dominospielers, der vor dem Aperitif dem Gegner eine Doppelsechs hinlegt, »bestätigt der Brief etwa Delettrams Theorie? Sie wissen schon, der rachsüchtige Verrückte, darüber habe ich gestern noch mit Ihnen gesprochen.«

Ich stand auf.

»Von der Bescheidenheit des Siegers halten Sie nicht viel, oder?«

Sie betrachtete ihre Nägel, als gäbe es da was mächtig Interessantes zu sehen.

»Wohin gehen Sie?«

»Eine neue Schnur auslegen.«

»Um den rachsüchtigen Verrückten zu fangen?«, fragte sie in nervtötendem Ton.

André Dassary blökte immer noch.

»Und drehen Sie das Radio leiser«, sagte ich, als ich hinausging. »Wenn das Gemecker hier nicht bald aufhört, läuft noch das ganze Viertel zusammen.«

Am Boulevard de l'Hôpital befand sich Corbeau im Klientengespräch. Das jedenfalls verkündete das Schild an seinem Wohnwagen.

Diszipliniert ging ich, bis ich dran war, zum Warten in das neben der Salpêtrière liegende Bistro »Réconfort«, das seinen Klienten weltlichen »Seelentrost« versprach: *Aperitifs, Markenliköre und Kaffee mit Klarem.* Die Familien, die sich nach dem Krankenbesuch stärken wollten, trafen dort auf die Taschentuchklientel der Bestattungsunternehmer. An den verstohlenen Blicken erkannte man schnell, wer bald von der einen zur anderen Gruppe wechseln würde. Sie konnten es sich nicht verkneifen, nach den geröteten Augen und den Schleiern zu schielen. Als wollten sie sich schon mal an den Gedanken gewöhnen, dass sie selbst bald an der Reihe waren, mit Trauermiene herumzulaufen. Corbeaus Klienten registrierte man genauso schnell. Sie kamen immer allein. Hockten ganz vorn auf der Stuhlkante. Wie auf glühenden Kohlen beim Gedanken daran, an den Wohnwagen zu klopfen. Wenn sie sich dann entschlossen hatten, sprangen sie auf wie der geölte Blitz. Im Eiltempo rannten sie durch die Kneipe, als würde sie das unsichtbar machen. Tatsächlich waren sie das Einzige, was man sah.

Mittendrin stand mit professioneller Miene der Wirt. Er hatte für jeden Gast eine. Mal fröhlich, mal aufmunternd, mal tröstend, mal mitfühlend. An jedem Tisch wechselte er seinen Gesichtsausdruck mit der fachmännischen Gewissenhaftigkeit eines Chamäleons auf einem schottischen Tartan.

Er trat zu mir, verärgert, weil er mich nicht einordnen konnte.

»Und was darf's für Monsieur sein?«, fragte er, wobei er alle Masken gleichzeitig probierte.

»Ein Klarer, ohne den Kaffee.«

Er war sich nicht sicher, ob er es mit einem Spaßvogel zu tun hatte. Er behielt sein Patchworkgesicht auf, das ihm eine gewisse Ähnlichkeit mit den aus Leichenteilen zusammengesetzten Kreaturen aus Boris Karloffs Filmen verlieh, während er zu seinem Tresen zurückkehrte.

Auf der Straße stiegen zwei Flics mit Käppi aus dem Wohnwagen. Der Größere hatte Tressen auf dem Ärmel. Er schloss seinen Tornister mit einer martialischen Geste, und sie gingen mit den langsamen Schritten der Ordnungshüter davon.

»Ordnungshüter …«

Der Kneipenwirt brachte mir das Bestellte, immer noch unentschlossen, welches Gesicht er aufsetzen sollte.

»Wie bitte?«

Ich wies zu den Gendarmen auf dem Boulevard.

»Fragt sich, was für eine Ordnung die hüten.«

Er schien nachzudenken. Er entschied sich für das Gesicht des guten Bürgers, der soeben einen Verdächtigen ausgemacht hat.

»Das macht drei fuffzig.«

»Ja, sagen Sie mal, für wie viel schenken Sie das Zeug an Tagen ›ohne‹ aus?«

»Das hier ist ein anständiges Haus«, sagte er, während er meine Münzen einstrich.

Seine Anständigkeit sprang ins Auge. Ich erhob meinen Calvados auf seine Gesundheit. Der Apfelgeschmack vermischte sich mit dem Rauch der Caporal. Kurz darauf gesellte sich Corbeau zu mir.

»Sind die Zeiten so obskur, dass jetzt sogar die Bullen in die Zukunft blicken wollen?«, fragte ich, während er auf dem Moleskin Platz nahm.

»Eines kann ich jedenfalls vorhersagen: Was die in der Zukunft tun, wird sich nicht groß von dem unterscheiden, was sie momentan machen – den Leuten auf die Nerven gehen! Mein Wohnwagen stört offenbar die deutsche Armee.«

»An die Maginot-Linie hätte man welche stellen sollen. Das hätte vielleicht besser funktioniert als die Bunker.«

»Das Umherziehen ist den Nichtsesshaften seit dem 6. April verboten, das haben sie mir gesagt. So einen Heckmeck zu veranstalten, wo halb Frankreich auf den Landstraßen ist! Meine Kiste hat Räder, aber sie fährt nicht, hab ich ihnen geantwortet.«

Er drehte sich zum Tresen um.

»Wirt! Noch mal das Gleiche, zweimal.«

Ich wartete, bis seine miese Laune abgeflaut war, und setzte ihn dann ins Bild. Beim dritten Calva wirkte Corbeau nachdenklich.

»Du sagst, der Tätowierte hieß Fehcker?«

»Sagt dir das was?«

»Nicht, dass ich wüsste.«

»Du bist mir vielleicht ein Magier!«

»He, jetzt mal halblang! Weißt du, wie viele wir in Spanien in den Kolonnen waren? Und dabei rede ich noch nicht mal von den Brigaden. Hast du es schon bei den Freunden Durrutis versucht?«

»Was sind das für welche?«

»Ehemalige von Katalonien. Sie haben sich früher in der

Rue Duméril getroffen. Nummer 34. Sie dürften inzwischen verduftet sein. Aber einen Versuch ist es wert.«

Ich stand auf.

»Danke für den Tipp. Ach, ich muss noch zu Esculape. Hat der gerade Dienst?«

Von ihrer Vergangenheit als Armenhaus waren der Salpê die Farbe ihrer Wände und das rege Treiben auf den Gängen geblieben. Seit knapp drei Jahrhunderten hatte die Scharpie die Stelle des Salpeters eingenommen, den man hier einstmals zur Herstellung von Schießpulver angerührt hatte. Aber immer noch beherbergte das ehemalige königliche Arsenal das Leid der Menschen. Man hatte dort nacheinander Bettler und Arme zusammengepfercht, deren Anblick die Sonne und ihren König störte. Dann die Verrückten und straffällig gewordene Frauen. Und Prostituierte, die auf ihre Deportation nach Amerika warteten. Aber auch die Alten wurden in dieser nach Urin, Lumpen und wund gelegenem Fleisch stinkenden Sterbeanstalt weggeschlossen. Fünf pro Bett und Schwarzbrot für alle. Trotzdem, in diese ehemalige Strafkolonie, in dieses Asyl des Elends hatten Krankenschwestern mit weißem Schleier Einzug gehalten. Bis hinein in die Quartiere der Verrückten. Die guten Doktoren mit Kinnbart hatten unter dem Banner der Wissenschaft bekommen, was sie wollten: Hygiene und Impfungen, Vorsorge und Medikamente. Nur noch hier und da traten an den Wänden die Ringe zum Vorschein, an denen man die Geisteskranken festgekettet hatte.

Esculape arbeitete in der Allgemeinmedizin. Als ich ihn aufstöberte, schob er einen mit Kanülen und dreckiger Watte vollgepackten Karren vor sich her. Dass ich auftauchte, überraschte ihn nicht. Nach zwölf Stunden Schicht war er jenseits von Gut und Böse.

Ich hatte schon viele dieser völlig ausgebrannten Typen gesehen. Zerfressen von der Arbeit. Obwohl alles aussah wie immer. Die üblichen Handgriffe und ein Witz auf den Lippen. Sie wirkten intakt, und plötzlich bekamen sie ohne jede Vorwarnung Risse. Die Müdigkeit brach sich Bahn, und nichts konnte sie mehr aufhalten. Sie fielen in Schlaf, wie man zu Staub zerfällt. Esculape würde bald so weit sein. Im Augenblick funktionierte er reflexartig.

»Was verschafft mir die Ehre?«, fragte er, ohne mit seinem Karren anzuhalten.

Ich ging hinter ihm her, und wir stapften durch den endlosen Korridor. Ein Rad quietschte bei jeder Umdrehung.

»Die anonymen Briefe wurden alle in der Rue Poliveau aufgegeben. Jedes Mal an einem Dienstag. Wenn man die Leerungszeiten berücksichtigt, hat der Verfasser höchstwahrscheinlich ein Besucherabo …«

Esculape nickte schweigend.

»Kannst du mir die Liste der Rumtreiber besorgen, die an den betreffenden Tagen da waren, um einen Patienten zu besuchen?«, fragte ich.

Er nickte weiter im Takt des Rades. Ich blockierte den Karren.

»Alles klar, Riton?«

»Sicher«, sagte er, während er nachsah, was ihn am Weiterfahren hinderte. »Psychiatrische Abteilung, Besucher vom Dienstag … Die Verrückten bekommen nicht so oft Gelegenheit, Leute zu empfangen. Und so regelmäßige Pilger wie deiner da, die kennt man mit der Zeit. In ein, zwei Tagen hast du es.«

Er versetzte dem Karren einen Stoß.

»'tschuldige, die 12 wartet.«

»Die 12 …«

»Galoppierende Schwindsucht. Wird aber nicht mehr lange galoppieren. Alles, was man für ihn tun kann, ist, ihm beim Atmen zu helfen. Zwanzig Jahre alt und nicht mehr genug Lunge, um seine Kerzen auszublasen. Scheiße!«

Ich sah ihm hinterher. Wenn man Chaplin einen Kittel verpasst hätte, wäre wohl das hier dabei rausgekommen. Nur ohne das Fett. Eins, zwei, eins, zwei, im Watschelgang. Der Kopf, der im Takt des Rades nickte. Quietsch, quietsch. Ohne sich umzudrehen, hob Riton zum Abschied die Hand. Mir dämmerte, warum er es nie aus der Cité Doré geschafft hatte.

XXI

Yvette hatte ein feines Näschen. Der anonyme Vielschreiber war weiblichen Geschlechts. Genauso wie eine Flinte, eine Arkebuse oder eine Handfeuerwaffe. Auf Esculapes Liste war sie die Nummer drei. Ein kurzer Besuch bei den beiden Erstplatzierten hatte genügt, um sie von der Liste zu streichen. Marceau Lefébure nämlich hatte seit dreißig Jahren nicht mehr viel zu schreiben. Nach seiner Mobilisierung '17 hatte er einen Marschbefehl für Douaumont bekommen und kurz darauf einen Schrapnellsplitter ins Gesicht. Beim Anblick seiner zertrümmerten Visage und seiner Blindenbrille war etwas in seiner hübschen Verlobten zerbrochen. Mit den Jahreszeiten wechselte sie von einer geschlossenen Anstalt zur nächsten. Marceau hatte nie eine Besuchszeit verpasst. Er trug sein zusammengeflicktes Gesicht und seinen weißen Stock wie jene, die vom Leben nichts mehr erwarten.

Augustine Trocard, die Zweite auf der Liste, kam als Verdächtige genauso wenig infrage. Sie war ihres Zeichens Concierge, und der ihr anhaftende Alkoholdunst hätte einen Rumtopf vor Neid erblassen lassen. Sie war meilenweit davon entfernt, Briefe in Sycomore-Duft zu hüllen, und würde wohl bald gemeinsam mit ihrem Gatten im Trakt der Geisteskranken Jagd auf rosa Elefanten machen.

Blieb Claude Colbert. Fünfunddreißig Jahre alt, Malerin, Schultern wie ein Ringer, Jazzer-Anzug und Bubikopf. Sie wohnte in einem Atelier der Cité fleurie. Ein sorgfältig arrangiertes Chaos, das sie sich mit ihren Angorakatzen teilte.

»Was wollen Sie?«, dröhnte sie, noch während sie die Tür öffnete.

Ein Tonfall wie in der Kampfbude auf dem Jahrmarkt: Wer will noch mal, wer hat noch nicht?

»Lucie Coste«, versetzte ich, während ein Kater zwischen meinen Beinen durchschlüpfte.

Ohne mit der Wimper zu zucken, trat sie beiseite. Sie räumte einen mit Zeichenbögen überladenen Sessel frei und ließ mich mit einer Kinnbewegung wissen, dass dies mein Platz war. Danach zündete sie einen Zigarillo an und setzte sich ebenfalls.

»Ich höre«, sagte sie, während eine der Miezekatzen auf ihre Knie sprang.

»Lucie Coste, dreiundzwanzig Jahre alt, Tochter von Aurélie Liotard – die vom gleichnamigen Champagner – und von Louis Coste, Präsident der Anwaltskammer. Magersüchtig, depressiv mit suizidaler Tendenz. Vier Versuche. Behandelt von Professor Griffart. Kürzlich eingewiesen in die Salpêtrière. Jeden Dienstag Besuch von Ihnen ... versuchter Besuch, um genau zu sein.«

»Die Familie hat mir den Zutritt zu ihrem Zimmer untersagt.«

»Die Familie und die Ärzte.«

»Das läuft aufs Gleiche hinaus.«

»Diese Drecksäcke von Ärzten.«

Sie warf mir einen herausfordernden Blick zu.

»Warum haben Sie mir diese Briefe geschickt, Madame Colbert?«

»Welche Briefe?«

»Warum nicht der Polizei?«

»Die Bullen sind nicht besser als Griffart. Drecksäcke.«

»Von denen scheint es auf der Welt nur so zu wimmeln, möchte man meinen.«

»Worauf wollen Sie hinaus?«

»Dass es bei zu vielen Drecksäcken keine Drecksäcke mehr gibt. Sie überall zu sehen, ist kein Beweis dafür, dass sie existieren. Manchmal ist sogar das Gegenteil der Fall.«

Claude Colbert machte eine wegwerfende Geste, wobei sie die Katze wegstieß, die auf ihren Knien döste. Sie stand auf, wütender als ihre Mieze.

»Sie also auch!«

Ich mochte ihr Geschreibsel nicht, ich mochte ihr Benehmen nicht, und noch weniger mochte ich, dass ihr Zigarillo jetzt auf mein Gesicht zeigte.

»Ich werde Ihnen sagen, warum ich Ihnen geschrieben habe. Ich dachte, Sie wären anders. Ein Freund von André

Breton kann doch nicht sein wie die anderen. Aber ich habe mich getäuscht! Sie sind wie die anderen.«

»He, halt«, versetzte ich, wobei ich gerade noch ihrem Zigarillo auswich, »was hat denn Breton hier…«

Mir blieb nicht die Zeit, es zu erfahren. Ihre Havanna flog mit der Geschwindigkeit einer überhitzten Lokomotive auf meinen Schädel zu. Ich lenkte ihre Flugbahn ab. Die Colbert stieß ein Brüllen aus. Ihre Faust traf meine Schläfe mit der Kraft eines Pferdehufs. Ich knallte aufs Parkett und das Pferd stürzte sich auf mich, als ich alle Viere von mir streckte. Eine stählerne Pranke griff mir ins Haar. Mein Kopf wurde vom Boden gerissen, nur um schnurstracks wieder darauf zu landen. Ich glaubte, er würde platzen. Einmal, zweimal, dreimal, und ich fühlte, wie ich wegtrat. Vor meinen Augen tanzten schwarze Schmetterlinge Polka. Als sie zu viele wurden, biss ich in das, was mir gerade zwischen die Zähne kam. Ein Brüllen zerriss mein Trommelfell. Mit den Händen auf der malträtierten Brust beugte sich die Colbert zurück. Gerade genug. Zwei Finger zum V ausgestreckt, stach ich nach ihren Augen. Sie kippte mit einem Wutschrei zur Seite. Markerschütternd vor freigesetzter Hysterie. Ich schnappte mir einen Lampenfuß, der bei der Keilerei runtergefallen war. Eine Alabastersylphide mit gedankenvoller Stirn. Ich wirbelte ihn gegen die Rübe einer Malerin mit Vorliebe für Art brut.

Sie machte »Pff!« wie ein Ballon, dem die Luft ausgeht.

Dann sackte sie zusammen. Pff. Ein Häuflein Lunge beim Kaldaunenhändler. Unter dem Sessel leckte die Katze sich das Maul.

Ich stand wieder auf und machte mich auf die Suche nach einem Muntermacher. Ein Rest feinster Weinbrand reifte in einem Jugendstilbuffet. Ich sprach einen Toast auf die Vermischung der Genres aus. Danach ging ich auf Wohnungsbesichtigung.

Claude Colbert hatte Geschmack. Und nicht nur, was junge Mädchen betraf. Die in ihrem Atelier zusammengetragenen Kunstwerke zeugten davon. Ihre eigenen, die an der Wand entlang aufgereiht standen, waren dementsprechend. Mit einem Hang zur zwanghaften Übertragung. Eine weibliche Gestalt erschien auf jedem ihrer Gemälde wie der Loplop von Max Ernst.

Ihre Bibliothek war vom selben Kaliber. Ich entdeckte Artaud, Freud und Breton.

»Ein Freund von André Breton konnte doch nicht sein wie die anderen.« Die Zeit war vergangen und ich mir nicht mehr so sicher. Nach seiner Demobilisierung hing Breton in Marseille herum. Er hatte dort den frisch aus dem Gefängnis entlassenen Benjamin Péret, den aus dem Camp des Milles geflohenen Ernst, den ewig geächteten Victor Serge wiedergesehen. Eine ganze Kolonie, die auf die Einschiffung wartete. Die Welt stand in Flammen, und sie würden sie nicht verändern. Um es zu vergessen, sahen sie zu, wie die Sonne in den Felsbuchten versank, und dachten sich Tarots aus, auf denen der Schatten von Pancho Villa umging.

Warum blätterte ich in *L'amour fou*? Rätsel über Rätsel, spanische Dörfer und objektiver Zufall. Zwischen den Seiten steckte ein Zeitungsausschnitt. Vergilbt wie eine Trockenblume, versetzte er mich fünfzehn Jahre zurück. *Die Leichtgläubigkeit der zivilisierten Völker, der Wissenschaftler und der Herrschenden verleiht der Psychiatrie ein ominös übernatürliches Licht. Das Urteil über Ihren Berufsstand, meine Herren, ist bereits gefällt. Wir protestieren gegen das Recht, das Männern, seien sie beschränkt oder nicht, verliehen ist, durch ihre Forschungen im Bereich des Geistes eine lebenslange Inhaftierung zu rechtfertigen. Die Irrenanstalten sind grauenvolle Kerker …*

»*Brief an die Chefärzte der Irrenanstalten.*«

Die Stimme hinter mir hatte ein Echo wie aus dem Jenseits. Ich drehte mich um und meinte, ein Phantom zu sehen. Aber es war bloß ein Flic. Bailly war zwar aus Fleisch und Blut, hatte aber nicht mehr Lärm gemacht als eine Schlange.

»*Die surrealistische Revolution*, 1925«, zischte er mit seinem Lächeln, das keines war. »Ihre Freunde gingen nicht gerade zimperlich vor.«

Ich klappte das Buch zu.

»Was treiben Sie denn hier?«

Er zog das Etui hervor, in dem er seine Kippen aufbewahrte, wenn er Lust bekam, sie im Voraus zu drehen.

»Meinen Sie nicht, dass ich Sie das fragen sollte?«

»Sie sehen ja, ich suche ein Buch. Die guten sind inzwischen einfach nicht mehr aufzutreiben.«

»Ich lese nicht. Ich suche einen Mann.«

»Dann sind Sie auf dem Holzweg, Inspektor. Männer gibt es hier nur Sie und mich.«

Er zeigte auf die Colbert, die immer noch bewusstlos war.

»Und was ist das da, der große Bettvorleger? Ein Bärenfell?«

»Eine Dame. Sie hatte einen Schwächeanfall.«

»Eine Dame vielleicht. Aber ein Fall für sich. Und was für einer.«

Zwei Käppis zeichneten sich hinter der Glaswand ab. Bailly machte ihnen ein Zeichen. Die Käppis und das, was darunter gehörte, kamen herein. Sie wirkten wie Macken im Dekor.

»Das ist Kunst«, sagte ich, als ich sah, wie sie alles beäugten, »das beißt nicht.«

»Schnappt euch das da«, befahl Bailly.

Sie rückten mir mit aufgeklappten Handschellen auf den Pelz.

»Nicht den da«, seufzte der Inspektor, »da drüben.«

»Die Frau?«, fragte der Erste und hakte seine Pelerine auf.

»Nein!«, brauste Bailly auf, »den *Führer,* der hat sich im Schrank versteckt.«

Die Gendarmen zögerten, was weiter zu tun war. Schließlich legten sie Claude Colbert auf eine Trage und nahmen sie mit. Beim Hinausgehen konnten sie es sich nicht verkneifen, argwöhnisch nach dem Schrank zu schielen.

»Sie sprachen von einem Fall?«, fragte ich, als Bailly ihnen hinterhersah.

Er warf seinen Zigarettenstummel in einen Becher, in dem ein Pinsel sein Bad nahm.

»Machen Sie Ihren nicht noch schlimmer. Claude Colbert: Paranoia, Graphomanie und wahrscheinlich Mord. Spritzen sind ihr nicht unbekannt, sie ist morphiumsüchtig. Ist im Wartezimmer von Professor Griffart einem Fräulein Lucie Coste begegnet. Wahre Liebe auf den ersten Blick, allerdings nicht gerade nach dem Geschmack der Familie. Bei den

Costes legt man Wert auf Tradition. Zweifellos zu sehr für Lucie. Sie reißt zweimal aus, um zu der Erwählten ihres Herzens zu stoßen. Beim dritten Mal sperrt man sie in Marly bei einer alten Tante ein. Barbiturate. Holterdiepolter zurück nach Hause. Griffart wird hinzugezogen. Seine Behandlung bringt überhaupt nichts. Lucie hört auf zu essen. Sie wird in die Salpêtrière eingeliefert. Ihr Zustand bessert sich nicht, der Krankenhausaufenthalt zieht sich in die Länge. Zuletzt hieß es, das Mädchen sei vollständig weggetreten. Ohne große Hoffnung auf Wiederherstellung. Die Colbert zählt eins und eins zusammen. Griffart und die Psychiater tragen die Verantwortung. Nach Aussage der Costes hat sie den Professor in der Woche vor Ihrer Ankunft bedroht. Delettram bestätigt das. Claude Colbert stand auf der Liste der Risikopatienten, um die wir ihn gebeten hatten ... Und Sie, wie sind Sie auf die Colbert gestoßen?«

»Corbeau hat sie in seiner Kristallkugel gesehen.«

Er rekelte sich wie nach einem gelungenen Arbeitstag.

»Ist es so unangenehm, zu denselben Schlüssen zu kommen wie die Polizei?«

»Geben Sie mir Zeit, mich an den Gedanken zu gewöhnen.«

Wir verließen das Atelier. Unter dem Geißblatt setzte ein römischer Senator Grünspan an. Ich klopfte meine Pfeife an seiner erlauchten Büste aus.

»Tiberius Gracchus ... Ein Vorläufer des Sozialismus. 130 vor Christus.«

»Ich habe seinetwegen keine Order erhalten«, sagte Bailly.

Sein Zigarettenetui war leer. Ich warf ihm meinen Tabak zu.

»Beinahe hätte ich Sie für einen spaßigen Bullen gehalten.«

»Sie hatten schon immer zu viel Fantasie ...«

Er bückte sich, um den Kater zu streicheln, der sich an seinen Beinen rieb.

»Adoptieren Sie ihn«, sagte ich, »er gehört der Colbert, der andere dürfte auch nicht weit sein.«

»Das Problem ist, dass es zwar Polizeihunde, aber keine Polizeikatzen gibt.«

Unter den Bäumen schlängelte sich der Weg zwischen den Künstlerrefugien durch. Wir folgten ihm bis zum Tor, eskortiert von dem Stubentiger, der wie ein Spinnrad schnurrte. Plötzlich sprang er auf das Unkraut am Wegesrand zu. Zwei Sätze seitwärts und er war unter den Blättern verschwunden.

Vor der Siedlung wartete ein Citroën. Bailly warf sich hinein und der Schlitten rollte auf dem Boulevard davon.

Mit der Pfeife zwischen den Zähnen ging ich Richtung La Santé. Von dem mächtigen Schatten erdrückt, lag die Straße verlassen da. Der Knast dagegen war rappelvoll. Zu den Kriminellen hatte man jetzt die Politischen gesteckt. Pazifisten, die »Nieder mit dem Krieg!« geschrien hatten. Kommunisten, die in den Refrain aus Moskau eingestimmt hatten. Dann war der Waffenstillstand gekommen. Das dünne Süppchen und das Schwarzbrot dürften ihnen genauso wenig geschmeckt haben. Ich dachte an den offenen Brief, den ich bei der Colbert gefunden hatte: *Unter dem Mantel der Wissenschaft gleicht die Anstalt für Geisteskranke dem Bagno.* Oben auf der Mauerkrone kratzte der Stacheldraht am Himmel.

XXII

»Nestor, ich friere.«

»Weitersammeln, das wärmt.«

»Ich fühle meine Finger nicht mehr. Nicht mal mit Handschuhen.«

Yvette stand am Ufer des Sees und stampfte vor Kälte mit den Füßen auf den Boden. Ihre übereinandergezogenen Kleiderschichten verliehen ihr im hellen Mondlicht den Chic eines Kohlensacks.

»Machen Sie nicht so einen Radau, man hört Sie ja bis zur *Kommandantur.*«

»Mir doch egal«, knurrte sie. »Da ist es sicher warm. Und überhaupt, was wir hier machen, ist bescheuert.«

Ich legte mein Reisigbündel ab.

»Na, kommen Sie, reißen Sie sich zusammen. Denken Sie

an das Feuerchen, das wir uns nachher unter dem Federbett machen.«

»Alles klar, Waldemar. Das wird nicht länger dauern als eine Viertelstunde.«

Ich rieb sie durch ihre Klamotten hindurch warm.

»Jetzt kränken Sie mich aber.«

Sie zuckte mit den Achseln, und wir nahmen unsere nächtliche Schinderei wieder auf. Während wir auf unserer Suche nach trockenem Holz bis ins hinterste Gestrüpp krochen, störten wir bisweilen eine Ente auf, die schnatternd davonwatschelte.

»Glauben Sie, dass so eine Ente erfrieren kann?«, schniefte Yvette. »Es gibt weniger als vorher.«

»Die sterben vor allem an Rüben.«

»Wie meinen Sie das?«

»Wir machen Jagd auf Brennholz, andere auf Schwimmvögel.«

Sie richtete sich mit triefender Nase wieder auf.

»Nein! Die essen die?«

»Sie etwa nicht?«

»Natürlich nicht ... Na ja, doch, schon, aber nicht die da.«

»Barbarie-Ente oder Buttes-Chaumont-Geflügel, das ist doch gerupft wie gesprungen.«

Sie wischte sich mit dem Ärmel die Nase ab.

»Schon möglich, aber die Barbarie-Viecher kenne ich nicht.«

In der Allée de la Cascade schlummerte eine Stockente mit dem Kopf unter dem Flügel.

»Sie glauben, dass Gopian ...«

Der Mond strahlte kaum heller als ein streikendes Glühwürmchen. Aber es reichte, um auf ihrem Gesicht den Heißhunger zu erkennen. Eine Wolke blieb über dem Felsen der Selbstmörder hängen. Mit unseren Reisigbündeln unterm Arm gingen wir weiter. Auf Höhe der Avenue angekommen, zog ich meinen Pfeifenreiniger heraus. Das Schloss des Parktors leistete keinen Widerstand. Es hatte sich daran gewöhnt.

In der Rue Fessart verdeckte die Wolke den Mond. Wir tapsten im Dunkeln weiter. Die Finsternis war so dicht, dass sie uns bleiern auf dem Rücken lag. Schwarz und schwer wie ein Revolver. Und klebrig wie Teer. Aber dadurch auch undurchdringlich. Wir gingen mit dem seltsamen Gefühl hindurch, im Nichts zu schwimmen.

»Nes, warten Sie auf mich.«

»Ich glaube, Sie sind vor mir.«

Die Stille verstärkte unser Flüstern. Es bekam die Feierlichkeit von Sätzen aus einem Theaterstück. Mit einem gedämpften Echo, das den Sinn der Worte entstellte.

Um uns nicht zu verirren, hielten wir uns an die Mauern. Eine Nische, eine Kreuzung, und wir waren aufgeschmissen. Zwei Blinde, in der Leere balancierend.

Seit der Ausgangssperre jeden Abend derselbe Schlamassel. Gelöschte Gaslaternen, zugezogene Vorhänge, ab zweiundzwanzig Uhr drang keine einzige Funzel mehr durch die Dunkelheit. Das konnte einem direkt die Neumondnächte verleiden. Dabei waren das die besten, um eine Menge Zeugs anzustellen.

Wir näherten uns der Allée des Solitaires, als das Licht einer Laterne die Nacht durchbrach. Kaum hatten wir uns in den Weg verdrückt, als ein Flic auf dem Fahrrad übers Pflaster holperte.

»Nestor, ich friere.«

Die Morgendämmerung warf ihr schmutziges Licht über Paris. Der Schnee kam. Eine Stunde zuvor war ich mit dem Gefühl aus dem Bett gestiegen, in einen eisigen Gebirgsbach einzutauchen. Zitternd hatte ich mich in aller Eile angezogen. Das brachte auch nichts. Der Ofen war kälter als eine Leiche vom Vortag. Das Holz von den Buttes hatte nicht lange gehalten. Ich hatte versucht, mich am Kopf meiner Pfeife zu wärmen, aber der Tabak fehlte. Und auch die Marken. Auf meiner Lebensmittelkarte waren keine mehr. Ich erinnerte mich vage, dass ich sie aufgeraucht hatte. Als allerletzten Ausweg hatte ich mich vollständig angezogen wieder hingelegt und mich damit beschäftigt, die Zimmerdecke zu betrachten.

Der Winter hatte alles erstarren lassen. Man fror von Passy bis Jaurès. Hinter den Kalksteinfassaden ebenso wie in den möblierten Unterkünften, überall herrschte dieselbe Eisschranktemperatur. Unter der Eisschicht waren alle gleich. Kohle für die Besatzer, Frostbeulen für die Besiegten. Es hinnehmen, lautete konsequenterweise die Devise. Das fallende Thermometer erinnerte daran wie ein Zeichen des Himmels. Wir hatten die Niederlage verdient. Wir hatten sie nicht genug bezahlt, und jetzt kam das Crescendo. Dick eingemummt und in den eigenen vier Wänden verkrochen, gaben wir das Concerto für klappernde Zähne. Den Tanz vor dem Geschirrschrank. Schwarzmarkt und Schleichwege. Steckrübenbraten und Suppe vor sauren Gesichtern. Die langen Schlangen vor den Geschäften und drinnen die leeren Auslagen. Die Hungerkur würde uns von den Ausschweifungen der Vergangenheit heilen. Unseren erschlafften Willen stählen. *Mens sana in corpore sano*. Körper und Geist reinigen. Der Marschall ermutigte uns dazu. Er wachte über uns. Der gute Papa, der an unserem Elend litt.

Seit zwei Monaten hatte die Colbert bei den Bekloppten Quartier bezogen. Als würden sich die, die meinen Weg kreuzten, dort verabreden. Noch in der Zwangsjacke würde sie die Ärzte anpöbeln. Sie würde ihnen nicht mehr groß was antun können. Aber hatte sie es je getan? An all das dachte ich bei meiner Betrachtung der Zimmerdecke. Und ich sah darauf merkwürdige Schattenspiele erscheinen. Zwei falsche Flics mit Hasenköpfen, einen deutschen Anarchisten, toter als tot, und eine Reihe Irrer. Eine viel zu lange Reihe. Die Welt ist seltsam, wenn man sie an eine Zimmerdecke projiziert.

»Geh bei den Freunden Durrutis vorbei«, hatte Corback mir geraten. Ich ging vorbei. In der Rue Duméril war die Tür verschlossen und die Fenster zugemauert. Die wenigen Nachbarn erinnerten sich an flüchtige Gestalten. »Die meisten sprachen kein Französisch. Oder so schlecht, dass es auch nicht viel besser war.« Wie sollte man sich da an einen großen Bärtigen erinnern … »Davon gab es eine ganze Menge. Ein Deutscher, sagen Sie?« Und man warf mir einen misstrauischen Blick zu.

Ich wollte eben umkehren, als Pierrot mir über den Weg

lief. Fünfzehn Jahre, ein Getue, um nach drei mehr auszusehen, und eine Visage nach dem Motto: Mir erzählt keiner was. Sobald er mich sah, hätten seine verstohlenen Blicke die Aufmerksamkeit des erstbesten Flics erregt. Es machte Spaß zu sehen, wie er sich anstrengte, dreinzuschauen wie ein Ganove. »Gesicht wie ein Grünschnabel und Pomade in den Haaren«, hatte Fehckers Zimmerwirtin gesagt. Ich wartete, bis er auf meiner Höhe war, und sprach ihn an.

»Salut, Genosse.«

Er drehte sich um, als würde er jemanden hinter sich suchen.

»Wollen Sie was von mir, M'sieur?«

»Ich sehe hier sonst keinen Genossen auf der Straße.«

»Wovon reden Sie?«

»Von einem Typen, der besser seine Fahne verstecken sollte.«

Sofort sah er nach seinem Brotbeutel. Ich lachte.

»Gepatzt! Wenn ich von der Polente wäre, wärst du jetzt reif für die Durchsuchung.«

Seine großspurige Miene erinnerte mich an einen anderen Bengel. Auch so ein Filou. Wie man es mit fünfzehn eben ist. Wenn man es darauf anlegt und vor der Nase des Schutzmanns die Straße neben dem Fußgängerüberweg überquert. Ein Bengel aus einer anderen Zeit, mit Schlapphut und der Pfeife im Maul.

»Sehe ich wirklich aus wie ein Polyp?«, fragte ich tief betrübt. »Es kommt schon mal vor, dass man mir das sagt, aber jetzt beleidigst du mich. Na, nichts für ungut, Genosse.«

Ich war hundert Meter gekommen, als er mich wieder einholte.

»Jeder kann sich mal irren. Wollten Sie zum Lokal? Das ist schon seit einer ganzen Weile geschlossen.«

»Das hab ich mir schon fast gedacht. Ich komme aus der freien Zone. Ich habe auf gut Glück vorbeigeschaut. Ein Kumpel hatte mir die Adresse bei seiner Rückkehr aus Spanien gegeben. Ich sollte ihn bei ihm daheim treffen, aber das hat nicht so geklappt wie vorgesehen.«

»Hier haben sie sich die Klinke in die Hand gegeben.«

»Er muss einer von den letzten gewesen sein. Bevor er nach Paris hoch ist, hat er auf Staatskosten logiert.«

Man schlägt es nicht so leicht aus, den abgebrühten harten Jungen zu spielen. Der Bengel ließ sich die Gelegenheit nicht entgehen.

»Im Bau, was?«

»Nein, Viersternehotel, Loriol.«

»Ah!«

Schweigend gingen wir ein paar Schritte. Unter seiner Brillantine dachte er hart nach. Schließlich hatte er eine Entscheidung getroffen.

»Ihr Kumpel hieß nicht zufällig Max?«

Max hatte nicht lange in dem Lokal in der Rue Duméril verkehrt. »Ein Typ, der nicht viel spricht.« Die Art Mann, von der Jungs mit fünfzehn träumen. Schwätzer hatte Pierrot so viele gehört, dass ein Schweigsamer aus dem Rahmen fiel. Mit Kriegsausbruch waren die Spanienveteranen aus ihrem Nest ausgeflogen. Die Luft war für die Ausländer ungesund geworden.

Diejenigen, die weiter dort herumhingen, hatten Barcelona vor allem von ihren Büchern aus gesehen. Bequem in die Federn gekuschelt. Mit den Füßen unter der Daunendecke und dem Kopf in den Kissen. Sie waren gar nicht so dünn gesät, die Möchtegerngenossen. Wenn man erst mal dabei ist, schöne Phrasen zu dreschen, gehen die Pferde schnell mit einem durch. Manche hatten so sehr Geschmack an der Sache gefunden, dass sie zuletzt selbst daran glaubten. Noch mit dem Kopf auf dem Richtblock hätten sie geschworen, dass sie Katalonien, den Ebro und Guadalajara mitgemacht hatten. Dabei war es nicht unbedingt Angeberei, warum sie sich an ihren Worten berauschten. Wie jedermann hatten sie das Bedürfnis, sich nach dem Himmel zu strecken.

Pierrot hatte sich dem Himmel durch Max' Schweigen genähert. Und auch durch seine Abwesenheiten, in den Momenten, wenn er für niemanden mehr da war. Mit verlorenen Augen und wirren Gedanken.

»Kam das bei ihm öfter vor?«

»Zum Schluss, ja. Aber ich weiß, wohin er im Kopf ging.«

»Nach Spanien?«

»Dahin, aber auch zu sich nach Hause. Nach Deutschland. Er brauchte es nicht zu sagen, ich konnte es hören.«

»Wie eine Partitur, die man entziffert, ohne die Musik zu kennen ...«

»Kennen Sie das?«

»Ich hatte einen Freund wie Max. Er hat mir ziemlich viel gesagt, ohne ein einziges Wort.«

»Ich glaube, die Bomben haben ihn aus der Bahn geworfen. Er hatte zu viele gehört. Und dann, als sie hier runtergegangen sind ...«

»Scheiße.«

»Danach hat er angefangen zu spinnen. Er redete mit seiner Schwester. Auf Deutsch. Ab und zu auch einen Fitzel Französisch. Dann sprach er, wie man es mit kleinen Kindern tut. Das tat echt weh, das kann ich Ihnen sagen. Und dann hat er überhaupt nichts mehr gesagt. Fernand und ich haben kapiert, dass es nicht mehr ging.«

»Fernand Boisrond?«

»Kennen Sie den auch? Einmal haben wir versucht, Max wach zu rütteln, aber er schien uns nicht mal mehr wiederzuerkennen. Also haben wir ihn ins Krankenhaus gebracht. Danach wurde Fernand einberufen. Ich hab Max weiter besucht, aber er hatte wirklich einen Sprung in der Schüssel.«

»Das heißt?«

»Er redete gar nicht mehr. Außer einmal, da ist er aus seinem Tran aufgewacht. Er hat sich meinen Arm geschnappt, dass es weh tat. ›Tigatentras‹, sagt er ganz plötzlich. Klar, das hat mir die Sprache verschlagen. Ich hab nicht die Bohne verstanden. Ich frage ihn, was er damit meint. Er schien kein Französisch mehr zu verstehen. Er legt mir den Finger auf den Mund, ›psst‹, Sie verstehen schon. Und dann wieder: ›Tigatentras‹.«

»Tigatentras?«

»Wie irgendwas aus Spanien, das wieder hochgekommen ist. Ich hab danach nichts mehr darüber herausbekommen können.«

»Und dann?«

»Nichts. Er wurde verlegt, als die Deutschen nach Clermont einmarschiert sind. Was dann war, weiß ich nicht.«

»Wahrscheinlich ist er irgendwann verduftet.«

»Glauben Sie?«

»Mensch, Max war ein schlauer Kopf. Wenn du meine Meinung willst: So schnell kriegen die ihn nicht wieder in die Zwangsjacke …«

Pierrot strahlte wie ein Knirps an Weihnachten: »Wusst ich's doch!«

All das sah ich, während ich meine Zimmerdecke betrachtete. In der eisigen Kammer von Yvette, die unter den Bettdecken schlotterte. Allée des Solitaires. Eine hübsche Ecke, die den Krieg nicht verdient hatte.

XXIII

»*Mlle Colonne, Pianistin, gibt bekannt, dass sie in keinerlei verwandtschaftlicher Beziehung zu dem Juden Colonne, Gründer der gleichnamigen Konzertreihe, steht* … Haben Sie das gelesen, Nes?«

»Ich habe nicht die Zeit, um Zeitungen zu lesen. Vor allem solche.«

»Finden Sie mal andere.«

»Haben Sie nichts Besseres zu tun? Ich weiß nicht, etwas tippen?«

»Der Herr Detektiv kann sich Frauen vermutlich nicht eine Sekunde lang anders vorstellen als in untergeordneter Stellung. Und selbst da, lassen Sie sich das gesagt sein, habe ich Rechte. Das Recht, eine Pause zu machen, zum Beispiel. Wollen Sie meinen Arbeitsvertrag sehen, oder ist es Ihnen lieber, wenn ich mich an meine Gewerkschaft wende?«

»Die hat Vichy aufgelöst.«

»Wenn Sie sich um Ihre Post selber kümmern würden, wüssten Sie es …«

»Wüsste ich was?«

»Dass es unmöglich ist, mit Fäustlingen zu tippen.«

»Fäustlingen?«

»Was habe ich wohl an meinen Händen? Hermès-Handschuhe? In diesem Büro friert es Stein und Bein.«

»In Ordnung, ich verdopple Ihre Pause.«

Ich bückte mich, um das Strafgesetzbuch an meinem Kopf vorbeifliegen zu lassen.

»Halten Sie sich jetzt auch noch für den Chef?«, zischte sie mit bösen Äuglein hinter ihren Brillengläsern.

»Stopp! Ich wollte Ihnen lediglich einen Kaffee bei Gopian vorschlagen.«

Sie wurde auf der Stelle umgänglicher.

»Einen Kaffee? Hat er denn welchen?«

»He!«

Ich hielt ihr ihren Mantel nicht hin. Sie zog ihn zum Arbeiten gar nicht mehr aus.

»Sie ist seine Tochter«, sagte ich, als wir hinausgingen.

»Wer?«

»Das Fräulein Colonne aus der Zeitung. Sie ist keine Jüdin und will, dass man das weiß, trotzdem ist sie seine Tochter. Édouard Colonne hat sie adoptiert, er hat sie großgezogen. Er hat ihr sogar das Klavierspielen beigebracht.«

Yvette war zur Salzsäule erstarrt. Ich nahm ihren Arm.

»Und das fängt erst an.«

Bei Gopian stand das Tagesessen in weißer Kreide auf den Spiegel hinterm Tresen geschrieben. Yvette rückte ihre Brille zurecht.

»Kutteln, Topinambur, Kompott ... Was für ein Kompott ist das denn?«, erkundigte sie sich, während sie sich auf die Bank setzte.

Gopian stocherte in seinem Kohleofen herum. Aschestaub wirbelte durch den Raum.

»Allerlei, es ist ein Kompott-Allerlei.«

Die Kohlen erröteten schüchtern. Ich hielt meine Hände davor.

»Hast du Kaffee bekommen?«

Er hätte kaum argwöhnischer sein können, wenn er einen englischen Fallschirmjäger versteckt hätte.

»Sei still, Menschenskind«, sagte er und sah sich nach allen Seiten um.

»Es ist niemand da.«

»Echter Mokka«, flüsterte er, »einen ganzen Sack voll. Ich habe auch das bekommen, worauf du gewartet hast. Setz dich schon mal.«

Ich gesellte mich zu Yvette.

»Ihr werdet schon sehen, wie das schmeckt!«, schrie er so laut, dass ich zusammenfuhr.

Yvette und ich sahen uns an.

»Ein edles Tröpfchen, direkt aus der Drôme. Heute ist ein Tag ›mit‹.«

»Gopian, wir sind allein hier«, sagte ich.

Er senkte etwas die Stimme.

»Man kann nie wissen, man kann nie wissen ... Meine Informationen kommen auch aus der Drôme.«

Er ging und kramte hinter seinem Tresen.

»Probiert das mal!«, posaunte er, eine Pulle in der Hand. »Da geht euch die Sonne in der Kehle auf.«

Mit dem Geschirrtuch über der Schulter goss er den Wein in unsere Gläser.

»Das war eine kniffelige Aufgabe, aber hier ist alles drin«, murmelte er, indem er eine Speisekarte auf den Tisch legte. »Mach es nachher auf. Mein Vetter aus Valence hat gute Arbeit geleistet. Damals, als er noch in der Lakritzfabrik gearbeitet hat, war er dicke mit einem Typen, dessen Bruder Schuhmacher in Romans ist. Stell dir vor, seine Schwester und ihr Mann haben ihr Geschäft in Montélimar. Einen Friseurladen. Kannst du mir folgen?«

»Aber sicher.«

»Josephs Kundschaft stammt aus dem Lager.«

»Joseph?«

»Der Friseur«, sagte Yvette.

Gopian schenkte uns neu ein.

»Kenayan. Joseph Kenayan. Er hat den Wärtern und den

Insassen die Haare geschnitten. Und Bingo, in dem Haufen war einer.«

»Ein was?«

Yvette leerte ihr Glas.

»Ein Armenier«, seufzte sie und stellte es wieder ab.

»Sie sollten eine Gehaltserhöhung verlangen«, schlug Gopian vor und schenkte ihr nach. »Ihnen braucht man nicht alles haarklein zu erklären.«

Yvette hob ihren Schoppen.

»Monsieur bevorzugt Damen mit Sinn fürs Gröbere.«

»Schon gut«, sagte ich. »Was ist jetzt mit Kemalian?«

»Kenayan«, korrigierte Yvette. »Joseph Kenayan.«

Gopian warf ihr ein verständnisinniges Lächeln zu, und ich fühlte mich so interessant wie der Salzstreuer.

»Durch Abramarian hat er alles erfahren, was es zu wissen gab.«

»Abramarian ist der aus dem Lager«, erläuterte Yvette für mich.

Die Türglocke bimmelte. Gopian schob die Speisekarte unter meine Serviette und wieselte los, um die Gäste zu begrüßen.

Yvette betrachtete ihr leeres Glas.

»Die ist gut, hm, seine Sonne, die in der Kehle aufgeht.«

Ich stellte die Flasche weg und schlug die Speisekarte auf. Vetter Gopian hatte nicht auf der faulen Haut gelegen. Sein Umschlag enthielt das Leben eines Mannes. Max Fehcker war am 6. Juli 1901 in Dresden geboren, Vater Ingenieur, Mutter Französischlehrerin, und war nach Hitlers Machtergreifung aus Deutschland geflohen. Als Flüchtling in Frankreich hatte er in Toulouse gelebt, wo er in den anarchistischen Kreisen verkehrte, bevor er 1936 nach Spanien ging. Nach dem Krieg und Francos Sieg war er den Tausenden von Flüchtlingen gefolgt, die die Pyrenäen überquerten. Die Gesetze der Gastfreundschaft waren zwischenzeitlich andere. Er wurde im Lager von Argelès interniert. Dann in Chambaran, in der Isère, wo die auf französischem Boden aufgegriffenen deutschen Staatsangehörigen zusammengelegt wurden. Im September '39 wurde er nach Montélimar und schließlich nach Loriol überstellt, von wo er kurz darauf floh. Drei Wochen zuvor hatte er vom Tod seiner Schwester erfahren, einem geistig behinderten Mädchen. Von da an hatte er wirres Zeug geredet. Während seines Aufenthalts in Loriol hatte er in der psychiatrischen Abteilung von Crest unter Beobachtung gestanden.

Der gewissenhafte Vetter Gopian hatte seiner Sendung ein Foto beigelegt. Man sah darauf Männer bei der Arbeit. Ein Trupp Waldarbeiter bei einer Pause. Mit der Axt vor den Füßen saßen sie auf Baumstämmen und lächelten ins Objektiv. Das leere Lächeln, das das herauskommende Vögelchen begrüßt. Mit der Baskenmütze auf dem Kopf und im verschwitzten Unterhemd wollten sie sagen, dass es ihnen gut ging. Man brauchte sich keine Sorgen zu machen. Man war gesund und die Luft auch. Im Beutel war goldgelbes Brot und stärkender Wein. Das alles würden Frau und Kinder von ihrem Exil sehen, wenn sie das Foto erhielten. Sie würden sagen: »Das ist Papa« oder »Gut schaut er aus«. Und sie würden versuchen, wirklich daran zu glauben.

Über einen der Männer hatte jemand ein rotes Kreuz gemalt. Max Fehcker hatte damit ein Gesicht. Aber dieses Gesicht sagte mir nichts.

Yvette schielte über meine Schulter.

»Erkennen Sie ihn wieder?«, fragte sie, als ich ihr das Foto reichte.

»Ich habe diesen Typen nie gesehen.«

»Wie erklären Sie sich dann, dass er Ihnen eine Botschaft zukommen lassen wollte?«

»Ich erkläre es mir nicht. Es sei denn …«

Im Restaurant war es voll geworden. Es hatte etwas vom ganz normalen Leben, mit seinen brummenden Gesprächen, dem Klappern von Besteck und dem Geräusch kauender Kiefer. Und der Wärme, die von den Tellern und den dick eingemummten Körpern aufstieg. Im Laufe des Essens hatte man die Wollschals aufgebunden, die Mäntel ausgezogen. Um den verdrießlichen Teller zu vergessen, erzählte man sich von früherem Hasenpfeffer und Rindfleisch auf grobem Salz. Fressalien, für die man den Gürtel weiter schnallen musste. Hammelkeule, die auf der Zunge zerging, Entrecote nach Weinhändlerart. Saucen und Silberzwiebeln. Man füllte sich den Magen mit Erinnerungen. Und reichte sich das Wasser herüber, als bemerke man die leeren Plätze nicht. Die der Stammgäste, die von der großen Flucht nicht zurückgekehrt waren. Der kleine Raymond mit Spitznamen »Herzensbrecher«, weil er den Film zehnmal gesehen hatte. Gefallen bei Charleville. Sein Kumpel, Geräuschemacher. Ein lustiger Kerl, der einen Zug so gut nachmachen konnte, dass man ihn, wenn man die Augen schloss, direkt vor sich sah. Und neben den Serviettenfächern die Bank von Mélie. Der Wäscherin aus der Rue Rébeval, die donnerstags immer ihre Bügeleisen mitbrachte, um die ledrigen Rinderbauchlappen mürbe zu klopfen.

»Es sei denn?«, wiederholte Yvette mit seltsamer Stimme vor Bohmans Stuhl.

»Es sei denn, Max Fehcker war nicht der Verfasser des Zettels.«

»Wer soll ihn denn dann geschrieben haben?«

»Irgendein armer Kerl, der seinen Weg gekreuzt hat. Ein Typ, der eine Flaschenpost losschickt, in der Hoffnung, dass sie bei mir ankommt.«

»Dann besteht also keine Chance, ihn zu finden ...«

»Trara! Der rote Faden heißt Max. Wir müssen ihm weiter überallhin, wo er gewesen ist, folgen. Essen Sie Ihre Topinamburs auf, und los geht's!«

Gopian kam mit dem Nachtisch. Ich stand auf.

»Das macht Freude!«, schimpfte er, während ich mich zur Telefonkabine verkrümelte.

Unter dem an der Wand festgemachten Apparat hing ein welliges Telefonbuch. Ich suchte die Nummer der Salpêtrière. Ein paar Sekunden später stellte eine Telefonistin mit Säuferstimme die Verbindung her. Noch eine Vermittlung, »Mit wem wünschen Sie zu sprechen?«, und ausreichend Zeit, um das obszöne Graffiti auf den Steingutfliesen zu bewundern, dann war Esculape am anderen Ende der Leitung.

»Riton, ich brauche noch mal deine Dienste.«

»Man sollte dich einliefern, dann hättest du mich ständig an der Hand.«

»Reichen deine Verbindungen bis nach Crest?«

»Crest?«

»In der Drôme.«

»Die unbesetzte Zone ist heikler.«

»Du meinst, teurer …«

Er seufzte. »Hab ich dich je beschissen?«

»Entschuldige. Ich weiß schon nicht mehr, was ich sage, das müssen die Topinamburs sein.«

»Willst du mal mit unserem Magendok reden?«

»Konzentrier dich auf das Krankenhaus von Crest. Max Fehcker war dort Ende '39 in Behandlung.«

»Ach ja?«, fragte er, als würde ihn das tatsächlich interessieren.

»Ich möchte mehr darüber wissen.«

Im Hörer war Esculapes lauter Atem zu hören. Ich dachte schon, er wäre eingeratzt.

»Riton? Hast du mich gehört?«

»Klaro«, antwortete er, »ich kümmer mich drum.«

XXIV

In der Avenue Simon-Bolivar tankten deutsche Lastwagen an der beschlagnahmten Zapfstelle. Unter dem verdrossenen Blick eines Soldaten, der mit den Füßen auf den Boden stampfte, rief ich ein Fahrradtaxi, das auf Kundenfang war.

»Taxis Sioux?«, fragte ich, als ich die auf den Anhänger gemalte Reklame bemerkte.

»… und Sie sind überall im Nu!«, antwortete der Fahrer, ein pfiffiges Kerlchen mit strammen Waden unter seinen Knickerbockers.

Ich kletterte in das Gefährt.

»Die Salpêtrière würde mir genügen.«

Er trat kräftig in die Pedale.

»Zum Boulevard der Bekloppten? In null Komma nix sind Sie da.«

Er bog, das Gefälle nutzend, in die Rue de l'Atlas ein. An der Metrostation Belleville hielten wir an, um einen großen Umzugswagen vorbeizulassen, der Richtung La Villette fuhr. Am Zeitungskiosk brachte *L'Œuvre* als Titelstory die Überführung der sterblichen Überreste von Napoléon II. in den Invalidendom. Der Sioux riss den Lenker herum und lachte sich schief.

»Die Rückkehr des Jungen Adlers ... wo uns der Magen in die Kniekehlen hängt ... Uns wär eine fette Martinsgans lieber!«

Er hängte sich an einen Lieferwagen, und wir ließen uns bis zum Châtelet ins Schlepptau nehmen. Auf dem Platz tauften Arbeiter das Sarah-Bernhardt-Theater um. Der Name einer jüdischen Tragödin würde nicht mehr die Fassade einer berühmten Pariser Stätte zieren. Das von nun an »Théâtre de la Cité« genannte Schauspielhaus würde mit seiner Arisierung auch seinen Direktor wechseln. Charles Dullin fiel die Ehre zu, dort der Kunst und ihren Herren zu dienen. Er würde, wie seine Zeitung es geschrieben hatte, die »Beherrschung der jüdischen und ausländischen Anschauungen« auf der Bühne bekämpfen können.

Wir kamen mit den ersten Schneeflocken am Boulevard de l'Hôpital an. Schwitzend und pustend steckte der Sioux das Geld für die Fahrt ein. Als ich die Salpêtrière betrat, versuchte er eben, einen dicken Kerl davon abzuhalten, seinen Anhänger zu besteigen.

Ich überquerte den gepflasterten Hof, um zum Auditorium zu gelangen, wo sich Weißkittel, bebrillte Studenten und feldgraue Uniformen durcheinanderdrängten.

Ich setzte mich neben einen Typen, der im Klub der Klassenbesten wohl den Vorsitz führte, und wartete, dass es losging. Ringsum ernsthaftes Schwatzen. Autorisierte Meinungen und besonnene Kommentare, die in überaus schicklichem Raunen lauter wurden. Zuverlässigkeit und Gewissenhaftigkeit. Das konnte man förmlich riechen. Sogar durch die Phenoldünste und den Geruch der Geheimagenten hindurch. Inmitten dieses geballten Wissens wussten die Militärs sich zu benehmen. Martialisch und respektvoll.

Sie hier zu sehen, war letztendlich eine Anerkennung. Wenn man sich, in einem rein wissenschaftlichen Geiste, den Tatsachen beugte, dann war es ein Tribut an die Gleichheit, dass sie auf den Rängen saßen. Sie und wir, Sieger und Besiegte, auf denselben Bänken, das hatte etwas Symbolisches. Über alle Kriege hinweg konnten zwei große Völker einander begegnen und vorwärtsschreiten. Gemeinsam.

Delettram trat durch eine Seitentür ein. Ein paar höfliche Beifallsbekundungen, und er schritt zum Rednerpult. Er zupfte an seinen Papieren, sortierte seine Notizen und räusperte sich. Ich sah wieder seine eigenwillige Haarsträhne und seine Art, sie einzusetzen, um sich äußerlich gelassen zu geben. Zum Warmwerden fummelte er an ihr herum und fing an. Das war schwere Kost. Hommage an Charcot, den Pionier der Salpêtrière. Den großen Ehemaligen am Krankenbett der Hysterie. Jener Hysterie, die man lindern konnte, davon zeugte das ehrwürdige Gebäude. Aber sie ausmerzen, ja denkste! Dazu brauchte die Forschung eine neue Richtung. Oh, nicht jene, die Freud und seine weltgewandten Jünger gepredigt hatten. Das war eine Sackgasse. Die Lösung bestand darin, die trennenden Mauern zwischen den guten alten Disziplinen abzubauen. Die Nutzung von Synergien. Psychiatrie, Anthropologie, Genetik. Die drei Grazien, die sich über die Wiege des Fortschritts beugen. In Deutschland hatte Rüdin den Weg hierzu bereitet.

Der Klassenbeste neben mir nickte.

»Wie schreibt man das?«, fragte ich.

Er sah mich an wie den Dorftrottel, der bei Tisch furzt.

»Und das bereits seit zwanzig Jahren«, fuhr Delettram fort. »In Frankreich sind es Alexis Carrel, Antoine Griffart …«

Schweigender Respekt unter den Anwesenden. Die Nennung von Griffarts Namen klang wie eine Hommage. An den Wissenschaftler, an den Patrioten. An den großen Geist, der die deutschen Degenträger herausgefordert hatte. Das war mutig. Und wohlbedacht. Aber eigentlich auch eine Rede, wie man sie erwartete. Jetzt, wo der Krieg verloren war, fing ein neues Kapitel an. Die Erinnerung gehört den Denkmälern, das Morgen den Lebenden. Die Zukunft, die im Frieden der

Tapferen zu errichten ist. Dass sie nun in der Wissenschaft vereint waren, bedeutete eine Wiedergutmachung des Irrtums, eine Tilgung der Kränkungen. Den Neubeginn.

»Aus welchen Gründen verkümmert ein Volk, das einst für seine Intelligenz geschätzt wurde?«, fragte Delettram völlig unerwartet. »Durch welche Mittel können wir seine ureigensten guten Eigenschaften zurückerlangen?«

Es lohnte sich, über diese Frage nachzudenken. Das leuchtete ein. Man spürte, dass der Redner seine eigenen Vorstellungen von der Antwort hatte. Doch statt sie einfach zu liefern, rief er eigens zu diesem Zweck zur Gründung einer Stiftung auf. Eine große Sache, die, befreit von den Scheuklappen der Humanitätsduselei, der Menschheit mehr Erleichterung verschaffen würde. Das war was. Seine Strähne fiel wieder vor. Er war am Ende angelangt. Er trank das Glas Wasser auf seinem Pult leer. Dann räumte er unter dem Beifallssturm seine Papiere zusammen. Man bemerkte fast nicht, wie zwei Ärzte hinausgingen. Ich holte einen von ihnen im Korridor ein.

»Doktor!«

Er drehte sich um, mit sorgenvoller Stirn, die Hände in den Taschen vergraben und dunkle Ringe unter den Augen. Er sah aus wie einer jener artesischen Bassethunde, die von der Welt und den Menschen genug haben.

»Doktor, bitte entschuldigen Sie, ich habe gesehen, wie Sie die Lesung vorzeitig verlassen haben.«

»Ich habe schon zu viel gehört.«

»Ich bin nicht sicher, ob ich alles begriffen habe …«

»Nein?«, fragte er mit einem resignierten Lächeln. »Dabei wird Delettram immer deutlicher.«

»Das liegt daran, dass ich nicht vom Fach bin. Könnten Sie mir ein Licht aufstecken?«

Er schien überrascht.

»Das ist ja mal lustig. Warum gerade ich?«

»Ich mag Leute mit Widerspruchsgeist.«

Er warf einen Blick auf seine Uhr.

»Ich kann Ihnen eine Viertelstunde einräumen.«

Der Ruheraum roch nach Erschöpfung. Bis hin zu der aufgewärmten Plörre, die eine Ähnlichkeit mit echtem Kaffee nicht mal mehr vorzutäuschen versuchte.

»Doktor Ferdière«, stellte der Arzt sich vor und reichte mir eine Tasse Spülwasser.

Ich packte den Stier bei den Hörnern.

»Doktor, ich könnte Ihnen erzählen, dass ich Journalist bin, ein Bekannter von irgendjemandem oder so was in der Art. Ich bin nichts dergleichen. Ich bin nur ein privater Ermittler, der im Nebel herumtappt.«

»Privater ... Sie meinen ... Detektiv?«

Ich zog meine Karte hervor.

»Agentur Bohman. Ich war damit beauftragt, Antoine Griffart zu bewachen. Genauer gesagt, ich sollte ihn vor sich selber schützen. Man hat vergessen, mich darüber zu unterrichten, dass es außer ihm noch andere gab, die seinem Leben ein Ende setzen wollten.«

»Was für eine Geschichte ... Griffart war ein brillanter Denker. Dieses Drama hat uns alle erschüttert, über alle Meinungsverschiedenheiten hinaus.«

»Meinungsverschiedenheiten?«

»Griffart war zwar in seinen Ansichten sehr viel differenzierter, trotzdem hat er einige der Vorstellungen, die Delettram eben dargelegt hat, geteilt.«

»Sie sagten, Delettram sei sehr deutlich geworden. Ich muss Ihnen gestehen, dass mir dennoch ...«

Er lächelte.

»Also, wo sollen wir anfangen?«

»Seine Nutzung von Synergien durch die Verbindung der Disziplinen klingt sehr vernünftig.«

»Und genau darin liegt das Problem. Bestimmte Ideen werden bei ihrer Präsentation mit vernünftig klingenden Argumenten ausgestattet. Haben Sie von der Rassenhygiene gehört?«

»Wenn ich ehrlich sein darf ...«

»Die Idee ist gar nicht so neu. Sie wurde Anfang des Jahrhunderts in Deutschland von Wissenschaftlern wie Ernst Haeckel und Ernst Rüdin entwickelt. Ihre Anhänger predigen die Eugenik, die Erneuerung der Rasse durch die Anwendung biologischer Maßnahmen. Die systematische Sterilisierung und Hospitalisierung von Geisteskranken und Alkoholikern. Sie befürworten die Euthanasie im Fall von unheilbar Erkrankten und Geistesgestörten, ja sogar ihre erweiterte Anwendung bei Personen, deren Leben für wertlos befunden wird ... Diese Theorien haben sich in Europa und sogar in den Vereinigten Staaten ausgebreitet. Sie haben zwischenzeitlich zahllose Mitglieder der wissenschaftlichen Gemeinschaft verführt. In Deutschland aber erreichten sie mit Hitlers Machtergreifung einen Höhepunkt. Rüdins und Haeckels ›Gesellschaft für Rassenhygiene‹ zählt an die fünftausend Mediziner. Und in Frankreich hat Alexis Carrel mit seinem Werk einen nicht nachlassenden Erfolg zu verbuchen.«

Ich dachte an den Schmöker, den ich bei Fehcker gefunden hatte.

»Das ist doch der Arzt, den Delettram vorhin genannt hat?«

»Sein Werk *Der Mensch, das unbekannte Wesen* nimmt das Kernthema der eugenischen Theorien auf. Und das Schlimme daran ist, dass Carrel und Seinesgleichen alles andere als Scharlatane sind. Carrel verdanken wir grundlegende Arbeiten über eine ganz neue Technik: die In-vitro-Gewebekultur. Das hindert ihn allerdings nicht daran, die Vergasung bestimmter menschlicher Gruppen zu befürworten.«

»Vertrat Griffart diese Vorstellungen?«

»Manche Verfechter einer ›sanften‹ Eugenik sind davon überzeugt, zum Wohle des Menschengeschlechts zu wirken. Wenn Sie denen sagen, dass sie dem Nazismus den Weg bereiten, sind sie aufrichtig entrüstet. Griffart war einer von ihnen. Er war furchtbar schockiert angesichts der Informationen, die über die Eliminierung von Kranken in Deutschland durchgesickert sind. Er hatte die Absicht, einen Bericht zu veröffentlichen, in dem er die Rassenhygiene und ihre Anhänger verurteilte.«

»Was meinen Sie mit der Eliminierung von Kranken?«

»In Deutschland ist seit einem Jahr eine Verordnung in Kraft, das die Euthanasie bei für unheilbar erklärten Personen zulässt. Aber täuschen Sie sich nicht: Es geht nicht darum, dem Wunsch eines Patienten nachzukommen und seine unnötig gewordenen Leiden zu verkürzen. Es geht um Euthanasie im ganz großen Stil, beschlossen und geplant von der Ärzteschaft und den Behörden. Die ersten Liquidierungen haben scheinbar schon stattgefunden. Geistig behinderte Kinder. Wir erhalten auch äußerst alarmierende Nachrichten über das Schicksal der Patienten im besetzten Polen.«

»Was sagt Delettram dazu?«

»Sie werden nie hören, dass er die Umsetzung der von ihm vertretenen Theorien offen gutheißt. Er weicht ständig aus. Er gehört zu jenen Wissenschaftlern, die ganz genau wissen, in welches Fahrwasser sie sich begeben. Für sie ist die Gesellschaft auf sozialer Ebene eine Art Bienenstock. Nehmen Sie nun noch alle wissenschaftlichen Diskurse über die Ungleichheit der Rassen, wie sie seit Darwin laut geworden sind, dazu, und Sie erhalten die Vorlage dessen, was jenseits des Rheins momentan wütet. Und das heißt von nun an auch hier. Ich nehme an, Sie haben die Anwesenheit deutscher Offiziere in unseren hehren Hallen bemerkt. Die Salpêtrière wurde kürzlich ihrer Befehlsgewalt unterstellt. Delettram steht nach seiner Ernennung eine glänzende Zukunft bevor. Doktor Knapp höchstpersönlich hat den Weg auf sich genommen, um seiner Vorlesung beizuwohnen.«

»Knapp?«

»Er ist zuständig für die Beziehungen zur französischen Ärzteschaft. Sein erster Besuch galt Alexis Carrel, der folgende Delettram. Seine Stiftung ist auf dem besten Weg.«

Er sah zur Uhr.

»Eine letzte Frage, Doktor. Wie erklären Sie sich, dass Professor Griffart nicht jeden Kontakt mit Delettram abgebrochen hat?«

»Zuletzt beschränkten sich ihre Beziehungen auf Clermont.«

»Griffart hatte da doch gar keinen Posten ...«

»Nein, aber er hatte wegen seiner Untersuchungen zur Aphasie dort zu tun. In der letzten Zeit arbeitete er über eine ganz spezielle Form der Stummheit.«

»Die segmentäre Aphasie?«
»Hat er Ihnen davon erzählt?«
»Nein, ich habe nach seinem Tod Notizen gefunden.«
»Er nannte es das Fehcker-Syndrom.«

XXV

Als ich hinaustrat, bedeckte Schnee die Straße. In Reih und Glied fielen die Flocken aus dem bleichen Himmel. Große Böen wie ein fedriges Schweigen. Weiß, gedämpft, dicht. Und eine Kälte, die einen in die erstbeste Kaschemme trieb.

Genau dort kamen die beiden heraus, als ich sie bemerkte. Die dunkle Brille hob sich deutlich von all dem Weiß ab. Der dazugehörige Typ hätte ein Blinder auf dem Weg zum Arzt sein können. Oder sogar ein Vampir, von der lichtscheuen Sorte. Ich wusste sofort, wer er war. Das Karnickelauge aus dem Duo. Er schlug seinen Mantelkragen hoch und sah zum Himmel, der sich ohne Unterlass entleerte, als der andere zu ihm stieß, Hasenscharte voran. An den Häuserwänden entlang wagten sie sich wie tollpatschige Skifahrer aufs Trottoir hinaus. Im Schaufenster der Bestattungsunternehmer sahen die Trauerkränze aus wie Weihnachtsschmuck. Ein kleines Stück Österreich mitten in Paris. Ich dachte an die sterblichen Überreste des Jungen Adlers, das war jetzt zwar nicht der Moment für so was, aber es fiel mir nun mal ein. Auf der gegenüberliegenden Straßenseite lachte Hasenscharte sich schlapp. Vielleicht hatte er dieselbe Idee gehabt. Hinter dem Vorhang aus Schneeflocken sah er aus wie ein Schauspieler des Grand Guignol kurz vor dem großen Auftritt. Ich trat in den Torbogen des Krankenhauses. Nicht schnell genug, um Corbeau daran zu hindern dazwischenzufunken.

»Nes!«, schrie er und riss sein Fenster auf.

Hasenscharte drehte sich um. Er schaute hoch, nur um zu sehen, wie Corback seine Arme schwang, als seien es Windmühlenflügel im Sturm.

»Nes!«

Der andere stieß seinen Kumpel in die Seite und zeigte in

meine Richtung. Instinktiv rannte ich los. Dabei hatte ich die Rechnung ohne das Glatteis gemacht. Unter dem Schnee lag eine Eisbahn. Tückisch. Mit ihren Gummiüberschuhen an den Füßen waren die beiden falschen Flics klar im Vorteil. Während ich ihnen hinterherschlitterte, stapften sie plok, plok davon. Mit ausgestreckten Armen als Balancierstangen bogen sie hintereinander um die Straßenecke. Das Letzte, was ich sah, war Corbeau an seinem Fenster.

»Nes!«, rief er wieder wie ein sturer Automat.

Ich schlug der Länge nach hin. Mein Schädel knallte gegen die Bordsteinkante. Ich hörte noch, wie das Auto heranbrauste. Die Schreie der Passanten, die Bremsen, die Reifen auf dem weichen Schnee. Dann nichts mehr. Die Stille der Finsternis. Eine echte Erholung nach dem ganzen Weiß.

»*Er wacht auf!* Er wacht auf!«

Der Soldat in der Uniform eines Offiziersburschen trat von einem Fuß auf den anderen. So heftig, wie seine großen Pfoten sein Schiffchen walkten, musste er richtig in der Bredouille sitzen. Man hatte ihm eingetrichtert, sich gegenüber der besetzten Bevölkerung absolut korrekt zu verhalten. Ordnung, gute Manieren, Verführung. Der deutsche Infanterist gehörte einer höheren Rasse an. Das hatte er zu demonstrieren. Dem Triumph die Größe folgen lassen. Man hatte Frankreich erobert, nun musste Paris gewonnen werden. »Nach Ihnen, Madame. Etwas Schokolade für den Kleinen?« Paraden auf den Straßen und Musik in den Parks. Nach dem Sieg musste man sich nun einrichten. Einen Zivilisten mit dem Schlitten des Hauptmanns umzunieten, stand nicht im Handbuch.

»Er wacht auf«, sagte er noch einmal, um sich zu beruhigen.

Meine Zimmergenossen würden sich von ihren Betten aus nicht das Geringste entgehen lassen. Ich war die Sensation des Tages. Der Neue in der Klasse. Und dieser Soldat war etwas Unvorhergesehenes. Darüber vergaßen sie das Thermometer, den Spucknapf und die Klistierspritze. Bandagierte Visagen linsten zu mir rüber. Eingefallene Gesichter und fiebrige Augen. Ein Neuzugang päppelte sie wieder auf. Nicht mein wenig ernster Zustand, der hätte sie eher verstimmt, als vielmehr die Anwesenheit des Deutschen. Um die zu verdienen, musste ich schon ein seltsamer Vogel sein.

Esculape beugte sich über mein Bett.

»Du kommst mit ein paar Prellungen weg. Nichtsdestotrotz war das haarscharf. Du hattest echt Dusel, dass der da so gute Reflexe hatte. Wenn er nicht im richtigen Moment das Lenkrad rumgerissen hätte, wäre er über dich drübergefahren.«

»Willst du, dass ich mich bedanke?

»Das ... wird ... nichts ... sein?«, fragte der andere in gebrochenem Französisch und schöpfte neue Hoffnung.

Riton untersuchte meine Augen.

»Tss tss, nicht so hastig, da muss man erst mal abwarten. Abwarten und Tee trinken.«

»Tee trinken?«

Der Junge wurde so grau wie seine Uniform. Ein Empfindsamer. Ein anständiger Kerl vielleicht, der nichts weiter wollte, als in seinem Schwarzwald zu bleiben. Aber voilà, jetzt war er in Paris, und sein Urlaub war gestrichen. Mir nichts, dir nichts. Ein Penner, der sich einem unter die Räder schmeißt, ein zerbeulter Schlitten, und schon hat man den Salat. Papierkrieg, Berichteschreiben, und am Ende ist es der kleine Mann, der es ausbaden muss. Dabei hatte er so von der Heimkehr des großen Kriegers geträumt. Nächtelang. Der Bahnsteig mit Blumen und feuchten Augen, die auf ihn warten. Was er alles bei Tisch zu erzählen hätte, während Kartoffeln, Kohl und Schweinefleisch aufgefahren werden. »Mein Gott, wie dünn du geworden bist! Gibt man euch da drüben denn nichts zu essen?« Auch das, was er verschweigen müsste, aus Scham darüber, dass er es getan hatte. Und am Abend die süße Zweisamkeit mit der Liebsten. Der Duft ihrer Haut, um sich vom Geruch nach Truppe und Tod reinzuwaschen. Gestrichen. Krieg ist Krieg, du kannst kaltmachen, wen du willst, aber nach der Unterzeichnung des Waffenstillstands einen Zivilisten überfahren ... Das ist fast so, als hätte man die beginnende Kollaboration sabotiert.

Als ich ihn grünlich werden sah, war ich versucht, ihm meinen Platz auf der Matratze abzutreten. Aber ich sagte mir, dass mir eine Nacht im Krankenhaus nicht schaden konnte. Ich hatte hier zwischenzeitlich ein paar Bekannte. Riton, Colbert und auch Delettram. Stoff zum Nachdenken.

Ein Assistenzarzt trat ein. Unter dem besorgten Blick des Rekruten untersuchte er meine Halswirbel. Den Zustand meines Schädels und das ganze Trallala.

»Schauen Sie auf meinen Finger, folgen Sie ihm, sehen Sie doppelt?«

Der Soldat gab sich große Mühe, alles mitzukriegen.

»Sieht nicht so schlimm aus«, schloss der Arzt. »Wir werden Sie zur Beobachtung bis morgen dabehalten, dann können Sie wieder nach Hause.«

Der Deutsche klammerte sich an alles, was er mitbekam.

»Nach Hause?«

Er war sich nicht sicher, ob er richtig verstanden hatte. Er wollte eine Bestätigung, stattdessen ließ man ihn weiter schmoren. Sein Schiffchen wurde vom vielen Kneten unförmig.

»Stehen Sie hier nicht in der Gegend herum«, befahl der Arzt. »Sie sehen doch, dass Sie stören. Hopp, hopp! Alle Mann nach draußen, der Verletzte braucht Ruhe.«

Der Junge wurde zum Ausgang gedrängt, wo er sich noch einmal umdrehte.

»Gute Gesundheit, Monsieur«, stammelte er.

In den Nachbarbetten flaute die Neugier ab. Aus medizinischer Sicht war ich keine große Nummer. Interessantere Fälle als meiner warteten nur darauf, in die Salpêtrière eingelassen zu werden. In gewissem Sinn stahl ich denen den Platz. Das war klar. Ich bekam eine Extrawurst. Ihnen hätte nie ein Krautkopf »Gute Gesundheit« gewünscht. Und noch viel weniger ein »Monsieur« hinterhergeschickt. Das kam nicht in die Tüte. Sich mit dem Feind zu verbrüdern, während unsere Jungs in den Gefangenenlagern saßen, hieß, Schande über Frankreich zu bringen. Und über den Marschall, der sich abrackerte, um sie heimzuholen. Das alles schleuderten sie mir unter vielem Husten und Spucken entgegen.

Ich gab Riton ein Zeichen. Er faltete einen Wandschirm auf, sodass wir vor den Blicken geschützt palavern konnten.

»Die beiden waren im Krankenhaus«, klärte ich ihn mit gesenkter Stimme auf.

»Was redest du da?«

»Sie sind aus dem ›Réconfort‹ gekommen. Ich war gerade hinter ihnen her, als es mich gelegt hat.«

»Das ›Réconfort‹ ist nicht das Krankenhaus.«

»Aber ohne Grund geht man da nicht rein. Du hast sie hier noch nie gesehen?«

»Nicht, dass ich wüsste, aber das Krankenhaus ist groß. Was suchst du?«

»Das, was sie zur Salpêtrière geführt hat.«

»Versteh ich nicht.«

»Was ist hier passiert, das mit dem Fall in Beziehung steht?«

»Nichts, absolut nichts.

»Die Einweisung der Colbert und die Ernennung von Delettram.«

»Du meinst ...«

»Dass meine zwei Heinis nach einem von beiden her sind.«

Ich war einigermaßen zufrieden, der Unfall hatte meine geistigen Fähigkeiten nicht beeinträchtigt. Auch Riton schien gut drauf zu sein. Kumpel zu haben, ist spitze.

»Ich habe die Informationen, um die du mich gebeten hast«, sagte er. »Aber ich weiß nicht, ob die dir viel bringen. Als sie Fehcker in Crest eingeliefert haben, hatte er gerade einen Anfall von Paranoia. Er behauptete, die Nazis hätten seine Schwester in Deutschland getötet ...«

Ich dachte an das Buch von Carrel, das ich bei Fehcker gefunden hatte, an Rüdin und seine Rassenhygiene. Und an Doktor Ferdières Worte: »Euthanasie im ganz großen Stil, geplant von den Behörden« ... Geistig behinderte Kinder ...

»Bevor ich es vergesse«, sagte Esculape beim Rausgehen. »Corbeau war gerade gegangen, als du wieder zu dir gekommen bist. Er schaut später noch mal vorbei.«

Kumpel zu haben, ist echt spitze.

XXVI

Als ich aufwachte, dachte ich immer noch daran. Es war Nacht. Zwischen den zugezogenen Vorhängen fiel ein Strahl Mondlicht auf das Bett. Dorthin, wo Corback während meines Schlafs eine Postkarte hingelegt hatte. Eine von denen, die man für drei Sous beim Zeitungshändler bekommt. Mit dem Blumengebinde auf der Vorderseite und vergoldeten Konturen. Oder der ulkigen Zeichnung von dem Typen im Bett, mit dem Eisbeutel auf der Rübe und die Augen tief im Dekolleté der Krankenschwester versenkt. Und dem Spruch, den der Hersteller obendrüber gedruckt hat: »Gute Besserung« oder »Genieß es, du Glückspilz, bald geht's wieder an die Arbeit.« Corbacks Karte war vor allem innen drin zum Totlachen. Wenn man sie öffnete, fand man ein Überraschungsfoto. Neben einem Lieferwagen, so einer Art spanischem Renault Juva 4, schüttelten sich zwei Typen die Patschhändchen. Ihr Händedruck erinnerte an Diplomaten, die sich für die Nachwelt gegenseitig Komplimente machen. Ansonsten dachte man bei ihrem Anblick eher an zwei Revolverhelden. Das Gesicht des Ersten hatte ich nie zuvor gesehen. Der Zweite war mir vertraut geworden. Mit der Waffe an der Hüfte machte Fehcker mehr her als in seinem Holzfällerlager. Der Hintergrund sah nach dem Hof eines offiziellen Gebäudes aus. Corbeau hatte die eingravierte Inschrift auf dem Giebeldreieck umkringelt: *Banca centrale de Cataluña.*

Laut meiner Armbanduhr war es eins. Hinter dem Wandschirm lief das Schnarchkonzert auf Hochtouren. Hie und da unterbrochen von Hustenanfällen. Und von Klagelauten, wenn der Schmerz am Schlaf nagte. Ich steckte mir das Foto unter die Klamotten und überließ die gute Stube den Schläfern.

Drinnen hatte man die Kälte beinahe vergessen können. Kaum aber war man durch die Tür, legte sie sich auf die Haut wie ein eisiges Laken. Ich folgte dem Korridor in Richtung Pavillon der Geisteskranken. Seine Silhouette ragte finster vor dem Sternenhimmel auf. Schwarz auf Schwarz. Nicht das kleinste Lämpchen durchbrach die Dunkelheit. In einer solchen Nacht kamen die alten Geschichten von ganz alleine. Im nächtlichen Gewand jagt der Wahnsinn einem schnell Angst ein. Dass man sich fragt, ob man in sich selbst nicht auch ein bisschen was davon herumschleppt, das nur darauf wartet hervorzutreten.

Ich überquerte den gepflasterten Hof und erreichte das Gebäude. Als ich eintrat, begriff ich, dass das Leiden keine Pause machte. Ohne die Geräusche, die es am Tag übertönten, hörte man jetzt nichts anderes. Ein wuterfülltes Leiden in einer Stille, die es so laut als möglich zerriss. Da waren Schreie, Rufe ohne Antwort, Kreischen und Wehklagen, die einem in die Eingeweide fuhren. Die Schlaftabletten konnten nichts verhindern. Die Schwächeren waren mit weichgekochter Birne umgefallen wie nasse Säcke, die Robusteren dagegen widersetzten sich. Ihr Leiden war so sehr daran gewöhnt, dass man es niederknüppelte, dass es sich einen Dreck darum scherte. Die Beruhigungsmittel, mit denen man die Nashörner im Zoo hätte einschläfern können, reichten gerade aus, um sie für ein paar Stunden ruhigzustellen. Danach packte es sie erneut. Vollgestopft mit Tabletten, würden die sanftmütigen Spinner, die mit den Planeten sprachen, so schnell nicht mehr davonfliegen. Von den anderen wollte ich lieber nichts wissen.

Sich bei den Ruhelosen Einlass zu verschaffen, war gar nicht so einfach. Sie waren doppelt und dreifach gesichert. Im Korridor reihten sich ihre Zellen aneinander, jede mit dem Guckloch an der Tür. Die Schlimmsten hatten eine gute Stube für sich allein. Und die richtig Bösartigen die Zwangsjacke. Die Unberechenbaren, die sich gern mal den Pfleger griffen, auch wenn der das Format eines Hinkelsteins hatte. Oder die sich alle naselang etwas antaten. An einer Tür entdeckte ich den Namen der Colbert. Ohne den Schlüssel war ich keinen Schritt weiter. Ich würde ihn mir von dem Aufseher borgen müssen, der in seiner Bude schnarchte. Ich stand gerade mit einem Fuß in seinem Kabuff, als das Gebrüll losging. Es begann in der Tiefe, wie wenn man eine Sirene anwirft, und jaulte dann in die oberen Tonlagen hoch. Ich erstarrte, mein Nackenhaar stellte sich auf. Dann wurde ich vom Licht geblendet. Mit einer Hand am Schalter starrte der Pfleger mich ungläubig aus noch schlaftrunkenen Augen an.

»Was treibst du da?«

Angesichts meines Pyjamas gab es kein Vertun. Ich konnte mir die Mühe sparen, ihm irgendeine lustige Geschichte aufzutischen. Er hatte schon nach dem Knüppel gegriffen, der an seinem Bett lehnte.

»Wir gehen jetzt brav zurück und schlafen.«

»Pillen?«, sagte ich und sabberte ein bisschen.

Er wurde immer entgeisterter.

»Ja ja, Pillen. Ganz ruhig, mein Junge.«

Er kam so vorsichtig als möglich näher. Mit seiner Unterhose, die sich an den Schenkeln bauschte, sah er aus wie ein Gorilla im Tutu. Eine Viertelsekunde lang ließ er mich aus den Augen. Ich sah die Klingel, nach der er schielte, und rammte ihm auch schon meinen Kopf in den Wanst. Ein Gefühl wie gegen eine Panzertür zu donnern. Der Aufschlag war so hart, dass nichts abprallte. Mark und Bein erschütternd. Als er mich umklammerte, glaubte ich, meine Rippen würden bersten. Durch den Schraubstock seiner dicken Arme, die mich regelrecht zusammenfalteten, bekam ich keine Luft mehr. Er hob mich hoch wie ein Bündel Wäsche. Und drückte noch stärker zu. Jetzt wurde es eng. Meine Hand war genau auf der richtigen Höhe, ich griff in das Tutu des Gorillas und in das, was es umhüllte. Hemmungslos zerrte ich daran. Er versuchte, dem Schmerz standzuhalten, aber da überschätzte er sich. Seine Umklammerung lockerte sich. Ich gab alles. Schon der Gedanke daran tat weh. Der Typ wurde weiß. Würgte. Und ließ alles fahren. Seinen Mageninhalt und mich dazu. Während er sich entleerte, schnappte ich mir den Knüppel auf dem Boden. Ich musste zweimal hinlangen, um mit ihm fertig zu werden.

Mit Pudding in den Beinen und wachsamen Lauschern setzte ich mich aufs Bett. Nichts rührte sich im Krankenhaus, abgesehen von dem verrückten Brüllaffen, der seine Sirene wieder eingeschaltet hatte.

Der Schlüssel für die Zellen hing an seinem Nagel. Ich fesselte den Pfleger mit seinem Bettlaken und lud mich bei

Claude Colbert ein. Ich hatte mir ihr kleines Privatgemach gepolstert vorgestellt. Natürlich nicht unbedingt kuschelig, man weiß ja, woran man ist. Ich war jedoch nicht darauf gefasst, in einem Verlies zu landen. Eiskalt, verdreckt, mit einem Gestank nach Scheißhaus, dass es einen würgte. Und an den Wänden Spuren, die man besser nicht aus der Nähe besah. Die Cité fleurie war in weiter Ferne. Claude Colbert hatte darüber ihre Wut verloren und ihre überflüssigen Pfunde. Mit einem hämischen Lächeln betrachtete sie die Leere vor sich. Sich von dem frei zu machen, was einen hält, das war ein toller Streich, den sie den Ärzten gespielt hatte. Sie amüsierte sich immer noch darüber, wobei sie das Zahnfleisch und ihre unanständige schwarze Zunge entblößte. Auf ihre Nackenrolle, aus der das Stroh quoll, war gallengelber Speichel geronnen. Zusammen mit dem Weiß ihrer Augen ergab das einen merkwürdigen Farbeindruck. In der Tongebung eines äußerst stillen Stilllebens. Das traf es. Ein violettes Mal auf ihrem Hals vollendete das Gemälde wie eine Signatur. Das Bild hätte *Die Luftnummer* heißen können. Aufgeknüpft an ihrem Bettpfosten, hatte sie, die keine Psychiater leiden konnte, sich ein für alle Mal abgeseilt.

Ich kehrte um. Die Kälte erschien mir schneidender. Lange, nachdem ich mich wieder ins Bett gelegt hatte, durchdrang sie mich immer noch. Ich gab es auf, meine Zähne am Klappern zu hindern. Oder das Zittern zu stoppen, das mich in großen Wellen überkam. Claude Colbert hatte ihre Voruntersuchung selbst abgeschlossen. Ich dachte an ihre Katzen aus dem Atelier und auch an Lucie Coste. Und ich sagte mir, dass man aus Liebe sterben konnte. »Wir fordern, dass man diese Sträflinge der Sensibilität befreit.« Ganz schön großspurig, der Brief an die Chefärzte der Irrenanstalten. Radikal auch, wenn man schon mal dabei war. Und wenn schon.

XXVII

»Nestor, wenn wir schon mal ausgehen ...«

Yvette putzte sich vor dem Spiegel heraus. Seit dem Morgen war sie vor Ungeduld ganz zappelig bei der Aussicht darauf, am Abend auszugehen.

»Also ehrlich, Nes, Sie scheinen nicht zu wissen, was das heißt. Eine Einladung bei Lucienne Grignand ...«

Die Platte der Grignand, die Yvette in Bohmans Sammlung aufgestöbert hatte, drehte sich auf dem notdürftig wieder zusammengebastelten Grammofon, als hätte die Diva von Puteaux das Geheimnis des Perpetuum mobile entdeckt. Nach jedem Durchgang glaubte man an eine Feuerpause, an die Wiederkehr der Stille. Aber das war nur vorübergehend. Yvette sprang zur Kurbel. Und das wie eine Eieruhr aufgezogene Grammofon ging erst richtig los.

»Wenn der Wind über die grüne Heide weht und die Nachtigall uns wieder singt ...«

Beim zwölften Mal fand sie die Schnulze noch schöner. Das war doch mal was anderes als Yvonne Printemps. Die konnte mit ihrem zuckersüßen Getue daneben glatt einpacken. Das hohe C war schwerer zu erwischen als Mickeys Schwanz auf den Holzpferden der Kinderkarussells. Im Gegensatz zu dem Pathé Marconi brauchte Yvette keine Kurbel, um aufzudrehen. Mit plötzlichen Anfällen von Sangeslust, die sie packte, wenn man es am wenigsten erwartete.

»... dann lauschen wir zu zweien dem Lied der gold'nen Ähren ...«

Sie darum zu bitten, ruhig zu sein, war eine heikle Angelegenheit.

»Trotzdem«, schmolz sie dahin. »Die große Musik ist schon was.«

Ich versuchte es mit Ablenkung. Auf die Gefahr hin, mich nicht konzentrieren zu können, schlug ich etwas Schwungvolleres vor. In dem Stapel, den wir von der Plattensammlung des Chefs gerettet hatten, trieb ich eine Musette auf. Gus Viseur und sein Swingakkordeon. Mit Joseph Reinhardt, einem Bruder von Django. *Fausse monnaie* hieß es. Yvette hatte nichts davon wissen wollen. Eine Quetschkommode würde ihre goldenen Ähren nicht niedermähen. Dabei kenne ich nichts Schöneres als einen hübschen Walzerschritt, der über den Tanzboden swingt. Der in der Agentur war alles in allem genauso gut gebohnert wie jeder andere. Es ging auf Mittag zu, als Corback anklopfte.

»Kommt der Krach von euch?«, fragte er erstaunt und trat ein.

Yvette antwortete nicht, aber ihre verkniffene Miene verriet, dass sie eingeschnappt war.

»Das muss an der Kälte liegen«, beharrte Corbeau, während er das Grammofon inspizierte. »Da braucht's nur ne Kleinigkeit, und schon sind die Dinger verstimmt.«

Es wurde immer unwahrscheinlicher, dass die Atmosphäre jetzt noch auftaute.

»Warum glauben Sie überhaupt, dass unser Plattenspieler verstimmt ist?«, zischte Yvette, die Augen hinter ihren Gläsern verengt.

»Hören Sie das denn nicht? Das ist doch nicht normal, diese Stimme ...«

Sie hielt die Platte an.

»Und Perlen vor die Säue, das ist normal, ja?«

Ich machte Corback ein Zeichen, aber Yvette war in Fahrt gekommen.

»Statt hier das Porzellan zu zerschmeißen, täten Sie besser daran, uns einen Sack Kohlen zu besorgen!«

»Was für Porzellan?«, wollte Corbeau wissen.

Sie öffnete die Tür.

»Fragen des guten Geschmacks besprechen Sie besser unter Männern«, rief sie, bevor sie die Tür zuwarf.

Ihre Holzsohlen klapperten auf der Treppe. Dann herrschte wieder Stille.

»Habt ihr euch gestritten?«, fragte Corbeau besorgt und setzte sich.

»Alles in Ordnung.«

»Ach so. Und bei dir, keine bleibenden Schäden? Sich einfach kopfüber vor ein Militärfahrzeug zu werfen – nicht mal in Spanien hab ich so was gesehen.«

Ich zog das Foto hervor, das Corback auf meinem Krankenbett hinterlegt hatte.

»Wo hast du das her?«

»Damit hast du nicht gerechnet, gib's zu. Vor zwei Monaten, als du mir von Fehcker erzählt hast, habe ich auf gut Glück ein paar Kumpel auf ihn angesetzt. Hat ein bisschen gedauert. Was für ein Dreck!«

»Was?«

»Alles. Die Flucht, der Krieg ... Na ja, als der Postbetrieb mit der Südzone wieder aufgenommen wurde, habe ich Nachricht erhalten. Der Brief hat von Marseille über einen Monat gebraucht.«

»Marseille?«

»Du erinnerst dich an Scription ...«

Bei dem Batzen, den er mir schuldete, würde ich ihn so schnell nicht vergessen. Das letzte Mal hatte ich ihn '37 getroffen. Er sammelte auf Teufel komm raus Geld für seinen guten Zweck. Das war sein Ding. Dabei war er so ordentlich und kleinkariert wie ein Schulheft. Subskription lautete sein Zauberwort. Und sein Spitzname, weil er uns ständig für die gute Sache, der gerade seine Liebe galt, anpumpte. Im Laufe der Zeit war er zu Scription geworden. Französisch ausgesprochen, erinnerte er an einen römischen Philosophen. Spanisch, an einen Helden der Ramblas. Jedenfalls keineswegs an einen, der heiße Luft verkauft. Dabei hätte er damit Windmühlen antreiben können. Nie aus Hinterlist. Er konnte das Fiasko, in dem seine Unternehmungen für gewöhnlich endeten, einfach nicht vorhersehen. In jenem Jahr hatte er eine Kooperative gegründet. Oliven, Öl und Lavendel. Kein Chef, kein Profit, Arbeit und Erfolg brüderlich geteilt. Das roch nach Phalanstère im Land der Zikaden. Ich hatte mich getraut. Ich war Subskribent geworden. Das Papier bescheinigte es. Ein Lappen so groß wie die Abendzeitung. Mit hübschen Bildchen: einer Presse, Olivenzweigen und dem Kopf von Proudhon als Wasserzeichen. Und meinem Namen in Großbuchstaben. Das machte was her. Aber damit hatte es sich auch schon. Von den Oliven habe ich nicht mal einen Stängel gesehen. Und auch kein Öl. Die eigene Anlagenrendite bloß anzusprechen, hätte geheißen, die Sache schlechtzumachen. Ich hätte mir selbst Vorwürfe gemacht, das Abenteuer, das die alte Welt unterminieren würde, zu behindern. Also steckte ich meine prosaischen Sorgen in die Hosentasche und stopfte mein Schnupftuch darüber. So sah sie wenigstens prall gefüllt aus. Alles andere war für die anarchistischen Oliven draufgegangen.

»Scription …«

»Seit Mai ist bei ihm in der Kooperative viel Volk ein und aus gegangen.«

»Die gibt es noch?«

»Du wirkst überrascht …«

»Hat nichts zu sagen, erzähl weiter.«

»Du kennst Scription ja. Allzeit bereit.«

»Fragt sich nur, wozu …«

»Kommt noch. Von denen, die mit ihrem Lebenslauf heute nicht mehr genehm sind, hat es viele nach Marseille verschlagen. Das alte Hafenbecken könnte nie so viele Kähne fassen, um alle auszuschiffen. Scription leistet Schützenhilfe. Seine Genossenschaft gleicht inzwischen einem Fahrkartenschalter. In dem Getümmel hat er einen Journalisten kennengelernt. Einen Typen, der in Spanien mit Capa rumgezogen ist. Wilhelm Scup. Der hat das Foto geschossen. Er hat rollenweise welche. Er war dabei, mit Hemingway ein Buch vorzubereiten. Ich weiß nicht, ob das Buch herauskommen wird, aber dieses Bild hier ist Gold wert.«

»Wieso, hat Scription es dir verkauft?«

Er machte eine ärgerliche Handbewegung. Scription verkaufte nichts. Profitmacherei war nicht sein Ding. Das war ja das Schlimme dabei. Mit seinen bescheuerten Geschichten handelte er sich vor allem eines ein, Ärger. Was hatte er schon für Luftschlösser gebaut! Und jedes Mal aufrichtig daran geglaubt. Wenn es ihm dann dämmerte, dass die gute Sache kurz vor dem Zusammenbruch stand, tat es einem in der Seele weh, ihn zu sehen. Wenn Mut und Illusionen den Bach runtergingen, war er mehr als am Boden zerstört. Keiner hätte dann das Herz gehabt, von ihm Rechenschaft zu fordern. Es fehlte nicht viel und man hätte ihn zu einer neuen guten

Sache angestiftet. Irgendein tolles Ding, das ihm selbst noch nicht eingefallen war. Aber bevor er erneut ankommen und einen tüchtig rupfen würde, wartete man lieber, bis man selbst wieder gut im Futter war.

»Gold wert«, fing Corbeau noch mal an, »ist das da …«

Ich sah, worauf er auf dem Foto zeigte.

»Die Zentralbank von Katalonien.«

Corback machte das Gesicht, das er auf der Bühne bei seinen großen Nummern aufsetzte. Wenn er sein Publikum mit der zersägten Frau oder dem indischen Koffer verblüffte. Jeder wusste, dass sich irgendwo ein Trick versteckte. Aber das Tolle daran war, dass niemand sagen konnte, wo. Je mehr Vermutungen man anstellte, je mehr unmögliche Lösungen man erahnte, desto dichter waberte der blaue Dunst vor den Augen. Man fing an zu glauben, dass es keinen Trick gab. In diesen Momenten hoffte man, dass niemand einem beim Denken zuhörte.

»Das Foto wurde 1937 aufgenommen. Das Jahr, in dem die spanische Regierung beschloss, einen Teil ihrer Goldreserven nach Moskau zu schicken.«

»Was für eine Idee …«

»Die Franquisten rückten immer weiter vor. Spanien brauchte Waffen. Die UdSSR verkaufte welche. In den sowjetischen Tresoren war das Gold der Republik ja in Sicherheit. Fünfhundert Tonnen. Keine Kleinigkeit.«

»Fünfhundert Tonnen?«

»Das war mit Moskau so vereinbart. Die ersten Ladungen haben Cartagena Ende Oktober '37 verlassen. 1586 Millionen Goldpeseten. 518 Millionen Dollar. Die Kommunisten waren mit die ersten Verfechter des Transports. Bei den Anarchisten sahen das manche anders. Na ja, das Ganze war kompliziert. Kurz gesagt, da waren die einen, die Angst hatten, Stalin würde die Barren unterschlagen, und da waren die anderen, die gern ihren Teil abgezweigt hätten … und das war ein ganzer Haufen. Es geht das Gerücht, dass ein Teil der Ladung nie in Odessa angekommen ist. Dreihundert Millionen Peseten.«

»Geklaut?«

»Geklaut, nach Katalonien umgeleitet, es gibt mehrere Versionen. Sicher aber ist, dass der Typ, dem Fehcker auf dem Foto die Flosse schüttelt, Marius Jacob ist.«

»Marius Jacob? *Der* Jacob?«

»Ich kenne keinen anderen.«

Marius Jacob. Der dem Tod von der Schippe gesprungen war. Einer der letzten Banditen mit Idealen. Der König der tollkühnen Coups und verwegenen Brüche. Der Mann, der Maurice Leblanc zu seinem Arsène Lupin inspiriert hatte. Zwanzig Jahre im Bagno auf der Teufelsinsel, neunzehn Fluchtversuche und zuletzt die Entlassung.

»Marius Jacob ist in Spanien?«

»Da verschlägt es dir die Sprache, was? In Spanien hat sich eine ganze Menge Leute getummelt. Das durfte Jacob doch nicht verpassen. Die schwarze Fahne an allen Masten – sein Traum! Er hatte seine zwanzig Jahre nicht umsonst abgesessen.«

»Er hat doch schon vor Jahren mit der Einbrecherei aufgehört. Ist er jetzt wieder im Geschäft?«

»Keine Ahnung …«

Das passte alles nicht zusammen. Ich weiß nicht, warum ich ihn fragte: »Tigatentras, sagt dir das was? Der Bengel, der Fehcker nach Clermont begleitet hat, behauptet, er hätte immer wieder diesen Namen gesagt.«

»Klingt spanisch. Was ist das, irgendein Kaff?«

»Ein Kaff … Warum nicht?«

XXVIII

Seit Corbeau das spanische Gold hatte aufblitzen lassen, spukte es mir durch den Kopf. Es hat schon Typen gegeben, die aus nichtigeren Gründen meschugge geworden sind. Ein Gerücht reicht, um das Goldfieber ausbrechen zu lassen. Ein Kiesel im Bach, solange er nur golden schimmert, und schon beginnt der Wettlauf um die Nuggets. Der Wilde Westen war jene Anwandlungen aufwallenden Rausches gewohnt, die die arme Welt in Bewegung setzten. Zu Fuß, mit Mulis und Planwagen fraßen sie Kilometer um Kilometer in Staub und

Wüsten. Nur um was zu finden? Wind und Pyrit. Narrengold. Beim bloßen Gedanken daran, es könnte echt sein, hatte so mancher Vater und Mutter abgemurkst. Mit den Barren war es jetzt der gleiche Zinnober. Alte Ganoven, die wussten, wie der Hase lief, ließen alles stehen und liegen, um wieder mit von der Partie zu sein. Möglicherweise konnte das Narrengold auch einem Psychiater den Kopf verdrehen ... Diese Frage stellte ich mir gerade, als ich mit Yvette am Arm bei Lucienne Grignand klingelte.

Die Bleibe der Sopranistin lag am Boulevard de Port-Royal und ähnelte von innen einer großen Bonbonniere. Zartrosa die Wände, Nippes in den Nischen und Glasgehänge an den Lüstern. Überladen und schwer wie die Verdauung nach zu viel Zuckerzeug.

Die Grignand begrüßte uns geziert: »Die Retter meines geliebten Maurice!«

Ein Stubenmädchen nahm uns die Mäntel ab, während wir im Gänsemarsch durch die Wohnung stapften. Das Speisezimmer mit dem gedeckten Tisch. Und der Salon, in dem es vor Gesprächen summte.

»Maurice, mein Liebster, deine Retter.«

Es schien ihr was daran zu liegen. Bei der Vorstellungsrunde sagte sie es noch einmal. Ich betrachtete ihren Maurice und sagte mir, dass es auch ihm galt. Er saß, während alle anderen standen, mit abwesender Miene auf einem Sessel. Zwischen seinen Fingern verglühte eine Zigarette. Die Asche an ihrer Spitze verriet, dass er sie nicht oft zum Mund führte. Seine Hand war kalt und leblos. Ich versuchte, sie mir auf den Tasten vorzustellen. Aber der Deckel des Klaviers, das neben dem Fenster thronte, war zugeklappt.

»Maurice wollte Sie unbedingt kennenlernen«, erklärte die Hausherrin in einem Tonfall, als hätte sie gesagt, der Abend breche an oder es werde draußen kühler.

Dann ging sie zur Vorstellungsrunde über. Man tauschte Begrüßungsfloskeln. Es waren lauter feine Pinkel da, mit sauberer Wäsche und rosigen Wangen. Bestimmt mit Essensmarken in der Brieftasche. Und vielleicht auch Kohle im Kessel. Der Myrrhus-Ofen hier sprühte zwar nicht gerade vor

Unternehmungslust, aber verglichen mit unserem Sibirien daheim lief er geradezu auf Volldampf.

»Privatdetektiv! Wie aufregend …«

Kaum war das Eis gebrochen, wurde ich zur Attraktion des Abends. Lucienne Grignand produzierte wahrscheinlich bei jedem Diner eine neue. Yvette hatte begriffen, was gespielt wurde: Wir beide waren hier, um für Abwechslung zu sorgen. Das öffnete ihr die Augen über ihren angehimmelten Star. Sie fiel aus allen Wolken.

»Machen Sie nicht so ein Gesicht«, murmelte ich, »wir bekommen was zu essen, das ist doch schon was.«

Ein kleiner Bebrillter lehnte an einer Louis-XV-Kommode und beäugte mich. Er war noch eine gute Erscheinung. Aus einer anderen Ära. Mit dem gewissen Etwas, das nach Mottenkugeln und Mittellosigkeit roch. Der Schal um den Hals und die Fäustlinge an den Händen. Wie diese ständig verfrorenen Alten.

»Lucien Pemjean«, stellte er sich vor. »Wir sind uns vor dem Krieg an den Buttes-Chaumont begegnet.«

Ich erkannte den Opa von den Buttes wieder. Der auf seiner Bank die Deutschen erwartet hatte. Seit ihrer Ankunft hatte er zugelegt.

Er bot mir eine Sektschale an. Die brauchte man auch, um die befremdlich schmeckenden Petits Fours runterzuspülen.

»Erstaunlich«, fasste ein Bildhauer von verblichenem Ruhm zusammen, während seine Gattin ihr Pferdegebiss entblößte. »Sie sind eine Zauberin.«

Lucienne Grignand zierte sich. Sie warf einen scheinheilig verstohlenen Blick auf das Dienstmädchen, welches das Tablett herumreichte.

»Das Kompliment muss ich an Amélie weitergeben, sie ist die Zauberin. Aber der wahre Zauberkünstler wird nicht mehr lange auf sich warten lassen.«

Der Alte mit der Brille kam auf mich zu.

»Lucienne versteht es, einen gelungenen Abend zu organisieren, nicht wahr? Die Zeit steht nicht still.«

»Was wollen Sie damit sagen?«

Er schob ein Rübenhäppchen in den Mund.

»Das wissen Sie nicht? Ihre Karriere, junger Mann, war auf dem Tiefpunkt angelangt. Böse Zungen behaupten, dass, falls es mit ihr wieder aufwärts gehen sollte, die Deutschen daran nicht unbeteiligt sind.«

»Böse Zungen?«

»Was die nicht alles erzählen, wie? Sie haben sogar gemunkelt, die Abwesenheit des armen Maurice sei für seine Gattin ein Geschenk des Himmels gewesen.«

»Inwiefern?«

»Wir leben in stürmischen Zeiten. Und in stürmischen Zeiten gedeihen Legenden am besten. Falscher Schein und scheinbar Falsches geraten durcheinander wie Kraut und Lügen. Selbst Gott fällt es da schwer, die Seinen zu erkennen. Und Gott in diesen Tagen ...«

»Von welcher Legende genau sprechen Sie?«

»Die von der heldenhaften Sängerin. Es ist stadtbekannt, dass Lucienne sich mit ihrer ganzen Person engagiert hat. Während des Sitzkrieges war sie überall zu sehen. Keine Garnison, in der sie nicht aufgetaucht wäre, die Brust geschwellt vor patriotischen Melodien. Die Moral der Truppen lässt sich aufziehen wie eine Spieldose. Unter uns gesagt, der Soldat ist weniger anspruchsvoll als der Zivilist. Sein Los ist die Kriegsration. Er hat keine Wahl. Lucienne war sogar noch während der deutschen Offensive bewundernswert. Ihr Mann und musikalischer Begleiter, an der Front! Sie war eine Soldatenbraut wie so viele. Während andere die Ministerien bestürmten, entschied sie sich zum Schweigen, zum Verzicht. Na ja, wissen Sie, was man sich hinter vorgehaltener Hand erzählte?«

»Ich habe ein gutes Gehör ...«

»Wenn die Theater geschlossen sind, ist schnell vergessen, dass man sowieso kein Engagement mehr bekommen hätte. Was für eine Gemeinheit, nicht wahr?«

»Nicht wahr.«

»In Leid und Niederlage hat Lucienne es verstanden, sich von der Menge abzuheben.«

»Obenauf zu schwimmen.«

»Wie bitte?«

»Böse Zungen ...«

»Hihi«, machte er und rieb sich wie eine Waldmaus das Näschen. »Als die Deutschen in Paris eingerückt sind, hat Lucienne die Flucht denen überlassen, deren Beine alles in allem besser waren als ihre Stimme. Ohne Theater wäre die Hauptstadt doppelt besiegt. Den Vorhang aufzuziehen, bedeutete, den Kopf zu heben. Aber sogar da hat man ihr hart zugesetzt. Dieses Milieu kennt keine Gnade. Es macht einen kaputt, junger Mann, einfach nur kaputt. Und wieder haben sich die Neider das Maul zerrissen. Ahnen Sie, wie die Melodie dieses Mal ging?«

»Sich auf die leeren Plätze zu stürzen, ist die sicherste Art, einen abzubekommen.«

»Eine Gemeinheit, nicht wahr?«

Er ließ wieder sein Waldmauskichern hören und stürzte eine Schale Sekt die trockene Kehle hinunter.

Neben dem Klavier machte sich ein großer Typ mit Bauchansatz an Yvette ran. Ein Geistreicher, das sah man sofort, und stolz darauf. Er lachte, wenn er sprach. Seine Bonmots waren exzellent. Seine Stellung ebenso. Um sie zu erreichen, hatte er keine Mühen gescheut. Es gab keinen Grund, auf halbem Weg stehen zu bleiben. Die schwere Zeit war, wenn man es genau besah, aufregend. Neues errichten, Neues aufbauen, neue Fundamente legen. Letzten Endes würde man gestärkt daraus hervorgehen. Der Mund des Kerls bewegte sich etwas schief. Darüber trug er ein Bärtchen. Einen Strich à la Errol Flynn. Er brauchte vor dem Spiegel sicher eine Weile, bis er ihn so hinbekam. Er hatte seine Hand auf Yvettes Unterarm gelegt. Eine Hand, die einen großen Siegelring mit Initialen darauf trug. Yvette suchte nach einem Ausweg, als auf einmal Corbeau den Raum betrat.

Urplötzlich stand er in seinem Sargträgeranzug in der Tür. Wie ein lebendiges Gemälde. Einer von diesen Orientschinken, wie man sie aus dem Museum und von der Schokoladenreklame her kennt. Mit seinem Gesicht, das er mit gemahlenen Walnussschalen dunkel gefärbt hatte, dem tintenschwarzen Bart und dem feierlichen Turban ließ er einen finsteren Blick über die Anwesenden schweifen. Nachdem er sich seiner Wirkung versichert hatte, ließ er ein »Bonsoir!«

fallen, das selbst einen Ghul in seiner Gruft zum Frösteln gebracht hätte. Die Frau des Bildhauers stieß einen hohen Schrei aus.

»Sri Aurobindo Bakor, Großer Swami von Bombay«, verkündete Lucienne Grignand.

Sie hatte die Lakmé gesungen, das konnte man hören. Das mysteriöse Indien war für sie kein Geheimnis mehr. Die Glöckchenarie auch nicht. Sie läutete eines, um uns zu Tisch zu bitten. Niemand rührte sich vom Fleck. Der Auftritt des Swami war etwas Unerhörtes. Die Sopranistin kostete ihren Triumph aus. Die Zeit der Rückeroberung war eingeläutet.

Um dies zu unterstreichen, hatte Lucienne groß aufgefahren. Der Tisch glich einer Porzellanausstellung, mit Silberbesteck, langstieligen Gläsern und den Kärtchen mit unseren Namen. Ich fand mich zwischen der Frau des Bildhauers und einem aufgeplusterten Dekolleté wieder. Cécile de Roynard hatte Courage. Jede Woche begeisterten ihr feuriges Temperament und ihre Rubrik der französischen Frau die Leserinnen der *Illustration*. Sie kannte alles und jeden. Sie zitierte wild durcheinander. Die großen Autoren. Die fruchtbaren Denker. Alphonse de Châteaubriant, Drieu La Rochelle, ja sogar Brasillach. Es war ein feinsinniges Diner unter geistsprühenden und geschmackvollen Menschen. Mit kleinen Wortgefechten über die großen Fragen, klugen Meinungen über Frankreich und seine Regierung. Auf seinem mit Kissen gepolsterten Stuhl gab Maurice keinen Mucks von sich. Ein blasses Lächeln spielte auf seinen Lippen wie das Bitte-nicht-stören-Schild, das man an die Tür hängt, wenn man seine Ruhe will. Seine Tischnachbarn hatten nicht gerade das große Los gezogen. Aber das war die geringste seiner Sorgen. Man hatte ihm einen Fingerhut voll Wein in sein Wasser gegossen, und er betrachtete das Glas, als sähe er darin die Nordsee und das Blut der Freunde, die das Meer rot gefärbt hatten.

Corback thronte zu Luciennes Rechter. Von Zeit zu Zeit gab er einen obskuren Sinnspruch von sich. Um ihn herum lag feierlicher Ernst in den Gesichtern. Die Gedanken des Swami führten zu den großen Wahrheiten. Um ihm zu helfen, einen so unglaublichen Quark von sich zu geben, ließ man den Côte de Nuits stärker fließen als den Monsunregen. Der Ganges und die Saône. Man sah darin ein Symbol. Über die Jahrhunderte hinweg begegneten sich die arischen Völker.

Der Alte von den Buttes hatte seinen Schal abgelegt. Zu seiner Sitznachbarin gebeugt, ließ er seine Hihi's aufsteigen wie Kinder Seifenblasen.

»Vorsicht, Giftspritze!«, murmelte Cécile de Roynard über ihrem Dekolleté.

»Davon scheint er noch einiges auf Lager zu haben.«

»Wenn die Schlange keine Zähne mehr hat, spuckt sie. Ein faszinierendes Phänomen. Lesen Sie nicht seine Mitteilungen im *Réveil du peuple*?«

»Ich wusste gar nicht, dass er schreibt.«

Sie tupfte sich die Lippen mit einem Zipfel ihrer Serviette ab.

»Er ist davon überzeugt, dass jeder ihn liest. Sagen Sie ihm die Wahrheit, und er ärgert sich schwarz. Armer Pemjean. Er hat sich in den Kopf gesetzt, eine Zeitschrift zu gründen. Er hat bei Rebatet angefragt. Wissen Sie, was der ihm geantwortet hat? ›In Frakturschrift mit Großdruck, hoffe ich, in Ihrem Alter kann man gar nicht vorsichtig genug sein.‹«

Die geistreichen Bemerkungen gingen mir langsam auf die Nerven. Cécile de Roynard wirkte enttäuscht.

»Unser Land braucht frisches Blut, kein Mottenpulver«, fügte sie hinzu.

Pemjean. Sein Name ging mir im Kopf herum wie ein alter Gauner, der's nicht lassen kann. Lucienne Grignand vertrieb ihn durch eine Handbewegung. Ding ding. Sie schlug mit dem Messer an ihr Kristallglas. Ding ding.

»Meine Freunde ... Meine Freunde, Seine Heiligkeit gewährt uns die Gunst einer Konsultation. Begeben wir uns in den Salon.«

Yvette schaute finster drein. Sie hatte keine Brille auf und der Côte de Nuits machte es nicht besser. Sie blickte sich suchend nach mir um. Gar nicht so einfach, wenn man nicht klar sieht. Der Schönling zog ihren Stuhl zurück, und sie stand schwankend auf.

»Ups!«, hickste sie und hielt die Hand vor den Mund.

Hinter ihr verschlang der Typ mit den Augen bereits ihre Kurven. Ich versuchte, sie einzuholen, aber da sprach mich Pemjean an.

»Lehrreich, nicht wahr?

»Wie bitte?«

»Das Abendessen. Lehrreich.«

»Das Wort lag mir auf der Zunge.«

»Hihi. Wetten, die Füchsin hat Ihnen von mir erzählt…«

»Die Füchsin?«

»Wie, das wussten Sie nicht? Ihr Name, das Adelsprädikat. Damit will sie beim Publikum Eindruck schinden. Kratzen Sie ein bisschen am Lack von Madame Cécile de Roynard und Sie finden – Charlotte Renard. Renard, der Fuchs. Würden Sie etwa die Rubrik von Charlotte Renard lesen? Nein, natürlich nicht. Obwohl, vielleicht auf den Rezeptseiten, zwischen Waldpilzsüppchen und Hasenpfeffer … Hihi, genau da kommt sie nämlich her, aus der Küche. Ihre Mutter war Bedienung in einem Esslokal. Bei Chartier.«

Pemjean hatte meinen Arm geschnappt. Ich erkannte den Trippelschritt wieder, mit dem er vor dem Krieg an den Buttes herumgeschlendert war, um seine alten Knochen in der Sonne zu wärmen.

»Das Frankreich der Krämer sieht noch glänzenden Tagen entgegen. Und es sind nicht die dunklen Machenschaften der Hofschranzen, die Pétain dabei helfen werden, den Durchblick zu bekommen.«

Seine Hand klammerte sich an mich. Pemjean zog mich zurück.

»Lucien Pemjean!«, rief ich aus. »Sie sind…«

Seine Augen funkelten. In den heldenhaften Zeiten der schwarzen Fahne hatte man zu ihm aufgeschaut. Das Dynamit, um die alte Welt hochgehen zu lassen, hätte er durch bloßes Draufblasen anstecken können. Seine flammenden Schriften hatten ihm einen Aufenthalt im Knast eingebracht. Die Ältesten erinnerten sich noch an seinen Ausbruch aus Clairvaux. Und an seine Flucht nach London, wo Zévaco ihn für seine Feuilletontruppe engagierte. Die *Pardaillan*-Bände meiner Jugend verdankten ihm vielleicht einige schöne Passagen. Was für ein Elend!

»Hihi ...«

Danach war es bergab gegangen. Er, der immer gegen alles gewesen war, hatte zuletzt übers Ziel hinausgeschossen. Alles und jeder kam unter Generalverdacht, der schiere Verfolgungswahn. Ab in die Seine mit den Politikern, ins Meer die Financiers, die staatenlosen Ausbeuter und die Blutsauger des Volkes. Die ganze Vettern- und Kumpelwirtschaft. Wie sie in der Verschwiegenheit der Logen und Synagogen zusammenrücken. Weg damit! Weg mit der ganzen Bagage! Die Mauern waren übersät mit seinen Plakaten, die zum Großreinemachen aufriefen. Der Arbeiter, der dem Profiteur in den Hintern tritt, Letzterer selbstverständlich ein Jude, das war ja sonnenklar. Bei Pemjean war das zur fixen Idee geworden. Vor dem Krieg hatte er daraus eine Zeitung gemacht, *Le Grand Occident*. Sie war nicht die einzige, die in diese Scharte schlug. Wie Pilze waren die Cliquen und Ligen aus dem Boden geschossen, die reinen Tisch machen und die Republik in den Boden stampfen wollten. Sie hatten Mussolini und Franco applaudiert. Als die Niederlage kam, hatte sie zwar ihren patriotischen Nerv getroffen, aber was soll's, sie war unausweichlich. Wenn man schon auf etwas setzen musste, dann hatte man mit Hitler wenigstens keine schlechte Karte im Blatt. Die Revolution war national geworden, das war alles.

Ich gefiel Pemjean. Dass ich ihn wiedererkannt hatte, brachte ihn auf Touren.

»Ich denke darüber nach, meine Zeitschrift neu herauszugeben«, vertraute er mir an. »Ich weiß nicht, ob die Besatzer es mir erlauben werden. Ich beabsichtige, bald die erste Ausgabe vorzulegen. Bardèche hat mir einen Beitrag versprochen. Und auch Professor Delettram.«

»Delettram?«

»Überrascht Sie das? Seine Arbeiten sind von grundlegender Bedeutung. Er steht in der Nachfolge von Carrel. Es geht um soziale Prophylaxe, darum, unser Land mithilfe der Wissenschaft von seinen Makeln zu säubern. Die Wissenschaft ist unanfechtbar, nicht wahr?«

Wir erreichten den Salon. Pemjean hämmerte mir auf den Arm. Rhythmisch wie ein Morsetext. In der Art: »Wir sprechen ein andermal weiter.« Mir war nicht danach.

Corback thronte an einem Tischchen. Sein starrer Blick verdankte sich nicht allein der yogischen Konzentration. Der Magier hatte tief ins Weinglas geguckt.

»Meine Freunde«, tönte die Grignand, »Sri Aurobindo Bakor ist bereit, auf eure Fragen zu antworten. Auf alle eure Fragen.«

Einen Moment lang herrschte Unschlüssigkeit. Man blickte umher, wer sich wohl als Erster ins kalte Wasser stürzen würde. Schließlich wagte der Bildhauer den Sprung.

»Können mir Seine, äh ...«

»Hei-lig-keit«, antwortete Corback.

»Seine Heiligkeit, können Sie uns sagen, ob wir auf eine Rückkehr der klassizistischen Form hoffen dürfen?«

»Ein toter Baum lässt uns die Nichtigkeit der Blätter begreifen.«

Diese Erkenntnis durchdrang die Anwesenden zwischen Burgunder und Verdauungsschnaps. Das war Tiefgang. Ein langer Lulatsch mit Schildpattbrille erhob sich. Mit erleuchtetem Blick.

»Seine Heiligkeit, wird die Arisierung des Geistes es erlauben, zu den Quellen des indoeuropäischen Denkens zurückzukehren?«

Über seinen pechschwarzen Augenbrauen wackelte Corback mit dem Turban.

»Von einem Teller ohne Sprung iss keinen kalten Reis.«

Der Typ wirkte aus dem Konzept gebracht. Er schien den Sinnspruch zu verdauen, bevor er neu ansetzte: »Es genügt also nicht, den Geist zu arisieren?«

Corback schloss die Augen. Er schien ganz tief in sich hineinzuhorchen, bewegte sich nicht mehr. Die Gäste warteten. Ich klopfte auf Holz, dass er sich nicht in ein Alkoholkoma verdünnisiert hatte. Aber die Zofe, die mit einem Tablett kam, weckte ihn.

»Ich dachte, ein wenig Tee ...«, flüsterte Lucienne Grignand besorgt.

Corback öffnete ein versoffenes Auge.

»Der Taube hört nur seine eigene Stimme«, verkündete er, frei nach Schnauze.

Der Typ, dem die Arisierung auf den Nägeln brannte, setzte sich nachdenklich wieder hin. Da entdeckte ich den Samowar. Seit ich ihn bei Madame Schnittchen gesehen hatte, hätte ich ihn mit verbundenen Augen wiedererkannt. Solche Exemplare mit kyrillischer Gravur findet man nicht allzu häufig in einem Wohnzimmer.

»Seine Heiligkeit, Ihr Tee«, sagte Lucienne Grignand, um Zeit zu schinden.

Aber sie mochte rudern, wie sie wollte, das Schiff stand kurz vor dem Kentern. Yvette war es, die ihm schließlich den Gnadenstoß versetzte.

»Kann Seine Heiligkeit mir sagen, ob das Dreckschwein, das hier an mir rumfummelt, vielleicht bald damit fertig ist?«, grölte sie mit Säuferstimme.

Alle Köpfe wandten sich nach ihr um. Errol Flynn wurde so rot wie ein Parteiausweis. Die Grignand erbleichte.

»Hihi«, machte Pemjean.

Ich nutzte die allgemeine Verblüffung, um zu Lucienne zu huschen.

»Woher stammt der Samowar?«

Mit zusammengekniffenen Nasenflügeln warf sie mir einen verstörten Blick zu.

»Mein Gott«, stammelte sie, »ich glaube, mir schwinden die Sinne.«

»Sparen Sie sich das fürs Theater auf. Der Samowar, wo kommt der her?«

»Lassen Sie meinen Arm los, Sie tun mir weh.«

Es wurde chaotisch. Kerle, die aufgestanden waren und sich den Hals verrenkten, um besser sehen zu können. Entrüstete Frauen, die alles gegeben hätten, um bloß nichts zu verpassen. Ein großes Opernfinale. Kommt, wir gehen, aber niemand, der es auch getan hätte. So ein Stück wurde ja nicht alle Tage gegeben. Lucienne Grignand hatte Unterhaltung gewollt. Die hatte sie bekommen. Ich vorne auf dem Präsentierteller, Corback, der in seinen Visionen versank, und Yvette, die aus dem Hintergrund brüllte:

»Sie Wüstling, Sie!«

Niemand wusste mehr, wohin er schauen sollte. Lucienne verdrehte die Augen. Ich spürte, wie sie zusammensank. Ihre Kammerzofe kam mir zu Hilfe:

»Der Samowar stammt von Monsieur Loiseau«, murmelte sie.

»Monsieur Loiseau?«

»In der Rue Buot. Nummer 3. Sagen Sie ihm aber nicht, dass ich Ihnen ...«

Ich übergab ihr ihre weggetretene Chefin. Es machte Spaß zu sehen, mit welcher Freude sie ihr einen Satz heißer Ohren verpasste.

»Madame, Madame«, sagte sie bei jedem Streich.

Ich erreichte Yvette in dem Moment, als der Schnauzer ihr die Ohrfeige, die er eben eingesteckt hatte, zurückgeben wollte.

»Schlampe«, zischte er unter seinem Oberlippenstrich.

Ich fiel ihm in die Hand. Meine traf ihn ohne Vorwarnung auf den Zinken. Er prallte vom Klavier ab und ging mitsamt der Partitur zu Boden.

»Backpfeifen sind nicht rationiert«, rief Yvette und verpasste ihm einen Fußtritt.

Ihre Holzsohle brachte den Gaveau zum Vibrieren. Dahinter gab es ein mächtiges Gerangel, ein Geschrei wie beim Weltuntergang und hier und da ein »Halten Sie mich oder es geschieht ein Unglück!«. Der Arisierungstyp versuchte sich in einer Kampfansage.

»Hochstapler!«, schrie er und zeigte auf Corbeau, dessen Make-up in Auflösung begriffen war. »Das sind Hochstapler!«

Der Satz machte die Runde. Hier und da tauchte aus dem Raunen ein einzelnes Wort auf. Eine skandalöse Geschichte, einfach beschämend, so was hatte man noch nie gehört.

»Betrüger!«, schrie der Typ noch einmal und griff sich Corbeau. »Jude!«

Das Geräusch der Pulle auf seinem Schädel übertönte den

Radau. Er rutschte aufs Parkett, Glassplitter im Kopf wie Pailletten in Blut.

»Verfickter Arier!«, knurrte Corbeau, während er über ihn hinwegstieg.

Plötzliches Schweigen folgte. Die Kerle gafften auf die abgebrochene Flasche in Corbeaus Faust. Es war nicht schwer zu erraten, was gerade in ihren Köpfen ablief. Die Mordbuben, die Fantomas-Bande, der Messerstecher und seine Schrecklichen. Ihr Fortsetzungsroman würde Farbe bekommen. Morgen würden sie sich einem regelrechten Überfall widersetzt haben. Und die Tugend ihrer Frau samt der eigenen Ehre verteidigt haben.

Wir verkrümelten uns. Das Letzte, was wir auf der Treppe hörten, war ein Lachen, das fröhlich aufstieg wie bunte Luftballons. Fern von Dünkirchen, von den Leichen und den Lebenden, die nicht besser dran waren, saß Maurice Grignand und lachte.

XXIX

Von der Rue Martin-Bernard aus stieg die Rue Buot sanft zur Butte-aux-Cailles an. Es war ein ruhiger Winkel abseits der großen Verkehrsadern und der Fabriken. Hier und da eine kleine Werkstatt, aus der Hammerschläge oder das Kreischen einer Säge zu hören waren. In der Nummer 3 befand sich ein Möbellager. Im gepflasterten Hof erleichterten zwei Jungs in Latzhosen einen zerbeulten Laster um seine Ladung Möbel.

»Soll das eingelagert werden?«, fragte ich vor einem klapperigen Schrank.

»Wir lagern ein, kaufen auf, sammeln und verkaufen. Haben Sie Interesse?«

»Mein Interesse gilt Monsieur Loiseau. Ich hätte da ein paar Kleinigkeiten für ihn.«

»Geht klar!«, rief der Jüngere und zog seine Handgelenkriemen stramm. »Den finden Sie drinnen.«

»Hilf mir lieber, die Kommode runterzukriegen, statt dich

hier festzuquatschen«, meckerte der Alte mit dem Flanellgürtel über dem Blaumann.

Dem Geruch nach hatte das Gebäude früher wohl eine Gerberei beherbergt. Eigentlich war die Gerberzunft vor allem in Croulebarbe angesiedelt, in Erinnerung an die Zeit, als die Bièvre noch über Tage floss. Doch der frühere Inhaber der Rue Buot war wahrscheinlich lieber eigene Wege gegangen. Der Gestank nach getrockneten Häuten hatte sich in den Wänden festgesetzt und vermischte sich mit dem Staub auf den gehorteten Möbeln. Das Ganze hatte mit seinen Gängen, die sich durch den Berg aus Betten, Stühlen und Geschirrschränken gruben, etwas von einer Pyramide oder einem Labyrinth. Das hier war dritte Wahl, Flickwerk. Überbleibsel von müden Lebensjahren und von Intimität. Ein Bidet, ein Toilettentisch mit gesprungenem Marmor. Aber nichts, was an den Samowar erinnert hätte. An der Biegung eines Ganges fing eine Reihe Spiegelschränke mein Bild ein und warf es ins Unendliche. Nestors allüberall, als hätte Corbeau sie mit seinem Abrakadabra vervielfältigt. Ich winkte ihnen zu. Die Nestors grüßten zurück. Es waren liebenswürdige Nestors, das sah man sofort. Ich machte weiter. Sie auch. Wir waren dabei, echte Kumpels zu werden, als ich plötzlich einen entdeckte, der eine Fresse zog. Eine seltsame Fresse für einen Nestor. Eine mit Hasenscharte. Ich zog meine Knarre. Die Nestors machten es mir nach. Wir waren ziemlich viele mit dem Schießeisen in der Hand. Wir versuchten, den Eindringling zu lokalisieren. Im Spiel der Spiegel eine recht vertrackte Angelegenheit. Ich wechselte den Standpunkt. Der Kerl seinerseits vervielfältigte sich. Wenn wir jetzt die Waffe zogen, würde es ein Blutbad geben. Aber die Armee der Hasenscharten schien uns nicht bemerkt zu haben. Sie war viel zu versunken in ihre Unterhaltung mit einem Unsichtbaren. Ich zog einen der Schränke einen Spalt weit auf, um sein Bild einzufangen. Dieses hatte zwar nichts von einem Heiligenbildchen, führte mich aber trotzdem zurück nach Chartres. Eine wunderliche Pilgerfahrt mit einem wunderlichen Heiligen.

»Mimile!«

Er war eben dabei, die Tür zu schließen, nachdem Hasenscharte gegangen war. Jetzt drehte er sich um. Kaum hatte er mich erkannt, wurde er weiß wie eine Taufkerze.

»Loiseau?«, fragte ich verblüfft.

Instinktiv hatte Mimile die Hände hochgestreckt.

»Na und?«, schnappte er.

»Bist du nicht mehr im Kirchengeschäft?«

»Der Krieg ist vorbei.«

»Ein Möbellager ... Was ich hier gesehen habe, ist nicht gerade erste Wahl.«

»Hören Sie mir bloß damit auf. Da kann einem die Lust auf das anständige Leben vergehen.«

»Na ja.«

»Was, na ja?«

»Diese Lust hat dir von Geburt an gefehlt.«

»Sind Sie etwa gekommen, um mir das zu sagen? Was wollen Sie eigentlich?«

»Jedenfalls was Exquisiteres als deinen Plunder hier. Man hat mir gesagt, ich würde so was bei dir finden.«

»Ach ja? Und wer ist ›man‹?«

»Lucienne Grignand.«

»Kenn ich nicht.«

Ich steckte meine Knarre weg.

»Ich will nichts von dir. Ich hatte wirklich nicht damit gerechnet, dich hier zu treffen. Ich bin misstrauisch, das ist alles, deine Räuberhöhle war mir nicht geheuer. Aber wenn du jetzt tatsächlich im Trödelgeschäft bist, wird Lucienne sich geirrt haben.«

Zweifelnd ließ er die Arme sinken.

»Wahrscheinlich.«

»Um ganz offen zu sein, ich wollte nichts kaufen.«

»Nein?«

»Eher verkaufen.«

Mit seinem hämischen Grinsen sah er aus wie ein schiefes Sparschwein.

»Sind Sie nicht mehr bei der Konfessionsbrigade?«

»Ich fürchte, ich habe den Glauben verloren.«

»Und was wollen Sie verkaufen?«, fragte er und zog eine Schachtel Gauloises aus dem Jackett.

»Russisches Zeug. Ikonen, Miniaturmalereien, Samoware …«

Er warf mir die Zigaretten zu.

»Eine Erbschaft?«

»Mehrere.«

Er gaffte mich an, die Augen im Rauch zugekniffen.

»Du bringst nur Scherereien.«

»Nicht jedem.«

Mit einer Kopfbewegung zeigte er zu einer Glastür. Auf dem Milchglas stand in schrägen Lettern »Rezeption«.

»Wenn es dir weiterhilft, kann ich deine Erbschaft schätzen lassen.«

In dem Büro roch es nach Rauch. Neben einem Metallschrank bullerte ein Kohlenofen.

»Ist ne Weile her, dass ich einen gesehen habe, der auch funktioniert.«

Mimile bot mir einen Platz an.

»Also, wo kann man deine Erbschaft in Augenschein nehmen?«

»In Neuilly, in Passy …«

Er runzelte die Stirn.

»Versteh ich nicht.«

»Ich hab sie noch nicht kassiert. Der Papierkram, die Notare … eine echte Plage. Eine Expertise brauche ich nicht. Die Adressen genügen.«

»Schreib sie da drauf«, sagte er und kramte in seiner Schublade nach einem Stift.

Ich streckte die Hand danach aus, und er zog seine wieder hervor.

Mit dem, was darin war, hätte ich nicht viel schreiben können. Abgesehen von meinem Testament.

»Ich weiß nicht, was du suchst«, knurrte er, »aber gefunden hast du Scherereien.«

Ich war jetzt an der Reihe, die Arme hochzuheben. Wir zwei gaben ein hübsches, kleines Ballett ab.

»Ich glaube, da gibt es ein Missverständnis … Wenn du mich erklären ließest …«

»Du redest jetzt seit einer Stunde um den heißen Brei herum.«

Sein Fuß tappte unter dem Schreibtisch nach der Klingel. In einem Augenblick würden die beiden Muskelpakete vom Hof hereinstürmen.

»Okay. Lucienne Grignand besitzt einen Samowar, der genauso aussieht wie einer, den ich einmal bei einer alten Schachtel entdeckt habe. Ein Einzelstück, wie sie sagt, ein Familienerbstück von großem Wert. Unter dem Siegel der Verschwiegenheit gibt sie mir schließlich eine Adresse, die man sich unter Eingeweihten weiterreicht. Ich begreife, auf welchem Weg ihr Familienerbstück zu ihr gefunden hat. Deshalb bin ich hergekommen, um meine Dienste anzubieten. Familien mit Erbstücken kann ich dir telefonbuchweise liefern.«

Die Muskelpakete ließen auf sich warten.

»Woher kennst du die Grignand?«, fragte er.

»Über ihren Mann Maurice. Wir sind vom gleichen Jahrgang.«

»Bist du einberufen worden?«

»Herzklappenfehler.«

»Aftersausen trifft es wohl eher.«

Ich lachte: »Und du?«

Er hatte seinen Ballermann sinken lassen. »Wirbelsäulenverkrümmung.«

Wir hatten beide unsere Wehwehchen. So getürkt sie auch waren, ähnelten sie einander doch. Mimile holte eine Pulle und zwei Senfgläser.

»Dubo, Dubon, Dubonnet«, sang er, während er die Runde eingoss.

Lucienne war ihm von Marcelle vermittelt worden.

»Du erinnerst dich an Marcelle?«

»Unseren kleinen Ausflug nach La Charité vergesse ich so schnell nicht.«

»Na, ich vielleicht?«, sagte er und schenkte sich noch ein Gläschen ein.

Zurück in Paris hatte er Marcelle wieder ins Geschäft gebracht. Ein Stück Trottoir, auf dem sie an der Butte aux Cailles ihre Runden drehte. Die Kleine war sich für den Kundenfang nicht zu schade. Und sie hatte ein glückliches Händchen. Ein deutscher Feldpostunteroffizier war ganz verrückt nach ihr.

»Parris, petite demoiselle, prralles Luder«, witzelte Émile germanisch.

Um ihr seine Dankbarkeit zu zeigen, hatte der Soldat angefangen, ihr Fleisch zu schenken. Zuerst Bratenstücke, verschnürt wie Blumensträuße. Von den Markthallen brachte er ihr seine Leidenschaft und seine Keulenstücke mit. Dann Schweinehälften und Kalbsviertel. Zwischen zwei Freiern verhökerte Marcelle sie von ihrem Waschbecken aus. Man kam, um sich bei ihr einzudecken. »Ein schönes Stück, bitte, Madame Marcelle, heute Abend bekommen wir Besuch.« Zack, ein Schnitt mit dem Küchenmesser, und der Handel war perfekt. Ihr kleiner Nebenerwerb war abwechslungsreich. Sie hatte eben einen Infanteriegefreiten abgefertigt, als plötzlich Lucienne vor ihr stand. Das war ein Schock für sie. Ihr Fleisch an einen Star zu verschachern. Noch dazu an eine Opernsängerin. Außerdem schwärmte die gute Marcelle für die Operette. *Tschin tschin tschin, was haben die Leute da Augen gemacht! Als hätt' sie der Donner gerührt. Der Portwein hat versagt, versagt, die Kekse alles verdorben …* Sie hatte *Le bonheur, mesdames!* vor dem Krieg dreimal gesehen. Mit Arletty in *La Baya*. Lucienne dagegen hatte das Ganze amüsiert. Es war so pittoresk. Nur eines hatte sie gestört. Das Stundenzimmer mit dem zerwühlten Bett und dem blutigen Fleisch, das Marcelle verteilte. Na ja, verteilen war kaum das richtige Wort. Denn bei den Preisen ließ Marcelle sich nichts vormachen. Aber ein Refrain im Duett mit der Grignand war schon einen Rabatt wert. Den würde sie dann bei den anderen wieder wettmachen. Das heißt bei den Kunden, die sich auf dem Treppenabsatz die Beine in den Bauch standen, Hausfrauen und Freier bunt gemischt. Das Konzert bekamen sie gratis und die anschließenden Preisschwankungen als Zugabe. *Tschin tschin tschin, das stelle man sich vor …* Marcelle bescherte der Besuch neue Kundschaft. Sonderlinge vor allem, die mit dem Parfum der Sängerin, das noch in der Bude hing, schneller abhoben als Lindbergh.

Mit ihrem Schwatz beim Schnitzelschneiden hatte Marcelle die Sopranistin auf Mimile gebracht: »Sie sind doch eine Person, die die schönen Dinge liebt, da werd ich mal mit meinem Freund drüber reden. Der kann Ihnen Nippes und Möbel besorgen. Nichts Nachgemachtes, richtig echter Stil, er ist nämlich so ein bisschen ein Antiquar. Der wird Ihnen bestimmt einen guten Preis machen.«

»Seit Chartres hast du dich echt gemacht«, sagte ich bewundernd.

Es fehlte nicht viel und Émile hätte ein Rad geschlagen wie ein Pfau. Die passenden Farben trug er schon, vom Schlips bis runter zu den Latschen.

»Mein Freund, der Krieg ist verloren. Da können wir auch nichts dran ändern. Es nutzt nichts, die nächsten zehn Jahre unser trauriges Schicksal zu beweinen. Man muss einen Schlussstrich ziehen können. Ich habe die Besatzung nicht gewollt, aber jetzt ist sie da und ich passe mich an. Sie hat ja nicht nur schlechte Seiten. Mit den Scheißdeutschen braucht man sich nur selbst aus dem Schlamassel zu ziehen.«

Ich bewunderte noch mehr. Machte mich ganz klein. Ein Vasall, das Knie am Boden. Grund genug für Mimile, die Szene in der Kathedrale heute mit anderen Augen zu sehen. Als einen gelungenen Streich, den er mir gespielt hatte. So in der Art Reineke und Isegrim. Gevatter Fuchs, der einen auf blöde macht, um Gevatter Wolf die Aale wegzufressen. Während ein Gläschen auf das andere folgte, konnte er der Versuchung nicht widerstehen, bei mir Eindruck zu schinden.

»Wie wär's, soll ich dir die Räuberhöhle zeigen?«

»Na, und ob!«

Der Gang hinter den Schuppen mit dem Trödelkram lohnte den Umweg. Die Sorglosigkeit, mit der sie die Schatzkammer verborgen hatten, ließ darauf schließen, dass bei den Bullen die Arbeitsmoral nachließ.

»Eine himmlische Ruhe! Die Flics haben momentan anderes zu tun.«

Den Palast aus *Tausendundeine Nacht* stellte ich mir nicht so überladen vor wie seinen Wunderkeller.

»Ja, mein Alter«, staunte ich wie ein Knirps vor dem Spielzeugregal, »du scheinst eine bombige Truppe zu haben.«

»Hehe«, kicherte er mit geheimniskrämerischer Miene, »du hast mich verstanden.«

Ich spielte den Ball nicht zurück. Er hielt gut zwei Minuten durch, bevor er wieder den Pfau mimte:

»Wir haben einen Fuß in der Tür.«

»Welche Tür?«

»Quai des Orfèvres.«

Ich war baff.

»Bei den Flics?«

»Du hättest nur ein bisschen früher kommen müssen, dann wärst du ihnen direkt in die Arme gelaufen. Alter Freund«, sagte er lächelnd und nahm meinen Arm, »seit die Deutschen da sind, ist alles anders geworden.«

XXX

»Freigelassen? Aber auf wessen Befehl denn in Gottes Namen?«

Ich hatte Bailly schon wütend gesehen, aber normalerweise war es eine kalte Wut, die einen Pinguin zum Frösteln gebracht hätte. Dieses Mal brodelte er wie ein erwachender Vulkan. Sein Telefon war im Schmelzen begriffen.

»Was?«, brüllte er in den Apparat. »Was ist das denn für ein Mist?«

Aus dem Hörer nuschelte es. Bailly sagte nichts mehr außer einem gelegentlichen verärgerten Ja. Kurz wie Knüppelhiebe.

»Das will ich schriftlich«, presste er schließlich mit tonloser Stimme hervor.

Der Typ am anderen Ende der Leitung schien es mit den Ohren zu haben.

»Einen Bericht, verdammt noch mal! Wissen Sie noch, was das ist?«, brüllte Bailly.

Wenn er den Schreibtisch mit dem Telefon als Intarsie hätte verzieren wollen, hätte er nicht heftiger auflegen müssen.

Seine Augen wurden winzig klein. Eine Kobra, die gleich ihr Gift verspritzt.

»Was ist das denn für ein Mist?«, sagte er noch einmal zu sich selbst.

Ich wartete, bis das Gewitter vorüber war. Es schien eine Ewigkeit zu dauern.

»Wer wurde freigelassen?«, fragte ich in einem Ton, als würde ich mich erkundigen, was es in der Kantine zu essen gab.

»Charles Maillebeau. Ihr Heini mit der Hasenscharte. Ein ehemaliger Flic. Verfaulter als ein Apfelbutzen. '37 eingezogen, Mitglied des RNP von Marcel Déat, Verurteilung wegen Erpressung. Mimile hat Ihnen keine Märchen erzählt. Mehrere Ganoven wurden per Sonderintervention freigelassen.«

»Von wem?«

»Das ist das Beste. Am 7. Juli ist in Fresnes ein Kerl aufgetaucht, eskortiert von zwei Unteroffizieren der *Abwehr*. Er stellt sich als Mitglied der deutschen Polizei vor. Er sei gekommen, um fünf Häftlinge in Empfang zu nehmen. Am nächsten Tag das gleiche Spiel, diesmal schafft er zwanzig hinaus. Und am Tag darauf noch mal vier. Alles schwere Jungs. Seitdem hagelt es Beschwerden. Erpressung, falsche Haussuchungen … Immer nach demselben Schema. Zwei Typen mit einem Ausweis der Präfektur. Der mit der schwarzen Brille ist wahrscheinlich Jean Bastien. Der dürfte Ihnen gefallen.«

»Weshalb?«

»Er hat bei den Anarchos mitgemischt, bevor er zum Ganoventum übergewechselt ist. Ein dicker Fisch und ein falscher Hund. Bewaffnete Überfälle, Zuhälterei … Ein ganz Brutaler. Man hat ihm einen Spitznamen verpasst: der irre Jeannot.«

»Passt gut zum übrigen Ambiente.«

»Da haben Sie den Nagel auf den Kopf getroffen. Der Herr geht lieber in die Klapse als in den Knast. Er hat schon mehrere Aufenthalte dort hinter sich.«

»Was haben die Deutschen denn davon, bei der Gründung einer kriminellen Bande zu helfen?«

»Gute Frage … Jedenfalls sind jetzt die Höllenhunde los. Neben denen wirkt Ihr Émile wie ein fünftes Rad am Wagen.

Wenn die erfahren, dass er nicht dichtgehalten hat, ist seine Haut keinen Pfifferling mehr wert. Was gedenken Sie zu tun?«

»Das weiß ich in zwei Tagen.«

Zwei Tage, hatte Mimile gesagt. Zwei Tage Warten bis zu dem ersten Treffen mit der Bande. Er war sich jetzt sicher, dass ich akzeptiert und mit ins Boot genommen würde. Ein Glückstreffer für mich und ein Segen für ihn. Zwischen den Schwergewichten, die sich für was Besseres hielten, und den Handlangern, die ich im Hof gesehen hatte, fühlte er sich einsam. Ein Vorarbeiter, der zwischen Hammer und Amboss geraten war. Mit mir würde alles anders werden, wir würden eine geschlossene Front bilden. Ein Herz und eine Seele. Er konnte mich gut leiden. Um mir das zu beweisen, hatte er mir die Bombardierung von La Charité noch einmal vorgespielt.

»Damit hast du nicht gerechnet, mein Guter«, amüsierte er sich.

Als hätte er die Sturzbomber selber geordert. Mit ausgebreiteten Armen machte er sie nach, Bruuuum, und auch den Höllenlärm, wenn sie im Sturzflug runterkamen. Wie er sie aus weiter Ferne hatte heranbrausen sehen. Und dann die Bombe, um Haaresbreite!

»Ah, ich habe gesehen, wie die Welt zusammenbrach, so deutlich, wie ich dich jetzt sehe. Mir hat ja schon geschwant, dass deine Konfessionsbrigade nur Bluff war, aber um das nachzuprüfen, hätte ich dich nicht aus den Trümmern geholt.«

»Klaro.«

Ich war voller Bewunderung. Durch und durch Vasall. Ich zeigte meine Ergebenheit. Wenn ich wieder von dem Samowar anfing, dann nur, um das Gesicht zu wahren. Das verstand er gut. Mit fürstlichem Großmut rückte er damit raus. Der Samowar stammte von dem Besuch bei einer bekloppten Alten. Sie war gerade in eine Anstalt eingewiesen worden. Ein praktischer Umstand, der ihnen allerdings nicht in den Schoß gefallen war.

»Nein?«

»Eines musste mir klar sein«, sagte er und schnalzte mit

den Fingern. »Sie waren gut organisiert. Einen Fuß hatten sie bei den Krautköpfen in der Tür, den zweiten bei den Bullen und noch einen bei den Doktores…«

»Das sind ziemlich viele Füße«, sagte ich.

Er rechnete im Kopf nach.

»Eure Organisation ist ein Tausendfüßler«, half ich aus.

»Genau! Ein Tausendfüßler. Und der wird seine Patscher noch in einige Dinger reinstecken.«

Diese ganzen Füße machten mich kirre. Vor allem der dritte.

»Was ist das für eine Geschichte mit diesen Doktoren?«

So schnell legte man ihn nicht aufs Kreuz, das sollte ich mir gesagt sein lassen.

»Mannomann, an dir ist wirklich ein Bulle verloren gegangen. Aber bei mir vergeudest du deine Zeit. Fangfragen rieche ich gegen den Wind. Ein guter Rat: Frag nicht so viel, sonst kommt noch wer auf dumme Gedanken.«

Ich ruderte zurück. Er möge entschuldigen. Ich hatte ja keine Erfahrung mit großen Firmen. Bislang war ich nur ein kleiner Handwerker gewesen. Die Aussicht auf was Höheres, das verstand er sicher, machte mich ganz kribbelig. Und auch der Wunsch, alles richtig zu machen. Er brauchte sich nicht aufzuregen. Ich wusste mich zu benehmen. Ich würde einen guten Oberleutnant abgeben. Bei dem Gedanken, einen solchen zu haben, kam seine gute Laune zurück. Er fing wieder mit dem Prahlen und den komplizenhaften Blicken an. Solange er es war, der auf unserem Tandem vorne saß, würde es nicht auseinanderbrechen. Wenn wir es geschickt anstellten, winkte uns eine Belohnung in Gold, die wir uns abgesteppt und mit Perlen verziert ans Revers stecken konnten. Ich würde ein weiteres Bein vom Tausendfüßler sein, aber das würde unser kleines Geheimnis bleiben. Ich wollte alles, was er wollte, und mehr. Wir tranken auf die Zukunft. Auf strahlende Tage. Auf die Besatzung.

Während der Pegelstand in unserer Buddel sank, brachte ich ihn auf die Weißkittel zurück. Ich stellte ihm natürlich keine Fragen, dass er sich da mal nicht vertat. Aber ich konnte mir gut vorstellen, dass seine Ärzte aus der Salpêtrière kamen. Er antwortete mit einem Augenzwinkern, und dann noch einem. Tatsache, er hatte einen ebenbürtigen Oberleutnant gefunden. Jetzt verging er fast vor Ungeduld. Aber Mimile war ein Besonnener. Er verschoss nicht gleich sein ganzes Pulver. Damit alles in Gang kam, brauchte er zwei Tage. Zeit, um die anderen zu überzeugen.

Zwei Tage.

Zeit, in der ich mich über das ein oder andere umhören konnte.

»Yvette, wenn Sie aufgehört haben, an Ihrer Schreibmaschine herumzuspielen, versuchen Sie, etwas über das Phenobarbital rauszubekommen.«

»Ist Ihnen der Cinzano ausgegangen?«

»Griffart hat eine Spritze davon abgekriegt. Das ist ihm nicht bekommen. Aber wenn ich mich recht an das erinnere, was der Gerichtsmediziner darüber gesagt hat, verwendet man es, um unruhige Geister zu besänftigen. Es macht sie lammfromm. Ich bin noch am Überlegen, vielleicht sollte ich es Ihnen schenken.«

»Und wenn ich nebenbei ein Mittelchen finde, das Sie geistreicher macht, soll ich es dann gleich mitbringen?«

»Nutzen Sie die Gelegenheit lieber und forschen Sie nach, ob es ein Kaff namens Tigatentras gibt. In Spanien.«

Zwei Tage.

Zeit, um die Teile dieses verfluchten Puzzles zusammenzubekommen.

Zeit für einen Abstecher nach Clermont.

Ich grübelte noch immer, bis mir der Kopf rauchte, während die Landschaft hinter dem Zugfenster vorüberhuschte. Vorstadthäuser unter dem Grau des Winters. Bahnübergänge mit Schrankenwärterhäuschen. Felder, gefrorene Erde. Und die Raben auf den kahlen Ästen der Bäume.

Bummelzüge verleiten zum Nachdenken. Das liegt wohl an den Erschütterungen, rhythmisch wie ein Uhrwerk. Zwischen Haltestellen und Bahndämmen formte sich langsam etwas in meinem Kopf. Der arme Griffart hatte richtig Pech gehabt. Dass er die Aphasie erforschen wollte und dabei ausgerechnet an Fehcker geraten musste. Einen Stummen, auf dessen Enthüllungen eine Menge Leute schon fieberhaft wartete. Ohne es zu wissen, hatte Griffart vielleicht etwas in seinem Notizbuch festgehalten. Geschichten, die auf seiner Couch hervorgeholt worden waren und in die er Bedeutungen und Symbole hineininterpretierte. Ohne sich auch nur eine Sekunde lang vorstellen zu können, dass sie vielleicht auf wahren Begebenheiten beruhten. Was hatte er wohl alles an Theorien aufgestellt über das Motiv des Goldschatzes im Unterbewusstsein seines segmentären Aphasikers. Dabei war sein Fehcker-Syndrom keinen Lolli wert. Aber so manchem lief schon das Wasser im Mund zusammen. Maillebeau, Bastien und Konsorten. Und auch dem vornehmen Professor Delettram. Der hatte Griffart sowieso schon auf dem Kieker. Mal ganz abgesehen von seiner Stiftung, war ein Stapel Goldbarren durchaus das Leben eines Kollegen wert.

Qualmend dachte ich in meinem Abteil nach, die Pfeife vollgestopft mit Mimiles Tabak. »Mein alter Freund, von nun an sagst du der Rationierung Adieu.« Auf meinen Knien hüpfte das Buch im Takt der Schienen. Tattatam. Tattatam. Ein schönes Buch, voller Ideen, mit Lorbeeren überhäuft. Es hatte eine hohe Auflage und war noch dazu ein echtes Nachschlagewerk. Eine Referenz auf seinem Gebiet. Bettlektüre für schlaue Köpfe. Delettram an erster Stelle.

»*Der Mensch, das unbekannte Wesen*. Spannend, nicht wahr?«

Der Typ auf der Sitzbank gegenüber lächelte. Er wollte freundlich sein, so viel stand fest. Es hätte ihm zweifellos gefallen, ein Gespräch anzufangen. Er hatte Meinungen zum Besten zu geben. Und die hatte er auf den Blättern, die er seit Paris korrigierte, verteilt. Am Seitenrand. In geifernder roter Tinte. Bedeutungsschwere Phrasen auf sauer erarbeiteten Hausaufgaben. Mit hämischem Federstrich. Durchgestrichene Sätze, bei denen er Narben im Papier hinterließ. Nachher, in dem Klassenzimmer eines ungeheizten Gymnasiums, würde er den ganzen Stapel aufs Pult fallen lassen. »Wie üblich nicht gerade brillant. Nun ja, für diejenigen, die es interessiert, habe ich versucht zu korrigieren, obwohl es sich bei dem niedrigen Niveau kaum lohnt.« Er hatte einen ganzen Vorrat solcher Fertigsätze, schließlich schimpfte er seit vierzig Jahren mit armen Gören, die ihn um nichts gebeten hatten. Mein Buch und ich wären eine kleine Abwechslung für ihn.

Er setzte seinen Hut ab. Unter dem grauen Haar konnte man die Schädelhaut erahnen, schinkenrosa.

»Ebenso wie Alexis Carrel den Körpern Erleichterung verschafft hat, seziert er nun die menschliche Natur. Er ist einer unserer scharfsinnigsten Köpfe.«

»Er ist vor allem ein Arschloch.«

Er war nicht sicher, ob er sich nicht verhört hatte. »Wie bitte?«

Ich sprach lauter: »Ein Arschloch!«

Sein Gesicht wurde dunkelrot. Urplötzlich. Sein Bürstenschnauzer sträubte sich vor aufgestauter Atemnot.

»Monsieur, er ist Nobelpreisträger der Medizin … Die Vernähung von Blutgefäßen, die Transplantation von Organen, die In-vitro-Kultur … Er ist eine nationale Größe, ein Denkmal …«

»Ein Denkmal von einem Arschloch!«

Ich hatte keine Bildung. Und auch keinen Wortschatz. Er sah noch einmal auf das Buch. Er musste sich verguckt haben, ich konnte doch unmöglich ein Denkmal lesen.

Ich blies meinen Rauch aus. Tief hängende Wolken. Er verscheuchte sie mit der Hand und stand auf, die Mappe mit den Blättern unterm Arm.

»Ich grüße Sie nicht, Monsieur!«, rief er, als ob mich das interessieren müsste.

Ich blieb allein zurück. Durch das beschlagene Fenster war die Landschaft nur noch eine endlose Reihe trauriger Wälder. Tote Bäume, kahles Unterholz, Eisenbahnmasten. Tattatam … Tattatam … Der Dampf des Zuges malte einen Samowar auf die Scheibe. Tattatam … Madame Schnittchen gesellte sich zu ihm, ihr weißes Haar wehte. »Eine bekloppte Alte, in eine Anstalt eingewiesen … Ein Fuß bei den Doktores …« Tattatam … Ein Tausendfüßler krabbelte die Scheibe hoch. Als er an mir vorbeikam, lüpfte er den Hut und ich erkannte Delettram. »Alexis Carrel?«, fragte er mit Tausendfüßlerstimme. »*Der*

Mensch, das unbekannte Wesen: ein Denkmal. Keine einzige durchgestrichene Stelle in seinem Manuskript ...« Tatta-tattam ... »*Der Geistesschwache und der Geniale dürfen vor dem Gesetz nicht gleich sein, und der Dumme, der geistig Schwächliche, der Zerfahrene, zu keiner geistigen und körperlichen Anstrengung Taugliche hat kein Recht auf höhere Erziehung. Es ist unsinnig, solchen Exemplaren dieselben Wählerrechte zu geben wie den Vollentwickelten. All diese Ungleichheiten unberücksichtigt zu lassen, ist eine große Gefahr. Das demokratische Prinzip hat den Zusammenbruch der Kultur mitverschuldet, indem es sich der Ausbildung einer Elite entgegenstellte* ...« Carrel. Eine nationale Größe. Tatta-tattam ... Der Tausendfüßler setzte seinen Hut wieder auf. An der Scheibe tanzten Madame Schnittchen, Fehcker und Claude Colbert Ringelreihen. Delettram und alle seine Füße nahmen mich zum Zeugen: »*Die Eugenik könnte einen großen Einfluss auf das Geschick der weißen Völker nehmen. Selbstverständlich lässt sich bei den Menschen die Vermehrung nicht einfach regulieren wie bei Tieren. Das aber ist zu verlangen, dass die Vermehrung der Geisteskranken und Schwachsinnigen unterbunden wird.*« Sein Carrel war leeres Gewäsch. Philosophie zu zwei Sous. Ich sagte es ihm. Er nestelte an seiner Haarsträhne herum: »Tsstss! Mein Lieber, ein Nobelpreisträger hat keinen Preis. Carrels Worte sind pures Gold.« Tattatam ... »Narrengold«, sang Fehcker in die Runde. »Gold und Scheinchen. Zaster und Moneten. Kies und Kröten ...« Tattatam, tattatam ...

»Den Fahrschein, bitte!«

Der Schaffner riss mich aus dem Schlaf.

»Clermont?«, fragte er, während er mein Ticket abknipste. »Wir sind gleich da.«

XXXI

Wie der Rumpf eines großen Tieres erhob sich das Krankenhaus vor einem schmutzigen Himmel. Trübseliger als ein Gefängnis hinter seinen Mauern. Beklemmend durch all die Geschichten, die man sich über den Wahnsinn erzählt. Seit

Jahrhunderten verbreitet er mit seinem brüllenden Maul und seinen Abgründen Angst und Schrecken. Und mit seinen Wörtern, bei denen es einem kalt über den Rücken läuft. Geistesgestört, geschlossene Anstalt, Zwangsjacke. Die Bilder kamen sofort. Und mit ihnen die Geräusche. Das Klirren der in die Wand eingelassenen Ketten, das endlose Schreien, die abgenutzten alten Latschen, mit denen man unaufhörlich seine Kreise lief. Die Angst war hässlich. Sie heulte einem mit ihren Klagen die Ohren voll, übertönte das Leiden. Irgendwann war einem der Schmerz der Verrückten scheißegal. Empfanden sie überhaupt welchen? Nicht dazugehören, auf der anderen Seite bleiben, das war das Wichtigste.

»Ich kehre jetzt um …«

Der Kutscher auf der Holzbank schien sich zu entschuldigen. Er war ein alter Mann mit einer abgetragenen Lammfelljacke und einer dreckigen Baskenmütze. Er hatte Raureif am Schnurrbart und einen traurigen Blick.

»Das Krankenhaus? Ja, guter Mann, das ist nicht gerade nebenan.«

Die Felder waren vereist und seit der Beschlagnahmung brauchte er sich nicht mehr um die Tiere zu kümmern. Er hatte mich in seinem Karren hergebracht.

»Honorine haben sie mir gelassen, sie ist zu alt, um ihre Geschütze zu ziehen. Das hat sie auch vor dem Schlachter gerettet. Was, mein Mädchen?«

Honorine schüttelte die Mähne. Ich hatte ihr die Stirn gestreichelt, zwischen den Scheuklappen, die sie daran hinderten, die Welt zu sehen. Das hatte dem Alten gefallen. Wer seiner Mähre Aufmerksamkeit schenkte, schenkte sie ihm. Im langsamen Trott der Stute, die ihr Elend mit sich schleppte, waren wir am Krankenhaus angelangt.

»Voilà, ich kehre jetzt um.«

Ich dankte. Als ich ihm einen Schein in die Hand schob, zuckte der Alte der Form halber zurück. Dann wendete er. Ich sah hinter ihm her, während Honorines Hufe durch die Stille hallten. Als sie nur noch zwei Schattenrisse auf der Landstraße waren, zog ich an der Glocke.

Der Portier beäugte mich, als habe er Schwierigkeiten, eins und eins zusammenzuzählen.

»Ich bin mit Doktor Delettram verabredet.«

Sein linkes Auge war weinrot. Das andere seit der Erfindung der Lider nicht mehr aufgegangen.

»Doktor Delettram«, wiederholte ich. »Er erwartet mich noch vor der Schneeschmelze.«

Im Hof parkte ein deutscher Lastwagen mit laufendem Motor. Zwei Soldaten mit blau gefrorenen Wangen waren dabei, Überseekoffer aufzuladen. Das Geräusch, als sie die Ladebordwand zuwarfen, weckte den Aufseher.

»Gebäude B, erster Stock«, knurrte er und öffnete die Tür.

Kaum dass ich drinnen war, schloss er sie wieder. Der Korridor des Gebäudes war lang und dunkel. Feucht und von einer Kälte, die durch Mark und Bein ging. Wie ein Tunnel, der ins Nirgendwo führte. Salpeter an den Wänden, Funzeln, die von der Decke hingen, und Geister. Verstört und ausgemergelt. Die Schritte müde vom allzu vielen Hin- und Herlaufen. Mit unregelmäßigen Bewegungen und Augen, die einen anschauten, ohne dass man sicher sein konnte, ob sie einen wirklich sahen. Es roch nach Endstation. Nach ausgemergelten Körpern und modrigen Laken. Und nach schimmeligem Brot, dass es einem vollständig den Magen umdrehte. Da ich den Blick gesenkt hielt, bemerkte ich ihre Magerkeit nicht sofort. Die eingefallenen Gesichter, die dunklen Augenhöhlen und die vortretenden Kiefer. Sie ähnelten den vom Fieber ausgezehrten Kranken in den Kolonien. Der Wahnsinn wütete nicht nur in den Köpfen. Die kraftlosen Schemen, die wie ferngesteuert durch die Gänge schlichen, wurden von innen her aufgefressen.

Im ersten Stock fand ich Delettram. Sein Büro war meilenweit entfernt von den Salons des Continent-Hotels. Man hätte nicht sagen können, ob er es bemerkte. Seine wilde Strähne hing ihm quer übers Gesicht, wo sie hingehörte.

»Monsieur von Bohmans«, sagte er lächelnd und reichte mir die Hand.

Seine war immer noch weich. Ein Tier, das sich tot stellt, um den Feind zu täuschen, wäre nicht schlaffer gewesen.

»Ziehen Sie um?«, fragte ich mit Blick auf die Metallkisten, die am Boden standen.

Er strich sich das Haar hoch. »Neue Aufgaben rufen mich an die Salpêtrière.«

Er sah von den Koffern zu den Büchern hinüber, die sich auf dem Schreibtisch stapelten. »Mein Gott, wo soll ich das alles nur lassen?«

Ich griff aufs Geratewohl nach einem Buch. »Ich kann Sie von Ballast befreien.«

»Ich verstehe nicht recht?«

»Man hat mir Ihre Bücher aufs Wärmste empfohlen. Das heißt ein gemeinsamer Bekannter.«

»Ja?«

»Lucien Pemjean.«

Er machte sich daran, Akten einzupacken. »Sie kennen Pemjean?«

»Er hat mir von Ihren Arbeiten erzählt, die er in seiner Zeitschrift veröffentlichen will. Faszinierend.«

»Wirklich, das interessiert Sie?«

»Außerordentlich sogar. Sie stehen in der Nachfolge Carrels ...«

»Sein Beitrag ist beachtlich, ich bin nur ein einfacher Forscher.«

»Sie führen Rüdins Werk fort ...«

Er zeigte sich überrascht.

»Sie verfolgen Rüdins Arbeiten? Nur wenige unserer Mitbürger kennen sie.«

Ich reichte ihm einen leeren Karton.

»Die Zeit wird kommen. Deutschland hat ihm Gerechtigkeit widerfahren lassen.«

Er sah wieder aus wie der große Träumer. Im Kopf die reitenden Walküren. Und er, der Erwählte, mittendrin, die Ekstase der Götter. Der Einzug in die Walhalla.

»Das neue Frankreich wird Ihnen zu Dank verpflichtet sein«, fuhr ich fort, wobei ich die Stimme hob, um das Trompetengeschmetter in seinem Schädel zu übertönen.

Er kehrte auf die Erde zurück, von den Wolken zerzaust.

»Es geht nicht um mich«, protestierte er bescheiden.

»Ihre Arbeiten, Professor, Ihre Arbeiten …«

»Ja?«

»Ihre Arbeiten werden endlich die Anerkennung der Behörden erhalten, die ihnen allzu lange vorenthalten wurde. Ich spreche hier von den hohen Autoritäten des Landes. Die wissenschaftlichen Autoritäten dagegen wissen ja, was sie Ihnen verdanken.«

Er stieß den Seufzer des unverstandenen Genies aus.

»Nicht alle, leider, nicht alle. Auch hierbei geht es mir, das können Sie mir glauben, nicht um meine persönliche Situation. Vielmehr wird durch die bisherige Beschränkung der mir zugebilligten Mittel ein ganzer neuer Forschungsbereich im Keime erstickt.«

»Das ist das Los der Visionäre. Sie sind dazu verdammt, die Masse weit hinter sich zu lassen. Und manchmal sogar die fruchtbarsten Köpfe.«

»Wie wahr, wie wahr …«

»Selbst unser viel zu früh verstorbener Griffart hatte seine Zweifel.«

Seine Strähne ging auf Wanderschaft. Er holte sie wieder zurück.

»Griffart war ein bemerkenswerter Forscher«, sagte er, als begebe er sich in gefährliches Fahrwasser.

»Die Ehrung, die Sie ihm in der Salpêtrière bereitet haben, war mutig genug, dass niemand an Ihrer Wertschätzung für ihn zweifeln kann.«

»Sie waren in der Vorlesung?«

»Was für ein Schneid! Nach Griffarts patriotischer Geste sein Andenken hochzuhalten … In einem Auditorium, in dem der Besatzer seine Anwesenheit demonstriert …«

»Das war nicht der Rede wert«, sagte er mit geheuchelter Bescheidenheit. »Unabhängig von der Farbe seiner Uniform besteht die Würde eines Mannes des Schwertes darin, die Tapferkeit seines Gegners anzuerkennen. Griffart hat diese Würde bewiesen. Die Deutschen zollen seinen Arbeiten den größten Respekt.«

»Sicher, aber Ihre Geste war umso edler, als Griffart mit seinen Bedenken über eine gewisse Art von Engagement nicht hinterm Berg hielt. Rüdins Eintritt in die nationalsozialistische Partei …«

»Solange das politische Engagement nicht die Wissenschaftlichkeit beeinträchtigt, sind beide durchaus miteinander vereinbar. Wir haben ersteres umso weniger zu verurteilen, als es im deutschen Volk eine große Übereinstimmung mit dem Reich gibt. Außerdem hat das Deutsche Reich Wissenschaftlern wie Ernst Rüdin stets die Freiheit eingeräumt, ihre Forschungen zu betreiben.«

»Antoine Griffart war nicht unbedingt auf dieser Wellenlänge.«

»Das waren eher formale denn inhaltliche Divergenzen.«

»Trotzdem beabsichtigte er, seine Überlegungen zu veröffentlichen.«

»Woher wissen Sie das?«

Delettram fuhr mit der Hand zu seiner Strähne, aber die hatte dem Schock standgehalten. Das brachte ihn aus der Fassung.

»Er hatte einen Bericht darüber geschrieben«, redete ich weiter.

»Das hat er nie erwähnt …«

Die Überraschung stand ihm so gut wie Goebbels die Tiroler Lederhose.

»Geben Sie sich keine Mühe, ich bin im Bilde.«

»Aber wie …«

»Das ist mein Metier, Professor. Auch ich bin eine Art Forscher. Ich brauche keine Gehirne zu untersuchen. Es genügt mir, die Augen offen zu halten. Die Augen und die Ohren. Und was ich finde, ist in der Regel alles andere als honorig. Warum haben Sie mir Ihren Bruch mit Antoine Griffart verschwiegen?«

Der reine Geist fiel von seiner hohen Wolke. In ihm brach jetzt die *Götterdämmerung* an. Selbige wird allgemein überschätzt. Ohne die Trompeten und den Protz bleibt nur ein Abend mit Nebenbesetzung übrig.

»Wer sind Sie, Monsieur von Bohmans?«

»Das frage ich mich auch manchmal. Ich bräuchte vielleicht eine Sitzung, um es herauszufinden. Wie Max Fehcker.«

»Wer?«

»Der Name sagt Ihnen nichts? Er ist der bärtige Aphasiker, von dem ich Ihnen bei unserer ersten Begegnung erzählt habe. Er war einer Ihrer Insassen, die während der großen Flucht evakuiert wurden.«

»Glauben Sie wirklich, ich kenne jeden unserer Patienten?«

»Wie viele von denen wissen, wo drei Millionen Goldpeseten versteckt sind?«

»Gold?«

»Ein Teil der Reserven der spanischen Republik, die Fehcker gestohlen hat.«

»Meinen Sie das im Ernst?«

»Ich weiß nicht, was Sie wissen und was nicht, Professor, aber ich für meinen Teil weiß, dass Fehcker bei Ihnen in stationärer Behandlung war, dass er über Informationen verfügte, die einige Köpfe in Aufruhr versetzt haben dürften, und dass Professor Griffart seinen Fall studierte.«

Die Rolle des Deppen stand ihm ganz gut.

»Was schließen Sie daraus?«

»Nichts, ich füge Dinge zusammen. Griffart drohte, Ihre Pläne zunichtezumachen. Er verbrachte viele Stunden mit Fehcker, dessen Schwester wahrscheinlich von den Nazis vergast wurde, ganz im Sinne der von Ihnen gepredigten Rassenhygiene.«

»Nichts in meinen Arbeiten oder Reden …«

»Wer weiß, ob Fehcker bei seinen Therapiesitzungen Griffart nicht etwas geliefert hat, womit dieser seine geplante Veröffentlichung hätte stützen können?«

»Beschuldigen Sie mich etwa?«

»Seine Schwester hat Ihre Rassenhygiene am eigenen Leib erfahren.«

»Sie bringen da einiges durcheinander …«

»Ich bin noch nicht fertig. Fehcker wusste auch, wo das in Spanien gestohlene Gold versteckt war … Und Fehcker verkehrte mit Jean Bastien.«

»Jean Bastien?«

»Der irre Jeannot … Sie kennen nicht viele Ihrer Patienten.«

»Ich verstehe überhaupt nichts von dem, was Sie sagen.«

»Ich werde versuchen, mich klarer auszudrücken. Ich bin in der Salpêtrière über Bastien gestolpert. Kurz nach Ihrer Vorlesung. Bastien kam aus Crest, dort war auch Fehcker behandelt worden ... Das sind ziemlich viele Zufälle, finden Sie nicht?«

Delettram zog die Augenbrauen hoch. Er schob seine Strähne zurück. Sein Blick wurde professionell.

»In der Tat ...«

»Bastien, Fehcker, Griffart, das Gold, das man Stalin geklaut hat ...«

»Stalin?«, fragte er.

»Das spanische Gold war auf dem Weg nach Moskau ...«

Ich machte eine etwas ausholendere Geste. Meine Jacke gab den Blick auf meine Knarre frei.

»Moskau, ja, ja, ja ...«, sagte Delettram und starrte auf mein Schießeisen.

»... als Fehcker einen Teil davon abzweigte. Vielleicht zusammen mit Marius Jacob.«

»Mit wem?«

»Jacob ... Arsène Lupin. Er war damals in Spanien.«

»Arsène Lupin ... Sehen Sie ...«

»Der irre Jeannot hat den Braten gerochen. Für ein Karnickelauge hatte er einen guten Riecher.«

»Ein Kaninchen? Aber natürlich.«

»Er war Fehcker in Crest begegnet. Vielleicht hatte er sein Vertrauen gewonnen?«

»Kaninchen muss man einfach vertrauen.«

»Aber das ging nicht so weit, als dass Fehcker damit herausgerückt wäre.«

»Natürlich nicht, so etwas darf einen nicht leichtsinnig machen. Manche Kaninchen sind Feinde.«

»Als man Fehcker zu Ihnen bringt, verschanzt er sich hinter seinem Schweigen. Aber die Arbeit eines Seelenklempners besteht schließlich darin, Leute zum Sprechen zu bringen, nicht wahr?«

Unmerklich war Delettram zur linken Schreibtischecke gerückt.

»Doch, doch.«

»Pech gehabt, Fehcker spricht mit Griffart. Sie haben es nicht sofort begriffen, aber auch wenn er das Französische aus seinem Gedächtnis ausradiert hatte, blieb ihm noch das Deutsche. Nun ja, er redet vom spanischen Gold, von dem Versteck ... Bastien jedenfalls glaubt ihm.«

»So sind Kaninchen eben.«

»Und als er Maillebeau trifft...«

»Maillebeau?«

»Hasenscharte.«

»Wo war ich nur mit meinen Gedanken?«

»... wird Griffart ermordet, und aus mir will man Hackfleisch machen.«

»Falschen Hasen...«

»Und während sich die Polizei auf die Spur des verrückten Mörders stürzt...«

»Ein verrückter Mörder.«

»Claude Colbert. Der Sie zu einer hübschen Anstaltskluft verholfen haben...«

»Das war mir entfallen.«

»... können Bastien und Maillebeau sich auf die Suche nach der *Segmentären Aphasie* machen.«

»Sicher eine spannende Beschäftigung.«

»Die Notizen eines Psychiaters sind oft spannend. Vor allem, wenn ihr Thema ein so geschwätziger Stummer ist.«

»Sonnenklar.«

»Trotzdem will mir immer noch nicht in den Kopf, ob Griffart gestorben ist, weil er versuchte, Ihre Pläne zu durchkreuzen, oder weil man ihn zum Reden bringen wollte, wo das Gold lag. Es sei denn, beides...«

Ich konnte seine Antwort nicht mehr hören. Die Zimmerdecke, die mir auf den Kopf fiel, war dafür zu schwer. Ansonsten erinnere ich mich an nichts mehr. Außer an die Schuhe des Professors. Sie waren nicht sonderlich gepflegt. Mit der Nase auf dem Teppich hatte ich noch die Zeit, dies festzustellen, dann gingen die Lichter aus.

XXXII

Auch wenn ich ein Faible für Miederwäsche habe, in einer Zwangsjacke aufzuwachen, ist ein Schock. Benebelt, wie ich war, hatte ich es nicht sofort bemerkt. Mit schmerzendem Schädel und trockenem Mund dachte ich erst, ich hätte einen Kater. Aber nicht lange. Ich lag da, festgebunden und verschnürt, dass es mir die Luft abdrückte, mit vor der Brust gekreuzten Armen, die sich auf dem Rücken trafen, die Ärmel wie Laufleinen und die Lederriemen so straff gespannt, dass es krachte. Ich begriff, warum ich Schmerzen hatte. Sobald man hier drin steckte, musste man sich irrsinnig zusammenreißen, um nicht überzuschnappen. Kleider machen Leute, die Zwangsjacke Verrückte.

Als mir das Viech über die Wange flitzte, spürte ich, wie ich zitterte. Ich versuchte, mich zur Vernunft zu bringen. Eine Kakerlake hat noch niemanden gefressen, nicht mal, wenn sie mit der ganzen Verwandtschaft anrückt. Aber um meine Vernunft zu bewahren, war Clermont nicht der geeignete Ort. Ich dachte an den Gummimann. Den Entfesselungskünstler vom Medrano-Zirkus, der seine Glieder langzog wie Schaumzucker. Kein Käfig widerstand ihm, er schlüpfte durch die engsten Gitterstäbe. In kilometerlange Ketten eingerollt, schoss er wieder heraus, indem er sich überall ausrenkte. So biegsam, als hätte er keine Knochen. Er wäre durch ein Mauseloch gekrochen, wenn man ihn gelassen hätte. An meiner Zwangsjacke hätte er sicher seinen Spaß gehabt. Ich dagegen hatte keine Übung. Wie ich so versuchte, mich herauszuquälen, und auf dem Strohsack hin- und herrollte, fühlte ich mich wie eine dicke Raupe, die vor Kälte so starr war, dass sie nicht aus ihrem Kokon schlüpfen konnte.

Im Morgengrauen hatte ich es gerade mal geschafft, von meiner Pritsche zu fallen. Das Tageslicht hatte durch die vergitterte Luke alle Mühe, den Weg in meine Zelle zu finden. Eine Generation von Irren hatte hier die nächste abgelöst, ohne dass man auch nur daran gedacht hätte zu wischen. Sie hatten sich so oft an den Wänden gerieben, dass sie ihre Spuren hinterlassen hatten. Dreck und Kot, und Blut, wenn sie sich den Kopf eingeschlagen hatten. Ich stand auf. Ich legte das Ohr an die Tür, konnte aber nichts hören. Ich setzte mich auf das Strohlager und wartete. Der Tag muss angebrochen sein. Und irgendwann zu Ende gegangen. Am Abend fand ich mich am selben Platz wieder. Schlotternd. Mit nackten, erfrorenen Füßen. Auf dem eisigen Boden tanzten die Kakerlaken weiter ihren schwarzen Reigen. Als sich der Harndrang in meinem Unterleib meldete, rief ich. Immer wieder. Niemand kam. Ich schlief in mich zusammengekauert, als der Pfleger mich schüttelte.

»Medikamente!«

Meine Blase war kurz vor dem Platzen.

»Ich pinkel mich gleich voll«, sagte ich.

Der Kerl hatte eine Visage wie King Kong und die gleiche Behaarung auf den Armen. Er hob mich mit einer Hand hoch. Mit der anderen öffnete er den Schlitz meines Pyjamas.

»Ich hab dir einen Eimer gebracht, sieh zu, dass du gut zielst. Ich bin nicht zum Saubermachen da.«

»Hab ich gesehen.«

»Ach was«, sagte er, »ein Spaßvogel.«

Er blieb wie angewurzelt vor mir stehen.

»Und?«, fragte er nach einer Weile.

»Und was?«

»Nach der Spritze ratzt du gleich so tief, dass du ans Aufstehen nicht mal mehr denken kannst. Wenn du dich nicht im Schlaf vollpissen willst, fängst du jetzt besser an. Eigentlich sollte ich das ja nicht, aber ich helf dir mal.«

Ich gehorchte, während er den *Sambre et Meuse* pfiff.

»Leg dich jetzt hin«, befahl er, als ich einen halben Eimer voll hatte.

»Bekomme ich nichts zu essen?«

»Das sieht man morgen. Für die Nacht wird man dir eine Schale Wasser bringen.«

»Und wie soll ich trinken?«

»Wie machen es denn die Krüppel, die keine Arme mehr

haben? Keine Bange, würde mich wundern, wenn du überhaupt ein Auge aufmachst.«

Die Nadel in meinem Arm spürte ich kaum. Ich zählte leise die Sekunden. Bei der zweiten war ich weg.

Am Morgen fand ich mich auf dem Strohsack wieder. Mit bleiernen Lidern und die Zunge schwerer als ein 75er-Kaliber. Ich wollte den Kopf bewegen, um die Nebel darin zu vertreiben. Die Wintersonne stand hoch, als ich es schaffte, ihn von der Koje zu heben. Ich glaube, man hat mir noch eine Spritze verpasst. Danach weiß ich nichts mehr.

Am dritten Tag hatte ich gelernt, aus der Schale zu schlabbern.

Am vierten erwartete mich eine Überraschung.

»Heute ist Festtag.«

Mit einem Tablett auf dem Arm wogte King Kong in der Zelle auf und ab. Es war lustig. Er erinnerte mich an den Kellnerwettbewerb. Ich hatte mit Yvette '38 beim Ziellauf zugesehen. Es war heiß, und wir saßen in einem Straßencafé. Die flirrende Hitze, die vom Asphalt aufstieg, verlieh den rennenden Kellnern einen Glorienschein. Wie bei diesen Luftspiegelungen, die es in der Wüste gibt. King Kong kam im Zickzackschritt näher. Ich sah mich nach Yvette um, sie schien kurz weggegangen zu sein. King Kong stellte sein Tablett ab. Ich sagte mir, dass er so kurz vor der Ziellinie doch nicht einfach schlappmachen konnte.

»Los … doch … Junge«, brachte ich hervor.

Und es haute mich abermals um.

Als ich wieder aufwachte, hatte ich in meinem Ohr eine Kakerlake zu Besuch. Ihre Beinchen veranstalteten einen Heidenlärm. Menschenskind, jetzt war nicht die Zeit für einen Stepptanz. Ich war müde. Ich verscheuchte sie mit der Hand. Um die hochzubekommen, brauchte ich eine gute Viertelstunde. Und noch mal so lang, um zu kapieren, dass sie frei war.

Auch die Augen aufzuschlagen, war keine kleine Sache.

Nach einer halben Ewigkeit hörten die Wände auf, Wellen zu schlagen. Ich konnte mich hinsetzen.

Das Erste, was ich tat, war, mir die Arme zu reiben. Ich spürte sie nicht mehr, so steif waren sie. Ich erinnerte mich an einen Film mit Lon Chaney. *Der Unbekannte* hieß er. Die schreckliche Geschichte eines armlosen Messerwerfers. In Wirklichkeit ist der Kerl ein Krimineller, der sich in einem Zirkus versteckt. Um nicht erkannt zu werden, spielt er den Krüppel. Seine Arme verbirgt er in einem Korsett unter seinen Klamotten, und die Messer wirft er mit den Füßen. Seine Partnerin vertraut ihm. Sie ist die Einzige. Die Zuschauer warten nur auf eines: dass Lon Chaney danebenwirft. Aber er verfehlt nie sein Ziel. Er hat einen sicheren Fuß. Niemand kennt sein Geheimnis. Nicht einmal das Mädchen. Er ist bis über beide Ohren in sie verliebt, aber er kann sie nicht umarmen. Sie wiederum glaubt nicht nur, dass er keine Arme hat, sie hat auch eine Phobie. Sie fürchtet sich panisch vor Männerarmen. All die Gewalt, die sie darin erahnt ... Nach und nach wird klar, dass sie etwas für ihn empfindet. Chaos der Gefühle. Mitleid, Freundschaft, vielleicht Liebe. Der gute Lon weiß nicht mehr, woran er ist. Also beschließt er, sich amputieren zu lassen. Es ist der einzige Weg, das Mädchen zu behalten. Er schützt eine Reise vor und geht, um sich die Arme abnehmen zu lassen. Als er, nun wirklich armlos, zurückkehrt, hat sich die junge Frau in einen anderen verliebt, der ihr in der Zwischenzeit das Leben gerettet hat. Sie hat kein bisschen Angst mehr vor Armen. Sie erklärt es Lon Chaney. Sie ist glücklich und wird nie erfahren, was er für sie getan hat. Er sagt nichts. Man sieht nur, wie sein Lächeln zu einer Grimasse der Verzweiflung wird, in seinen Augen stehen Tränen. Und der Widerschein von plötzlichem Hass. Und tiefem Schmerz. Die Gefühle eines Mannes, der verrückt geworden ist.

All das zog an mir vorüber, während ich auf meinem Strohsack lag und darauf wartete, dass das Blut in meine Glieder zurückfloss. Als ich sie wieder benutzen konnte, stürzte ich mich auf das Essen, das King Kong dagelassen hatte. Das erste, seit ich eingeliefert worden war. Es war kalt und ekelerregend. Schimmelig und mit einem säuerlich ranzigen Nachgeschmack. Eine widerliche Brühe, in der ein Kanten Brot und ein paar Blätter schwammen, die sich keine Mühe mehr gaben, als Kohl durchzugehen.

Ich schlang alles in mich hinein. Ich hätte sogar noch mal eine Portion genommen. Aber statt Nachschlag kam der Onkel Doktor.

»Wie ich sehe, geht es uns wieder besser.«

Ich hätte nicht sagen können, ob er mich verarschen wollte. Die Hände in den Taschen seines weißen Kittels vergraben, betrachtete er mich wie einen Flusen am Ärmel. Einen Schritt hinter ihm stand King Kong mit dem Knüppel in der Hand und passte auf.

Es heißt, man soll einem Verrückten nie widersprechen. Das war beim Irrenarzt wohl auch nicht anders.

»Was tue ich hier, Doktor?«

»Erinnern Sie sich nicht?«

»Es ist ein bisschen durcheinander.«

»Haben Sie schon einmal unter plötzlichen Wahnvorstellungen gelitten?«

Ich musste mich gar nicht anstrengen, um aus allen Wolken zu fallen.

»Nein, nie. Sie meinen …«

»An was erinnern Sie sich, wenn Sie an Kaninchen denken?«

Ich schaffte es nicht, das Gleichgewicht zu halten. Ich spürte, wie meine Augäpfel zur Seite rollten.

»Pardon?«, fragte ich.

»Kaninchenaugen. Verweisen die Kaninchenaugen zurück auf ein Ereignis, das Ihr Unterbewusstsein hätte prägen können? Denken Sie gut nach. Es ist möglicherweise etwas, dem Sie damals keinerlei Bedeutung beigemessen haben. Waren Sie während Ihrer Kindheit auf dem Land?«

Ich versuchte, einen Punkt an der Wand zu fixieren.

»Ja, allerdings … Bei meiner Großmutter.«

»Gut. Hatte sie Kaninchenställe?«

Der Punkt geisterte umher. Er war vielleicht eine Kakerlake.

»Ja.«

»Ich verstehe. Waren Sie manchmal mit dabei, wenn sie ihre Kaninchen tötete?«

»Wenn möglich nicht.«

»Warum nicht?«

»Ich mochte die Kaninchen.«

»Sie haben sie nicht gegessen?«

»Doch.«

»Schweren Herzens?«

»Ja, schon.«

»Würden Sie dieses Gefühl als Schuldbewusstsein bezeichnen?«

Ich konzentrierte mich auf den Boden. Das war noch schwieriger.

»Das wäre möglich.«

»Haben Sie gelegentlich von toten Kaninchen geträumt?«

»Vielleicht. Ich erinnere mich nicht.«

»Also möglicherweise kindliche Albträume, in denen diese Kaninchen, die Sie schweren Herzens verspeist haben, zurückkehren, um Sie zu quälen ... Sie zur Rechenschaft ziehen ...«

Ich sah den Dok an, dann King Kong. Sie schienen es ernst zu meinen.

»Rechenschaft?«

»Bis Sie sich von den Kaninchen bedroht fühlten ... Hatten Sie Plüschtiere?«

Ich lachte.

»Ja, natürlich.«

»Was für welche?«

»Einen Bären ... und ...«

Ich fing an, mit den Zähnen zu klappern. Ich kam um vor Kälte. Der Dok sah darin eine Manifestation meines Unterbewusstseins. So was in der Art jedenfalls. Zweifellos hatte er den Finger in die Wunde gelegt. Er warf King Kong einen befriedigten Blick zu.

»Ein Kaninchen, nicht wahr? Das hatten Sie vergessen?«

»Ja«, sagte ich, um ihn nicht zu ärgern.

»Erinnern Sie sich jetzt, was aus ihm geworden ist?«

Mir war schwummerig. Ich dachte an Corbeau und an seine Stegreifkomödien, wenn er wahrsagte.

»Ich glaube, man hat es mir weggenommen. Grundgütiger, Doktor, das hatte ich völlig aus meinem Gedächtnis gestrichen.«

Er sah begeistert aus. Dazu brauchte es nicht viel. Es würde mich nicht zugrunde richten, wenn ich ihm was für sein Geld bot.

»Einer meiner Freunde hat ihn mir gestohlen. Arsène hieß er … Arsène.«

»Wie Arsène Lupin?«

»Stimmt genau. Das ist so lange her …«

»Erinnern Sie sich, was Arsène mit Ihrem Kaninchen gemacht hat?«

»Nein, er ist umgezogen, ich hab ihn nie wiedergesehen. Schade eigentlich. Wir haben dauernd zusammengesteckt. Wir haben Schatzsuche gespielt, ich kann Ihnen vielleicht sagen …«

»Schatzsuche?«

Es war hart, auf Kurs zu bleiben, ohne ganz abzudriften. Eine Matschbirne befähigt nicht gerade zu geistigen Höhenflügen.

»Ich habe den guten Arsène vermisst. Aber vor allem habe ich mein Kaninchen vermisst. Ich glaube, ich war auf mich selber böse, weil ich ihn weggegeben habe.«

»Was haben Sie eben gesagt?«

»Ich war auf mich selber böse, weil ich ihn weggegeben habe …«

Er war im siebten Himmel. Ich spielte den am Boden Zerstörten.

»Ich habe Pimpim einfach weggegeben!«

In einer triumphalen Geste breitete er die Arme aus.

»Pimpim symbolisierte Ihre Gewissensbisse, weil Sie die Kaninchen gegessen haben. Sie haben sie sich vom Hals geschafft. Das aber hat Ihr Schuldbewusstsein nur verstärkt. Also haben Sie versucht, dieses auszuschalten, indem Sie Ihre Erinnerung veränderten. In Ihrem Unterbewusstsein wurde das Schenken des Plüschtieres so zum Diebstahl. Was allerdings die Ausbildung der Psychose nicht verhindert hat. Die Wahnvorstellung von der Rache der Kaninchen. Die Kaninchen, die Sie gegessen haben, das Kaninchen, das Sie ausgesetzt haben.«

»Potz Blitz! Und das hat so lange in mir geschmort?«

»Ein klassischer Krankheitsverlauf. Mit Antoine Griffarts Tod haben Sie das Ganze reproduziert.«

»Er war doch kein Kaninchen. Warum hätte ich das denn tun sollen?«

»Wiederum, um vor dem zu fliehen, was Sie für Ihre Verantwortung hielten. Diese Belastung war für Sie zu groß. Sie haben sie leichter gemacht, indem Sie sie auf Professor Delettram übertrugen. Beide Traumata haben sich überlagert, sodass Sie während Ihrer Krise all das Verdrängte auf Ihre ganz eigene Art herausgelassen haben. Dabei hat Ihr Unterbewusstsein alles vermengt: die Kaninchen und ihre Rache, die Schatzsuche, Arsène und den Tod des Professors.«

Ich träumte nicht. Er und seine gequirlte Scheiße waren real.

»So ein Mist!«

»Ich glaube, das Schlimmste haben Sie hinter sich«, sagte er.

King Kong nickte. Beeindruckt von der Vorführung.

»Die Kaninchen sind ein ganz schöner Brocken.«

Sie sahen mich an, als fürchteten sie einen Rückfall.

»Und der Professor?«, fragte ich.

»Delettram? Er wurde an die Salpêtrière berufen.«

»Dann kann ich also gehen?«

»Glauben Sie, dass Professor Delettram für Ihre Einweisung verantwortlich ist?«

»Nein, nein«, berichtigte ich mich, um meinen Schnitzer wiedergutzumachen. »Schuld sind die Kaninchen, nicht wahr?«

»Ja, ja, ja«, sagte er. »Wir haben das Gröbste hinter uns, aber es wird noch eine gewisse Zeit brauchen …«

»Eine gewisse Zeit … hier etwa?«

King Kong schloss die Finger um seinen Knüppel.

»Sie brauchen Ruhe. Ruhe und Pflege.«

In der Deckung des Gorillas begab sich der Dok wieder Richtung Tür. Sie gaben acht, mir und meinen Kaninchen nicht den Rücken zuzuwenden. Meine wiedergefundene Gelassenheit war möglicherweise nur die Ruhe vor dem Sturm. Ich spürte, wie ich ins Schleudern geriet und die Situation mit mir. Der Doktor ging hinaus. Ich suchte irgendetwas, woran ich mich festklammern konnte. In meinem Gehirn waberte es. Alles in mir rutschte weg. Die Tür schloss sich bereits, als es mir plötzlich wieder einfiel. In Form eines Namens. Ich warf ihn aus wie einen Rettungsanker und hoffte, dass er nicht morsch war.

»Professor Ferdière, ich möchte Professor Ferdière von der Salpêtrière verständigen.«

Der Dok drehte noch einmal um.

»Sie kennen ihn?«

»Gut, sehr gut sogar. Erst letzte Woche haben wir zusammen gefachsimpelt. Rüdin, Carrel und der ganze Rest.«

»Er betreut Sie?«

»Sagen Sie ihm, ich benötige noch seine Hilfe«, schrie ich. »Erzählen Sie ihm von Professor Delettram und von mir und davon, was mit mir geschehen ist.«

Sie zogen die Tür hinter sich zu und der Schlüssel drehte sich krachend im Schloss.

XXXIII

»Was für einen Tag haben wir heute?«

Mein Tischnachbar kaute mit offenem Mund sein Brot. Das genügte, um sein Gehirn völlig zu beanspruchen. Für meine Frage war kein Platz mehr. Ich wandte mich an den Typen neben ihm. Auch der glotzte stumm wie ein Fisch vor sich hin. Unter der Haut, die straff gespannt war wie bei einer Trommel, stachen die Backenknochen hervor, dass man es mit der Angst bekam.

»Weißt du, was wir heute für einen Tag haben?«

»Dienstag«, sagte er und kratzte sich die Hände.

Sie waren rot von einem schlimmen Ausschlag.

»Dienstag, den wievielten?«

»Dienstag aus der Zeitung.«

»Du hast eine Zeitung?«

»Latrinendienst!«

»Hä?«

Er nahm Haltung an.

»Nehmen Sie Poupard und Dufieux. Einen schönen Graben. Damit es sich gemütlich scheißen lässt ... Zu Befehl, Stabsfeldwebel ... Mit vorschriftsmäßigen Abmessungen und Brettern, um das Gleichgewicht über der Grube zu halten. Es war Dienstag, das stand in der Zeitung ...«

Er bearbeitete wieder seine Hände. Es tat schon vom Zusehen weh. Nebenher fantasierte er weiter. In wechselnden Stimmlagen. Als wäre er zu mehreren.

»Auf mein Kommando: Hose runter! Gib mir ein Blatt, Pibert. Leck mich am Arsch, du nervst, Poupard ... Genau das würd ich gern vermeiden, deswegen nehm ich ja das Blatt ... Da, dann wisch dich halt mit dem Horoskop ab ... Die Zukunft kann nicht noch beschissener werden ... Die Zukunft? Es lebe die Entlassung, Dufieux! Die Entlassung, verdammt ... Im Garten meines Vaters, da blüht der Lorbeerbaum ...«

Er fing an zu husten. Ein böser Husten mit einem heiseren Geräusch beim Luftholen. Ich reichte ihm Wasser.

»Du heißt Pibert?«, fragte ich, als er sich beruhigt hatte.

»Eugène Pibert, Soldat erster Klasse, 5. Infanterieregiment. Maginot-Val-de-Grâce-Linie. Endstation Clermont ... Hab ich noch was an den Händen?«

Er hatte sie bis aufs Blut zerkratzt.

»Was denn?«

»Ihre Scheiße. Hab ich?«

Ich begriff nicht.

»Nein«, sagte ich, »nichts.«

»Bist du sicher? Ich, ich spüre sie ...«

Er fing wieder mit dem Gekratze an. Der Dreck unter seinen Nägeln machte es nicht besser. Dazu gab er ununterbrochen sein abstruses Gerede von sich.

»Dufieux, hast du nichts gehört? ... Das ist Poupard, der hat zu viel weiße Bohnen gefressen ... Du Arsch. Hör doch ...

Die Sturzbomber … Das stand nicht im Horoskop. Ihre Scheiße auf meinen Händen, als die Bombe runtergegangen ist. Und die Gedärme. Innereien sind warm … Bist du sicher, dass ich nichts mehr an den Händen habe?«

Es sah aus wie schwerste Verbrennungen. Er hörte nicht auf zu kratzen. Seine Krusten hatten keine Zeit auszutrocknen. Sie fielen auf den Tisch, zwischen die Brotkrumen.

Ich nahm seine Hände.

»Da ist nichts mehr, mein Junge, gar nichts.«

Er sah auf unsere Hände, dann die Krumen, dann ins Leere. Oder aber auf das, was in ihm war. Aber das konnte niemand außer ihm sehen.

Ein Pfiff ertönte. Im Speisesaal leerten sich die Tische. Rechts, links, rechts, links. Zombies mit vollgepissten Hosen, die zum Ausgang stampften. Dreckig und abgestumpft von den Beruhigungsmitteln und, bei den Unglücklichsten, den Elektroschocks. Mit fiebrigen Augen. Und so mager. Sie gingen in ihren Klamotten fast verloren. Dagegen war die Rationierung draußen der reinste Überfluss. Hier drinnen wusste man, was es hieß, Kohldampf zu schieben. Der Hunger quälte uns, schlug seine langen Zähne in unsere Mägen. Sogar draußen war das Essen für jeden Einzelnen abgemessen. Was galten da schon die Untermenschen … Wäre ja noch schöner. Dreihundert Gramm Brot pro Tag, eine Prise Gemüse und verdorbene Fleischreste dreimal die Woche. Per Hungerdiät machte man den Wahnsinn nieder. Und die Verrückten gleich mit.

In Clermont war ich ein Frischling. Was lag hinter mir, sechs Tage? Eine Woche? Es hatte jedenfalls gereicht, um vom Fleische zu fallen. Bald würde ich ein Schatten sein wie die anderen. Sobald ich aus der Einzelzelle raus war, hatte ich mit meinem wirren Kopf Esculapes Kumpel Edmond gesucht. Die Pfleger hatten dichtgemacht wie Schnappschlösser. Wie es schien, hatte ich versucht, Delettram umzulegen. Was würde ich da erst mit einem Spritzendrücker anstellen … Ich war imstande und kam auf dumme Ideen. Das aber war nun wirklich übertriebene Vorsicht. Ich war so vollgepumpt mit Pillen, dass ich kaum gefährlicher war als eine Nacktschnecke.

Ein paar Ideen waren mir trotzdem geblieben. Ich dachte gelegentlich an Kaninchen. In Clermont sah man davon nicht mal eine Schwanzspitze. Ich sagte mir gerade, wie öde die Welt doch ohne Kaninchen war, als er plötzlich nach mir rief:

»Psst …«

Er trat aus einem Schlafsaal. Gelb im Gesicht und mit eingefallener Brust. Ich drehte mich um, weil ich sicher sein wollte, dass sein Psst mir galt.

»Du bist gekommen?«, flüsterte er und kam mit kleinen Schritten auf mich zu.

Die Hand, die er mir auf den Arm legte, war zerbrechlich wie eine Libelle.

»Nestor …«, sagte er mit feuchten Augen. »Mein alter Nes. Du hast mich nicht hängen lassen. Ich wusste es.«

Ich klaubte, so gut es ging, meine Erinnerungen zusammen. Gar nicht so einfach bei der Grütze, in der sie schwammen.

Er blickte um sich.

»Wir müssen aufpassen.«

Auch ich sah mich um.

»Wegen der Wellen«, erklärte er.

»Der Wellen …«

»Sie schicken überall welche hin. Sie gehen in deinen Kopf rein. Dadurch können sie Gedanken lesen.«

»Ganz schön schlau.«

»Bei mir klappt das nicht mehr, ich spüre sie. Wenn sie kommen, hopp, denke ich an nichts mehr. Wenn es drinnen leer ist, gehen die Wellen kaputt.«

»Ich werde üben«, sagte ich. »Das müsste ich schaffen.«

Wir gingen durch den Korridor. Das Geräusch unserer Schlappen hallte vom Gewölbe wider.

»Tatsache, du bist da.«

Als wir an einem Fenster vorbeikamen, zeichnete sich sein Profil vor dem Weiß der Kacheln ab. Die hohe Stirn, die Hakennase und in den Augen so etwas wie ein lebendiges Leuchten, das ihm noch geblieben war. Er musste schön gewesen sein, vorher. Aber sein zahnloser Mund machte alles zunichte. Er erinnerte an die Schrumpfköpfe der Jivaro-Indianer. Er murmelte etwas, das ich nicht verstand. Dann beschränkte er sich darauf, mit dem Kopf zu wackeln. Als ich ihn so in seine Gedanken vertieft sah, sagte ich mir, dass die Wellen wohl gerade nicht in der Nähe waren. Das war wenigstens etwas. Wenn ich mich schon nicht an ihn erinnern konnte.

Am Ende des Korridors angelangt, wollten wir gerade umdrehen, da fragte er aus heiterem Himmel: »Und Fehcker?«

Ich hatte das Gefühl, dass der Boden schwankte. Die Wände fingen an zu schlingern. In der arktischen Kälte wurde es mit einem Mal sehr heiß.

Der Typ sagte etwas, das ich nicht verstand, weil es in meinen Ohren rauschte.

Seine Hand legte sich erneut auf meinen Arm.

»Geht's dir nicht gut?«

Ich lehnte mich gegen die Wand. Der Boden wurde allmählich wieder fester.

»Das ist der Hunger. Du wirst dich noch daran gewöhnen.«

»Du kennst Fehcker?«, stammelte ich schweißgebadet.

Er kaute auf seinem Zahnfleisch herum, da, wo seine Zähne hingehört hätten.

»Er hat dir doch meinen Brief gebracht, oder nicht?«

»Der Hilferuf, das warst du?«

Er riss mich von der Wand weg. Ich hatte nicht gedacht, dass noch so viel Kraft in ihm war.

»Die Wellen«, flüsterte er. »Denk an nichts ... Denk jetzt bloß an nichts.«

Er schleifte mich zum Schlafsaal. Zwei lange Reihen verrosteter Eisenbetten. Mit Laken steif vor Dreck. Ich setzte mich auf seines. In dem Bett nebenan stierte ein Typ zur Zimmerdecke hoch.

»Dir ist heiß geworden. Sie waren hinter dir her.«

»Ich glaube, sie sind weg«, sagte ich.

»Luka hat dich gerade eben noch einmal aus dem Wasser gezogen, was?«

Ich sah ihn an. Trotz seines zahnlosen Mundes und seines Jivaro-Kinns war das Leuchten in seinen Augen noch immer da, wenn auch durch die Anstalt und das frühe Altern stumpf geworden. Und plötzlich stand die Vergangenheit wieder vor mir. Sie war aus weiter Ferne gekommen. Schön wie die Morgenröte. Fliederfarbene Jahre mit der roten Nelke im Knopfloch und kühlem Wein in den Ausflugslokalen. Die Jahre unter Kameraden. Ein Vorgeschmack auf die singende Zukunft. Die Kirschenzeit, die man für immer lieben würde. Die hübschen Tischtücher auf dem grünen Gras, der Sekt, der uns den Kopf verdrehte, und die Küsse an den Böschungen. Es waren endlose Sonntage mit dem Getriller des Akkordeons. Wie ein Spatz, der von der Straße in den Himmel zurückfindet. Und dann die Freunde. Corback, Lecoin, Baquet und sein Cello. Und die Brüder Prévert mit ihrer Flüstertüte: »Die Genossen Stahlbauer, die die Häuser der Porte de Champerret errichten … die Genossen Zementarbeiter, die Genossen Kanalreiniger … ausgebeutete Genossen … Genossen Fischer von Douarnenez … Genossen aus Belleville, Grenelle und Mexiko …« Sie waren so nah, die schönen Jahre. Und doch so weit entfernt, dass man es kaum fassen konnte.

Luka und ich waren uns vor einer Kulisse aus Pappmaschee begegnet. Es war das Jahr der *Zünftigen Bande*, Duvivier suchte Statisten. Die Sache war im Handumdrehen geritzt und Luka und ich als Komparsen feierlich eingesetzt. Die Scheinwerfer, die Bühnenarbeiter, die Kostümbildnerinnen, die Klappe und die großen Éclair-Kameras auf ihren Schienen. Die Kantine mit Aimos und seinem Sperlingsgesicht. Und Gabin, der sich nicht zu schade dafür war, einen mit uns zu trinken. »… Wie schön ist doch die Welt, wenn der Frühling Einzug hält.« Mit seinem Liedchen schloss sich der Kreis. »Wenn man am Wasser entlang spazieren geht …« Und genau da hatte mich Luka rausgezogen. In einer allzu feuchtfröhlichen Nacht war ich kopfüber reingesprungen. Ich kann schwimmen wie ein Amboss, und ohne ihn hätte ich dran glauben müssen. Ich habe nie zugegeben, dass es ein Stofffetzen war, für den ich mich in die Fluten gestürzt hatte. Gabins roter Schal, der, vom Wind davongetragen, einsam im Mondschein an der Oberfläche trieb. Wie eine zerfledderte Fahne. Er darf nicht untergehen, hatte ich noch gedacht und war gesprungen. Das war zwar keine schlaue Idee, aber es war mir halt so eingefallen.

Luka wrang am Ufer seine patschnassen Klamotten aus, als ich eine Karte hervorzog, die vollgesogen war wie ein Schwamm.

»Mein Freund, wenn's mal hart auf hart kommt, Nestor ist immer für dich da.«

»*Ermittlungen, Recherchen und Überwachung*?«, hatte er gelacht. »Da kann ich mir ja was von kaufen.«

Fünf Jahre später hatten die Panzer *Die zünftige Bande* zerstreut und die Kaschemme plattgemacht. Dieses Mal waren Luka und ich tatsächlich auf Grund gelaufen.

»Wie bist du hier gelandet?«, fragte ich.

Er schaute misstrauisch wie ein Hund, der zu viel Schläge abbekommen hat. Als er sich sicher war, dass die Wellen nicht in der Gegend waren, zog er mich beiseite.

»Genau wie beim Dreh. Ich hab meine Rolle zu gut gespielt.«

Nicht mal fünf Jahre danach hatte er es verdaut, dass man seinen großen Auftritt herausgeschnitten hatte. In den Studios hatte Duvivier ihm einen Satz gegeben. Die letzte Sequenz, die, in der die Freunde der *Zünftigen Bande* begreifen, dass ihr Traum geplatzt ist. Schuld daran ist Viviane Romance, die sich mit ihren schönen Augen in ihre Männerfreundschaft geklimpert hat. Aimos ist schon tot und vom Dach gefallen, und zwischen Charles Vanel und Gabin klappt es überhaupt nicht mehr. Duvivier war sich über das Ende noch nicht schlüssig. Also drehte er zwei ab. Ein düsteres und ein rosigeres. Für das Erstere hatte Luka drei Wörter zu sagen. Er probte sie tagelang. Und Klappe! Sein Adlerprofil war gut im Bild und er sich sicher, dass ihm jetzt alle Türen offen stehen würden. Mit ausgerolltem rotem Teppich. Der fantastischste Film war in seinem Kopf abgelaufen. Mit der Premiere kam die Ernüchterung. Duvivier hatte sich für das andere Ende entschieden. Und das war's mit Großaufnahme und angehender Karriere. »Du hast die Rolle zu gut gespielt«, sagte ich ihm, um ihn zu trösten. »Die großen Sterne haben es nicht gern, im Schatten zu stehen.« Zuletzt war er selbst davon überzeugt. Wie oft hat er das Lied von der Verschwörung angestimmt? Keinen Tresen zwischen Boulogne-Billancourt und den Buttes-Chaumont hat er ausgelassen.

In dem lausekalten Schlafsaal, der nach ungewaschenen Leibern roch, lutschte er an seinem Zahnfleisch. Der schöne Luka war richtig runtergekommen.

»Mein Freund, ich bin nicht die Spur meschugge«, sagte er zu mir, nachdem er sich noch einmal vergewissert hatte, dass die Wellen nicht um uns herumstrichen. »Als der Krieg ausbrach, haben sie Jagd auf ausländische Staatsangehörige gemacht. Ich mit meinem deutschen Pass war reif fürs Lager.«

»Du bist doch seit fünfzehn Jahren in Frankreich.«

»Ja und? Glaubst du, das zählt was? Ich hatte keine Lust, in Loriol oder Milles zu landen. Ins Lager, nein danke! Da hatte ich den richtigen Riecher. Hast du mitbekommen, wie Pétain und Laval meine Landsleute zu den Nazis zurückgeschickt haben? Ich dagegen hab den Braten gerochen. Ich hab einen auf plemplem gemacht. Schiebst du eben in der Klapse eine ruhige Kugel, hab ich mir gesagt. Und wenn das Gewitter dann vorbei ist, gehst du wieder. Ja, Pustekuchen! Wer hier einen Fuß reinsetzt, bekommt lebenslänglich. Man hat nichts davon, den Bekloppten zu spielen. Vor allem nicht, wenn man die Rolle zu gut spielt. Das ist tödlich. Hundertpro. Na, mit den Wellen … Außer, du hast raus, wie du sie fängst. Und meine Wenigkeit hat kapiert, wie das geht … Aber sag Duvivier nichts, ja?«

»Duvivier?«

»Dem darfst du das erst an den Kopf knallen, wenn du mich hier rausgeholt hast. Bumm! Ich hab die Rolle des Irren so gut durchgehalten, dass sogar die Weißkittel drauf reingefallen sind. Das wird Duvivier mir lassen müssen.«

»Na klar … Und Fehcker? Wie bist du auf Fehcker gestoßen?«

»Im Schlafsaal. Er hat nie geredet, außer einmal, irgendwas auf Deutsch. Ich hab ihm geantwortet. Dann hab ich ihm die Wellen erklärt. Er schaffte es nicht, sie richtig zu orten. Wenn er sich nicht sicher war, kam er zu mir. Ich sagte ihm dann, ob sie da waren oder nicht. Ich war der Einzige, mit dem er redete. Auf Deutsch. Dadurch sind wir Freunde geworden. Dann wurde er evakuiert.«

»Du etwa nicht?«

»Mein Schlafsaal sollte am übernächsten Tag abfahren. Aber die Deutschen waren schneller. Ich hatte gerade noch Zeit, den Zettel an dich zu schreiben und ihn Fehcker zuzustecken. Für den Fall, dass ...«

Der Typ in der Koje neben uns hypnotisierte immer noch die Zimmerdecke. Mit einem Schrei erwachte er aus seiner Erstarrung. Luka machte mir ein Zeichen, dass ich mich wegen solcher Kinkerlitzchen nicht aufregen sollte.

»Wo ist Fehcker jetzt?«, fragte er, wobei er auf einem übrig gebliebenen Eckzahn mümmelte.

Ich erzählte ihm von der Kathedrale, von La Charité und von den Bomben. Er wiegte einen Augenblick lang den Kopf. Mit kleinen Bewegungen, als wolle er seinen steifen Hals lockern.

»Das Gold ... ist also immer noch vergraben?«

XXXIV

»Noch ein Löffelchen!«

»Noch eins und ich fang an, Clermont zu vermissen.«

Yvette saß am Bettrand und spielte Krankenschwester. Ein Anblick, der einen auf dumme Gedanken bringen konnte. Aber von weißen Kitteln hatte ich vorerst genug.

»Sie sind mager, dass einem angst und bange wird«, sagte sie mitleidig.

»Himmel, Sie haben die andern nicht gesehen.«

Seit sie mich vor zwei Tagen heimgeholt hatte, war sie nicht mehr von meinem Krankenlager gewichen. Eine späte Berufung vielleicht. Oder eine verhinderte Neigung aus der Kinderzeit. Auch so eine Verdrängungskiste. Jedem seine Kaninchen.

»Sie können Doktor Ferdière gar nicht genug danken«, seufzte sie und schob mir den Löffel in den Hals.

»Wenn Sie mich nicht zufriedenlassen, werd ich ihn noch verfluchen.«

Sie verdrehte die Augen gen Himmel. Schon bei ihrem Anblick schmolz ich dahin.

Es ging mir, als wäre ich aus dem Totenhaus zurückgekehrt. Mit Ferdière hatte ich aufs richtige Pferd gesetzt. Im Geiste sah ich wieder die Ambulanz im Schnee. Den Arzt, der meine Entlassung verkündete, hinter ihm King Kong mit seinem dämlichen Grinsen. Und Lukas Gesicht, das sich mir für immer eingegraben hatte. Unauslöschlich, sein Schreien, als er sah, dass ich ohne ihn ging. Zuerst die Verblüffung in seinen Augen. Dann die große Enttäuschung eines ausgesetzten Tieres.

»Lass mich nicht allein!«

Seit zwei Tagen dröhnte mir sein Flehen in den Ohren. Bis zum Schluss hatte er sich geweigert, es zu glauben. Und schließlich war es aus ihm herausgebrochen. »Dreckskerl!«, brüllte er. »Dreckskerl!« Seine Beschimpfungen klangen lächerlich, erstickt von einer Wut, in die sich Trauer mischte. Zwischen den Pranken der Pfleger, die ihn umklammerten, um ihn daran zu hindern, sich gegen die Wand zu werfen, sah er aus wie ein Strohhalm, der von Preisbullen zertreten wird.

»Elektroschocks!«, brüllte ein Arzt.

Da begriff ich, warum er keine Zähne mehr im Mund hatte. Wenn der Strom durch den Körper gejagt wird, ist der elektrische Schlag so heftig, dass die Zähne vom Zusammenbeißen zersplittern.

»Nes!«, heulte er noch einmal. »Ich hab dich aus dem Wasser gezogen!«

Während die Muskelmänner ihn in den Korridor schleiften, waren ihm die Tränen gekommen. Vor Wut.

»Nicht die Wellen! Nicht die Wellen!«

»Noch einen?«

Ich stieß Yvettes Löffel weg.

»Wir müssen Luka da rausholen!«

»Das haben Sie die ganze Zeit über gesagt. Doktor Ferdière

konnte schließlich nicht ganz Clermont verlegen lassen. Es war schon großes Glück, dass er es bei Ihnen geschafft hat. Ihr Luka ist schon so lange da drin, da wird er es noch ein bisschen aushalten können.«

»Sie können sich nicht vorstellen ...«

Sie stellte die Schale mit Suppe aufs Tablett.

»Was ich mir vorstellen kann, sind die vielen hübschen Goldbarren, die nur auf uns warten.«

»Später, fürs Erste wartet Luka auf uns.«

»Ferdière hat versprochen, sich darum zu kümmern ... Trotzdem ...« Genießerisch lutschte sie an ihrem Löffel. »Sind Sie sicher, dass er keine genauere Vorstellung davon hat, wo das Gold vergraben ist?«

»Yvette!«

»Weil seine Dingsda und Dingsbums und seine Lichtungen in den Bergen ... Wenn Fehcker ihm nicht mehr darüber gesagt hat, kann man das alles den Hasen geben.«

»Nein! Keine Kaninchen mehr«, stöhnte ich.

»Was denn, keine Kaninchen mehr?«

»Ach nichts, lassen Sie's gut sein.«

Ich stand auf. Yvette rückte ihre Brille zurecht.

»Die Kraft kommt zurück«, sagte sie mit verträumtem Blick angesichts meiner Blöße.

»Sie denken also nur an das eine?«

Sie schob ihre Gläser runter.

»Dass Sie sich da mal nicht täuschen, ich denke an eine Menge Dinge. Glauben Sie, Sie sind der Nabel der Welt?«

»Yvette, das ist jetzt nicht die Zeit für so was. Wo sind meine Klamotten?«

»Während Sie sich in Zwangsjäckchen verheddert haben, habe ich nachgedacht und so meine Entdeckungen gemacht.«

»Sehr schön. Wenn Sie jetzt noch zur Endeckung meiner Hose beitragen würden ...«

Sie stand mit verkniffener Miene auf.

»Der Herr ist wieder im Haus. Ich kehre zu meinen Pflichten zurück. Ich hätte ja vermutet, dass der Herr daran interessiert wäre, was ich in seiner Abwesenheit gefunden habe, aber der Herr hat ja Wichtigeres zu tun. Die Hose! Die Hose!«

Sie warf etwas aufs Bett und schritt hoch erhobenen Hauptes davon. Ich erkannte auf der Decke das Foto wieder, das Vetter Gopian geschickt hatte. Fehcker und seine Gefährten bei der Vesperpause im Wald.

»Yvette!«

Ich fand sie in der Küche.

»Verflixt! Was machen Sie da?«

Sie saß auf einem Hocker und malte sich ein Bein an.

»Ich ziehe meine Strümpfe an, Herr.«

»Hören Sie mit dem Zirkus auf. Ich war gerade bei den Bekloppten, und ich versichere Ihnen, es war nicht witzig.«

»Und Sie glauben, es wäre lustig, in ganz Paris kein einziges Paar Strümpfe mehr zu finden? Dazu gezwungen zu sein, sich die Haut anzupinseln ...«

Sie streckte das Bein aus.

»Können Sie mir die Naht auf die Wade zeichnen?«

Mit dem Pinsel in der Hand sah sie hoch.

»Nestor! Haben Sie Ihre Hose denn immer noch nicht gefunden?«

Als wir uns entwirrten, war der Abend ohne Vorwarnung hereingebrochen. Yvette zündete die Nachttischlampe an.

»Bald fängt die Ausgangssperre an«, gähnte sie.

Mit ihrem einen Bein, das bis auf halbe Schenkelhöhe bemalt war, und dem anderen, das weiß wie Milch war, hätte sie Man Ray begeistert. Ich dachte wieder an das Foto.

»Warum haben Sie das Foto von Fehcker wieder rausgeholt?«, fragte ich, während ich im Nachttisch vergeblich nach einem Rest Tabak suchte.

»Meine Entdeckungen interessieren Sie jetzt also?«

»Die Fotografie hier ist nicht gerade eine Entdeckung ...«

»Was sehen Sie darauf?«

»Was für eine Frage. Gefangene, die in einem Wald schuften. Na ja ... eigentlich sind sie bei der Brotzeit.«

»Wenn Sie nach meinen Beinen schielen, haben Sie mehr Inspiration ...«

Ich sah sie an. Dann noch einmal das Foto.

»Sehen Sie genauer hin«, sagte sie und reichte mir die Lupe. »Und?«

»Und was?«

»Die Weinflasche auf dem Baumstumpf. Was steht auf dem Etikett?«

»Manzanilla …«

»Glauben Sie, dass man den in Loriol trinkt? Und da, das Schild, das man mit bloßem Auge kaum erkennen kann?«

»… Maleo 3,5 km … Lerida 50 …«

Als ich die Lupe zurücklegte, zitterten meine Hände.

»Und jetzt?«, fragte Yvette. »Was sagen Sie dazu?«

»Dass wir vielleicht Tigatentras entdeckt haben. Den Ort, wo das Gold der spanischen Republik vergraben liegt.«

»Wir? Wer, wir?«

»Sie.«

Sie hätte glücklicher nicht sein können.

»Ich habe mir auch den Waschzettel von dem Phenobarbital besorgt. Es ist nicht nur ein Beruhigungsmittel. Man verwendet es auch, um jemanden zum Sprechen zu bringen. Ein Portiönchen und die Zunge ist so gelöst, dass sie auch ohne Zutun ihres Besitzers alles erzählt, wonach dieser gefragt wird.«

»Nach dem Versteck eines Schatzes zum Beispiel?«

»Das macht Appetit«, sagte sie. »Los, aufgestanden!«

Ich hörte das Wasser auf der Toilette. Dann, wie sie den Ofen anfachte.

»Gopian hat Eier für Sie aufgetrieben!«, rief sie aus der Küche. »Lust?«

Ich nahm noch einmal das Foto. Diesmal erzählte es mir eine ganz andere Geschichte als die von den Internierten in ihrem Lager. Die Geschichte von einer Waggonladung Gold, die nie in Moskau angekommen war. Die Kerle, deren Gesichter von der Körnung des Films grießig aussahen, hatten der Welt eben einen irren Streich gespielt. Sie konnten es selbst nicht fassen. Mit niedergelegten Werkzeugen, von ihrem Abenteuer erschöpft und zum Umfallen müde, würden sie gleich ihren Durst löschen. Und sich danach, sobald die Beute vergraben war, trennen und abwarten, bis die Zeit gekommen war. Dann würden sie nach Tigatentras zurückkehren, und es würde wieder losgehen. Das Foto würde ihnen dabei helfen, den Weg zu finden. Das Schild hinter ihnen wies kaum wahrnehmbar darauf hin. Für sie allein.

»Wie sind Sie darauf gekommen?«, fragte ich, während ich Yvettes Eierkuchen verschlang.

»Über ihre Gesichter. Ich habe sie die ganze Zeit hier vor Augen gehabt, und da musste ich einfach mehr über sie wissen. Als hätte das Bild nicht alles gesagt. Ein Bild ist trügerisch. Sie können das nicht wissen. Aber ich.«

»Haben Sie eine besondere Gabe?«

»Nein, eine Brille. So ein blödes Nasenfahrrad. Seit damals habe ich gelernt, mich daran zu gewöhnen. Ist nicht immer leicht gewesen. Schleiereule, Maulwurf, Blindfisch, es gibt schmeichelhaftere Kosenamen. Aber wenn man sie lange genug hört, fängt man an, hinter seinen Windschutzscheiben in Deckung zu gehen. Es verschafft einem einen gewissen Abstand zu den Dingen. Außerdem sieht man jeweils eine andere Welt, je nachdem ob man etwas durch die Gläser hindurch oder darüber hinweg betrachtet, ob man es direkt vor den Augen oder vor der Nasenspitze hat. Ich dachte lange, das würde an meiner Kurzsichtigkeit liegen. Aber es ist die Wirklichkeit, die sich, je nachdem, wie man sie betrachtet, verändert. Alle Maulwürfe werden Ihnen das bestätigen. Ein Bild ist nie das Original.«

»Das hier ist immerhin ein paar Leichen wert.«

Draußen war der Schnee zurückgekommen. Er bedeckte die Allee, die Zweige und den Rest. Ein großes Schweigen, das hinabfiel.

»Ich ziehe die Vorhänge zu«, sagte Yvette. »Zeit für die Verdunkelung.«

Ich stocherte im Ofen herum. Einen Augenblick lang bekam das Feuer wieder Kraft.

»Bei Tigatentras hatte ich keine zündende Idee«, seufzte Yvette und rückte näher zur Glut. »Ich kann ja nicht immer genial sein.«

»Sicher.«

»Nichts, nada, niente. Nicht mal die von der spanischen

Botschaft kennen es. Ich habe es bei dem Fotografen von Ihrem Kumpel Scription versucht, aber kriegen Sie momentan mal eine Verbindung nach Marseille …«

Ich klappte die Tür des Godin-Ofens zu.

»Trotzdem, Delettram als Goldsucher …«

»Er hat vielleicht genug von seinen abgetragenen Anzügen. Außerdem, was spielt es für eine Rolle, ob er Griffart deswegen hat umlegen lassen oder um ihm das Maul zu stopfen?«

»Scheiße!«

»Was fällt Ihnen ein? Ich werd ja wohl noch meine Meinung sagen dürfen!«

»Die Verabredung …«

»Wie bitte?«

»Mimile sollte mich doch in die Bande einführen …«

Der Rest ging im Aufschrillen des Alarms unter. Eine chromatische Tonleiter, die eine Lucienne Grignand vor Neid hätte erblassen lassen. Es fing in den tiefsten Bässen an und erreichte eine Höhe, um Tote wieder aufzuwecken. Dort oben verharrte der Sirenenton, bis ein anderer dazukam. Von überallher wurde der Ruf verstärkt, erhob sich wie ein mehrstimmiges Lied. Heulbojengesang. Und es war ja auch zum Heulen.

Es gab einen Vorgeschmack auf das, was gleich auf uns niedergehen konnte. Dazu noch das Aufleuchten der durch die Nacht zuckenden Scheinwerfer … Ein wahnsinniges Blitzgewitter. Tausende von Volt und ebenso viele Watt, die den Himmel in elektrisches Weiß tauchten. Die Lichtkegel kreuzten sich bei ihrer Jagd auf die fliegenden Kisten. Ganze Batterien standen auf den Dächern der Gebäude. Und die Flak, bereit zum Einsatz. Unten auf den Gehsteigen die rennenden Zivilisten, aus den Betten geworfen, im Schlafrock und mit Lockenwicklern.

»In die Schutzräume!«

Das Getrampel zu den Kellern und Metroschächten, in die man sich bei jedem Warnschuss hineinstürzte, mit schnellem Atem und klopfendem Herzen. Das Warten unter der Erde, dicht aneinandergedrängt. Die Augen gen Himmel gerichtet, den man sich hier unten nur noch vorstellen konnte, mit der umgehängten Gasmaske wie einem Schweinerüssel und dem Typen vom zivilen Luftschutz, der einem sagte, was zu machen war.

»Da ist nichts zu machen!

»Haben Sie sie immer noch nicht?«

»Gan … scheu … schuss …«

Yvette legte die Hände als Schalltrichter an die Lippen:

»Ich kann Sie bei dem Lärm nicht hören.«

»Ich habe gesagt: ganz schön bescheuert, seine Hose zu verschusseln.«

»Zieh … mei … Mor …«

»Was?«

»Ziehen Sie meinen Morgenrock an.«

»Sie glauben doch nicht ernsthaft, dass ich in fuchsiafarbenem Musselin runtergehe?«

»Hä?«

Die Scheinwerfer der Luftabwehr strichen über die Wolken. Ich ließ den Vorhang wieder fallen und schmiegte mich an Yvette.

»Heute Nacht passiert nichts«, schrie ich ihr ins Ohr. »Wir können ebenso gut wieder ins Bett.«

»Ich könnte kein Auge zutun«, brüllte sie.

»Wer redet denn davon?«

XXXV

In der Rue Buot zog die Sonne unter einer Decke aus Wolken einen Flunsch. Der Schnee der Nacht hatte sich gehalten. Man sah darin Spatzentritte, einen warmen Pferdeapfel und neben dem Abdruck von Hufen die Spuren eines Fuhrwerks. Die Schneedecke erzählte Geschichten. Von Fahrrädern, auf die man sich im Morgengrauen schwang. Von den Holzsohlen der Arbeiterinnen, die zu den Delahaye-Fabriken in der Rue du Banquier gingen.

Bei Mimile stand kein Laster im Hof. Und auch kein Muskelmann, der sich Möbel auf den Buckel lud. Nichts als unbefleckter Pulverschnee. Wären darin keine zusammenlaufenden Fußspuren gewesen, hätte man meinen können, die Bude sei unbewohnt. Wenn man aber genauer hinsah, waren sie da drinnen zu dritt.

Ich entsicherte meine Knarre und hielt sie fest in der Manteltasche, als ich an die Tür klopfte. Ein paar Sekunden später trat ich ein. Derselbe Gerbgeruch mit dem staubigen Nachgeschmack gehorteter Möbel. In der Allee der Spiegelschränke war keine einzige Hasenscharte zu sehen. Vorsichtig ging ich weiter, den Finger am Abzug.

Aus Émiles Büro drangen Gesprächsfetzen. Es ging offenbar hoch her. Was man landläufig so einen hitzigen Wortwechsel nennt. Ein ungleicher, wie zu hören war. Als ich näher trat, hagelte es Argumente wie Backpfeifen. Mimile steckte ein.

»Und wo ist er jetzt?«

»Ich weiß es nicht. Woher hätte ich denn ahnen können, dass er Privatdetektiv ist?«

»Der ist echt komplett bescheuert. Lass ihn mich umlegen, der bringt uns nichts als Ärger.«

»He, Jungs, macht keinen Scheiß, ich hab ihm nichts gesagt. Er weiß überhaupt gar nichts.«

»Ach ja! Unsere Namen sind gar nichts. Dass er in Clermont auftaucht, ist gar nichts. Und das hier, ist das auch gar nichts?«

»Ich hab ihm nichts gesteckt, dass schwör ich euch«, stammelte Mimile, der eben eine in die Fresse bekommen hatte.

»Mein Kumpel hat recht, du bringst uns nichts als Ärger.«

Das läutete die letzte Ölung ein. Für einen Kirchenschänder quasi ein Schlag mit dem Weihwasserwedel. Ich zog meinen.

»Pfoten hoch!«, schrie ich und sprang in das Büro.

Die Antwort schlug haarscharf neben meinem Ohr ein. Für den Bruchteil einer Sekunde dachte ich an Lon Chaneys Messer. Ich duckte mich hinter ein Metallregal und ballerte aufs Geratewohl los. Einmal, zweimal, dreimal. Ich hatte den Eindruck zu stottern.

Da kam die Retoure. Es spritzte von allen Seiten. Gips, Holz, Glas. Ein ganzer Eisenwarenladen regnete herunter. Mit dem Pulver als Nebel. Tollpatschig, wie ich bin, hatte ich einen Kleinkrieg unter Ganoven losgetreten. Jetzt saß ich in der Tinte.

Ein Magazin hat keine fünfzig Schuss, und wenn man erst mal dabei ist, seine Kugeln zu verballern, verliert man leicht den Überblick. Und das Zeitgefühl gleich mit. Ich weiß nicht, wann die Artillerie mich gerettet hat. Sie kam als Rückendeckung inklusive der nötigen Munition. Großkalibrig, versteht sich. Ich machte mich hinter meinem Regal klein. Dass die Schussweite manchmal zu kurz ausfällt, kennt man ja von allen Kriegsschauplätzen. Ein Tressenträger verkalkuliert sich, und schon wird der Infanterist in die Zange genommen.

Nach einer halben Ewigkeit ließ der Beschuss nach. Den Kopf in den Armen vergraben, bemerkte ich die Waffenruhe nicht sofort.

»Doch, doch, er bewegt sich noch …«

Bailly stand über mir und lachte sich schlapp. Niemand hätte das ahnen können. Aber ich, ich wusste es. Er lachte.

Am Quai des Orfèvres lachte er immer noch. Ohne die Lippen zu bewegen. Ohne ein Aufblitzen der Augen. Lippen hatte er keine. Oder fast keine. Sie waren so dünn, dass man sie übersah. Und seine Augen blickten so stumpf, dass die einer toten Viper dagegen funkeln würden.

»Hartgesotten, ja?«, sagte er. »Weichgekocht trifft es wohl eher. Zusammengerollt wie eine Kohlroulade hinter Ihrem Schrank haben Sie eine hübsche Werbung für die Agentur Bohman abgegeben: Unsere Detektive sind damit beschäftigt, auf ihre eigenen Knochen aufzupassen, nummerieren Sie die Ihren.«

»Wenn Sie hinter einem stehen und schießen, tut man auch besser daran. Sind Sie vorbeigekommen, um Büromöbel zu kaufen?«

»Junge, da hab ich gar nicht dran gedacht. Nein, es ist noch blöder. Seit unserer Unterhaltung neulich haben wir uns bei Ihrem Kumpel Émile auf die Lauer gelegt. Es hat mir gar nicht gepasst, dass Maillebeau von der Bildfläche verschwunden ist. Ein Flic, der die Seiten wechselt, ist nie gut für die Firma. Es macht so einen unordentlichen Eindruck.«

»So unordentlich, wie die Zeiten momentan sind …«

»Täuschen Sie sich nicht, das Leben geht weiter. Wir nehmen neue Gewohnheiten an. Eines Tages wird man sich nicht einmal mehr daran erinnern, wie sie gekommen sind.«

»Und an was erinnert sich Maillebeau?«

»Der wird sein Gedächtnis schon wiederfinden. Zum Glück hatte er noch seine Reflexe als Flic …«

»Er hat sich ergeben …«

Bailly wurde alt. Als er seufzte, sah ich, wie sich seine Kiefer verkrampften.

»Er war so intelligent, am Leben zu bleiben. Und zwar nicht in Kohlrouladenform. Es hätte nicht viel gefehlt, und wir hätten durch Ihr saudummes Dazwischenfunken nur noch Leichen einsammeln können. Eine Leiche zu verhören, ist eine prima Methode, um eine Ermittlung voranzubringen.«

»Sie an meiner Stelle hätten also zugelassen, dass Émile abgeknallt wird?«

»Ich wäre gar nicht an Ihrer Stelle gewesen. Und ich glaube nicht, dass Émile in der Lage ist, Ihnen Dankeschön zu sagen.«

»Wie geht es ihm?«

»Fragen Sie den Chirurgen, ob er schon alles Blei herausgeholt hat, das Émile während Ihrer wohltätigen Aktion abbekommen hat.«

»Wo ist er?«

»In der Salpêtrière.«

»In der Salpêtrière? Wie konnten Sie das tun?«

Um ein Haar hätte er Überraschung gezeigt.

»Sie lag am nächsten. Und war nicht die schlechteste Lösung. Warum? Haben Sie sie in schlechter Erinnerung?«

»Delettram!«

»Was, Delettram?«

»Er arbeitet inzwischen da.«

»Das wusste ich nicht. Aber selbst wenn?«

»Wenn er erfährt, dass Émile da ist, kann ihr Chirurg ihm das Blei gleich wieder reinstecken.«

Es machte immer noch nicht klick.

»Delettram ist Griffarts Mörder!«, rief ich.

»Was? Sie sind ja wirklich verrückt!«

Ich klärte ihn auf, behielt Fehckers Gold aber für mich. Wie Yvette gesagt hatte, das Gold hatte keine Bedeutung. Delettram war schuldig. Bailly war Flic. Wichtig war, dass jeder seine Rolle spielte.

Als ich mit meinem Vortrag fertig war, zog er sein Zigarettenpapier heraus.

»Sie glauben ernsthaft, dass Ihre spinnerte Geschichte einen Mord rechtfertigt?«

»Sie haben mich nicht verstanden. Es geht hier nicht um Science-Fiction. Die Geistesgestörten auszumerzen, die Rasse zu reinigen ... das ist ein gewaltiges Projekt. Die Nazis haben es bereits in Gang gesetzt ...«

»Warum sollte Delettram sich dann überhaupt verstecken müssen?«

»In dem Augenblick, als Griffart im Begriff war, den Mund aufzumachen, konnte der Wind noch drehen. Delettram wollte kein Risiko eingehen. Für seinen großen Plan braucht er die wissenschaftliche Gemeinschaft. Er darf sie nicht brüskieren. Wenn er sie verschreckt, setzt er alles aufs Spiel. Delettram sieht seine Stiftung schon vor sich. Aber wenn Griffart auspackt, kann alles infrage gestellt werden. Frankreich ist noch nicht Deutschland. Delettram muss in aller Stille vorgehen. Er stellt seine Schachfiguren auf: die Fakultät, den Besatzer, die so gut organisierten Pfleger ...«

»Und die Ganoven, versteht sich. Ärzte umgeben sich ja besonders gern mit Ganoven ...«

»Maillebeau und seine Kumpane haben keine Gitterstäbe durchgesägt, um aus dem Knast zu kommen. Finden Sie meine Geschichte immer noch spinnert?«

Bailly hielt das Job-Blättchen noch zwischen den Fingern, er hatte vergessen, sich seine Caporal zu rollen.

»Sie sind und bleiben eine Nervensäge«, knurrte er und zog seinen Trenchcoat über.

Der Fahrer sah aus wie Andrex. Als wir in den Citroën einstiegen, glaubte ich, er würde uns *Bébert le monte-en-l'air* vorsingen. Aber beim Blick auf Baillys Miene schwante ihm wohl, dass es jetzt nicht der richtige Moment dazu war.

»Zur Salpêtrière und zwar dalli!«

Die eine Hand lag schon am Steuer, mit der anderen tippte der Fahrer an die Hutkrempe und gab Gas, ohne dass ich sah, wie er eine zusätzliche Bewegung machte. Die Karre roch nach Füßen und kaltem Tabak. Von Zeit zu Zeit erschien der Blick des Bullen im Rückspiegel. Als wolle er sichergehen, dass er seinen Chef unterwegs nicht verloren hatte. Bei seinem Fahrstil hätte das auch durchaus passieren können. Mit knapper Not wichen wir auf der vereisten Fahrbahn einem Fahrradtaxi, einem deutschen Motorradfahrer und dem Karren eines Scherenschleifers aus. Hinter den beschlagenen Scheiben sauste die Kulisse vorbei wie bei der Raupenbahn auf der Kirmes am Place d'Italie. Zwischen zwei roten Ampeln, die wir überfuhren, erinnerte ich mich an eine Fahrt, die ich darauf einmal mit Yvette gemacht hatte. Der Karussellbesitzer hatte den Wagen mit einer Plane abgedeckt. Während alles sich im Dunkeln drehte, flogen die Küsse noch schneller hin und her ... Ich schielte zu Bailly hinüber. Ich war nicht sicher, ob er je auf einem Holzpferd gesessen und nach Liebesapfel schmeckende Küsse ausgetauscht hatte.

Vor einem Maggigeschäft parkte ein Lieferwagen. Andrex legte eine Vollbremsung hin.

»Hau ab, verdammte Scheiße. Du hast eh nichts zum Ausliefern!«

Auf dem gegenüberliegenden Gehsteig verkündete das Majestic die baldige Vorführung von *Jud Süß*. An der Fassade des Kinos stellte Werner Krauss einen Rabbi mit verzerrtem Gesicht dar, der in einen eisernen Käfig gesperrt war. »Der Jude ist kein Mensch, sondern ein stinkendes Tier. Man vernichtet Läuse, bekämpft Epidemien. Man wehrt sich gegen das Übel, das heißt gegen die Juden. Tod allem, was falsch, hässlich, negroid, vermischt, jüdisch ist. Tod den Juden!«, hatte Paul Riche anlässlich der Filmpremiere in seinem Wurstblatt *Au pilori*, An den Pranger, geschrieben.

Als wir wieder anfuhren, fing ich Baillys Blick auf, der an dem Plakat hängen geblieben war.

»Wir nehmen neue Gewohnheiten an ... das haben Sie selbst gesagt«, bemerkte ich.

Es fiel erneut Schnee. Er schlug den Mantelkragen hoch, als hätte er vergessen, wo er war.

»So ein Scheiß!«, murmelte er zu sich selbst.

XXXVI

»Was ist das hier, ein Krankenhaus oder ein Saustall?«

»Ich finde keinen Loiseau, Inspektor. Sind Sie sicher, dass er bei uns aufgenommen wurde?«

Der Kerl mit dem Kneifer, der an der Anmeldung saß, warf einen flüchtigen Blick zur Uhr. Um diese Zeit würde er eigentlich im »Réconfort« seinen Sauvignon schlürfen. Heute war ein Tag »mit«. Aber nein, Kollege Chabert musste ja zu spät zur Ablösung kommen. Und das Ergebnis: Statt einem Weißen aus dem Sancerre hatte er sich jetzt einen griesgrämigen Flic zu Gemüte zu führen.

Unter seiner Mütze glänzte nun der Schweiß. Er fuchtelte planlos herum. Schaute auf den angepinnten Papieren nach. Blätterte im Register, wobei er sich den Zeigefinger befeuchtete, um die Seiten zu wenden.

»Ah, da haben wir ihn ja«, rief er erleichtert aus, als hätte er erfahren, dass seine Zirrhose ein Diagnosefehler war. »Hier waren zwei Seiten zusammengeklebt, sehen Sie ... Émile Loiseau, Chirurgie, dritter Stock, Zimmer 212.«

Wir stürzten zur Treppe. Als wir hinaufhetzten, rempelte Bailly ein Stationsmädchen an und die Waschschüssel, die sie trug, flog polternd zu Boden.

»Ich schwöre Ihnen, wenn Sie mich hier umsonst rennen lassen ...«, japste er und blieb mit Seitenstechen stehen.

»212, da ist es!«

Als ich die Tür aufstieß, war ein Pfleger gerade am Bett eines Patienten beschäftigt, der abgetrennt hinter einem Wandschirm lag. Überrascht drehte er sich um.

»Was …«

»Riton?«

Esculape sah immer noch fertig aus. Aber nicht so schlimm wie Émile. Loiseau lag in seinem Bett, steifer als die gestärkten Laken, und hatte definitiv den Löffel abgegeben.

»Nestor, hast du mich gesucht?«, fragte Riton.

Ich trat zu der Leiche.

»Nein, ich wollte zu deinem Kunden.«

»Da kommst du zu spät«, sagte er und schloss einen Verbandskasten. »Embolie. Er hat die Operation nicht lange überlebt. Tja, bei dem, was er abgekriegt hat, ist es ein Wunder, dass er es überhaupt so lang geschafft hat. Kanntest du ihn?«

Bailly kam schnaubend wie ein Walross herein.

»Himmel noch mal, ich dachte schon, ich krieg keine Luft mehr …«

Er entdeckte die Leiche.

»Der dagegen …«

»Embolie«, wiederholte Riton.

»War, seit er eingewiesen wurde, Professor Delettram bei ihm?«, fragte ich.

Esculape deckte Loiseaus Gesicht zu.

»Delettram? Wieso denn der? Der ist doch kein Chirurg.«

Bailly, der sich gegen die Wand lehnte, sah genauso erschöpft aus wie Riton.

»Ich weiß nicht, warum ich auf Ihre Ammenmärchen höre«, seufzte er.

Esculape sah mich fragend an. Ich machte ihm ein Zeichen, dass alles in Ordnung war.

»Gut«, sagte er, »ich muss ihn jetzt herrichten. Sie erlauben?«

»Kannst du ihn ein, zwei Tage kühl stellen?«

»Schon, aber dazu braucht es einen Grund.«

»Ergänzende Ermittlungen, das könnte hinhauen …«

»Ergänzende was?«, schrie Bailly.

Hinter dem Wandschirm röchelte es.

»Wenn Sie in Ruhe plaudern wollen, überlasse ich Ihnen gern mein Bett«, bot der Typ mit ersterbender Stimme an.

»Sie haben mir genug Zeit gestohlen«, flüsterte Bailly, als er die Tür öffnete.

Esculape drängte mich hinaus.

»Die Patienten brauchen Ruhe, Nes.«

Der Inspektor war im Korridor bereits weit voraus. Im Gegenlicht wirkten seine Mantelschöße wie mickrige Flügel.

»Erklärst du es mir?«, fragte Riton.

»Welcher Dok hat Loiseau operiert?«

»Marchand. Was suchst du eigentlich?«

»Ich versuche sicherzugehen, dass der Embolie nicht nachgeholfen wurde.«

Ich fand den Chirurgen am Ausgang des Gebäudetraktes. Mit dem Käppi auf dem Kopf und der Maske um den Hals trällerte er einen alten Gassenhauer über die Leber, die schwillt, und die Niere, die quillt. Wer sich von ihm den Bauch aufschneiden ließ, musste den Eindruck haben, im »Alhambra« gelandet zu sein.

»Hübsches Bleisortiment«, bemerkte er beifällig und mit Kennermiene, als ich ihn auf Émile ansprach. Loiseau hatte sich abknallen lassen wie ein Karnickel.

Er zog sich um, ohne darauf zu achten, was ich erzählte. Danach betrachtete er sich im Spiegel des Ruheraums.

»Aaah!«, machte er, zufrieden mit dem Anblick. »Sie sagten?«

»Das hat ihn aber nicht umgebracht.«

»Wen?«

»Loiseau.«

»Ist er denn tot?«

»Das wussten Sie nicht?«

»Ich habe ihn jedenfalls lebend zusammengenäht.«

»Sein Zustand ließ nicht vermuten, dass …«

»Mein lieber Freund, die menschliche Natur ist unberechenbar. Ich habe vier Kugeln aus dem Körper unseres Verwundeten herausgeholt. Keine hatte ein lebenswichtiges Organ getroffen. Sein Zustand war ernst, aber er hatte den Operationsschock gut überstanden. Woran ist er denn gestorben?«

»Embolie.«

»Es ist einfach unglaublich, keiner sagt mir etwas in diesem Krankenhaus. Wer hat den Tod festgestellt?«

»Das weiß ich nicht.«

»Mir nicht Bescheid zu geben ... Also, wirklich! Es gibt keine Organisation mehr ...«

Mit gerunzelter Stirn sah er auf seine Zwiebel.

»So ein Sauladen ... einen nicht mal mehr über den Tod eines Patienten zu unterrichten ...«

Er prüfte, ob seine Fliege nicht die Flatter gemacht hatte.

»Denen werde ich Bescheid stoßen«, erklärte er und ließ mich einfach stehen.

Oben herrschte Aufruhr. Rennende Krankenschwestern mit Flügelhauben, die herbeigeschaffte Rollbahre, ein deutscher Soldat, der gekommen war, um Neuigkeiten zu erfahren, und Patienten mit Tropf um den Hals, die das Kommen und Gehen beäugten.

Ein Arzt kam aus der 212.

»Marchand?«, fragte er erstaunt. »Ich wollte dich gerade holen lassen.«

»Besser spät als nie!«

»Wieso spät? Wir haben gerade erst den Tod festgestellt.«

Marchand nahm mich zum Zeugen:

»Ein Sauladen. Ich sagte Ihnen ja bereits ...«

Er fixierte seinen Kollegen wie ein Tarockspieler, der einen Trumpf ausspielt.

»Der Herr hier hat mir vor zehn Minuten Bescheid gesagt.«

»Vor zehn Minuten?«

»Ich nehme an, das ist eine Vorschrift der neuen Obrigkeit«, fuhr Marchand fort, wobei er zu dem Soldaten hinüberschielte, der versuchte, sich einen Reim auf alles zu machen, »die Besucher vor der Ärzteschaft zu benachrichtigen. Die Uhren sind wohl auf deutsche Zeit umgestellt?«

Der Rekrut sah auf seine Uhr.

»*Ja! Ja!* Drei Uhr«, lächelte er, zufrieden, dass er sich nützlich machen konnte.

»Entschuldigen Sie«, sagte ich, »woran ist Loiseau denn gestorben?«

»Wie?«, fragte Marchand erstaunt, »Sie selbst haben mir doch gesagt, dass …«

Ich unterbrach ihn: »Doktor?«

»Embolie«, bestätigte der Arzt.

Ich deckte die Leiche auf, ohne auf die Proteste der Krankenschwester zu achten.

Loiseau hatte das Zeitliche gesegnet. Mit den blutroten Narben und den schwarzen Fäden darin sah es aus, als hätte man ihm Taschen auf die Haut genäht. Drumherum große Hämatome, die langsam gelb wurden. In der Armbeuge konnte man rote Punkte von Spritzen erkennen.

»Was ist das?«, fragte ich.

Der Doktor beugte sich mit forschendem Blick vor.

»Das übliche Arsenal: Anästhesie, Antibiotika, Herztonikum, Infusion …«

»Die Einstiche stammen alle von Ihnen?«

»Selbstverständlich …«

Etwas war faul. Es ging gar nicht anders … Dass Mimile gestorben sein sollte, so ganz von allein … Das konnte er mir nicht antun …

Auf der bleichen Haut ließen die Flecken ein makabres Mosaik entstehen. Der Arzt deckte die Leiche wieder zu.

»Warten Sie!«

Er hielt in der Bewegung inne. Mimiles Birne sah auf dem Kissen aus wie ein Kalbskopf beim Metzger. Ich zog das Laken zurück. Sachte. Loiseaus linker Arm hatte darauf eine winzige Blutspur hinterlassen. Auf dem Blau der Vene lag eine rote Perle. Ein Blutstropfen wie der, der auf Antoine Griffarts Haut getrocknet war.

»Wie lange blutet ein Einstich?«, fragte ich.

»Ein paar Minuten …«

»Und wie lange liegt seine letzte Injektion zurück?«

Marchand sah auf das Krankenblatt, das über dem Bett hing.

»Über drei Stunden …«

Ich sah das Zimmer von vorhin wieder vor mir. Den Pfleger, der sich über Mimile beugte. Den zugeklappten Kasten, als er sich umdrehte:

»Nes? Hast du mich gesucht?«

Riton!

Selbst mit Panzern auf den Fersen wäre ich nicht schneller gerannt. Treppen, Flure, Krankensaal ... Niemand hatte Riton gesehen. In der Allgemeinmedizin hatte man ihn aus den Augen verloren. »Stimmt, ja, wo ist der eigentlich?« Dabei wusste ich, dass er in der Allgemeinmedizin eingeteilt war. Ich hätte erstaunt sein sollen, als ich ihm in der Chirurgie begegnet war. Aber nein, Nestor hatte was anderes im Kopf. Quadratschädelideen, fix und fertige. Nestor, Agentur Bohmann, Ermittlungen, Recherchen und Überwachung. Und Bockmist aller Art.

Im Erdgeschoss blieb ich stehen, um mir die Lunge aus dem Leib zu husten. Draußen im Hof döste der Pavillon der Irren vor sich hin. Und in meinem Kopf lief ein Film ab. Mit sauber geschnittenen Sequenzen. Esculape und seine Beziehungen. Sein Kumpel Edmond in Clermont, der in den Geschichten eines Verrückten das spanische Gold witterte. Fehcker, der nicht allen gegenüber stumm geblieben war und mit seinem Landsmann Luka sprach. Und Luka, wer wusste schon, was seine Wellen nach den Elektroschocks weitererzählten. »Sie lesen Gedanken.«

Glied für Glied verband die Kette Fehcker mit Esculape.

Fehckers Evakuierung war ein herber Schlag gewesen. Sein Tod das endgültige Aus. Das Gold war für immer verloren. Sein Tigatentras konnte weiß Gott wo liegen. Spanien ist groß mit seinen Dörfern, seinen Flurnamen, seinen abgelegenen Gehöften. All die Käffer mit ihren schäbigen Hütten, ihren Stückchen glühender Sierra, ihren Felsennestern und tiefen Wäldern ... Was war Tigatentras? Eine seit den Konquistadoren vergessene Ruine? Ein schotteriger Weinberg? Eine Bärenhöhle? Um das herauszufinden, hätte man das Foto gebraucht. Das von den Jungs bei der Pause. Mit ihren löcherigen Unterhemden, den unrasierten Bärten und dem hämischen Lächeln. Das Fehcker verloren hatte, als er aus Loriol ausbrach. Das Vetter Gopian mir geschickt hatte.

»Riton? Den haben Sie verpasst, er ist vor zehn Minuten gegangen.«

An der Anmeldung hatte Chabert seinen Kumpel mit dem Kneifer abgelöst. Er roch ungewaschen und nach Knoblauch.

»Das war eigentlich gar nicht Ritons Zeit«, bemerkte er, wobei er zur Uhr schielte.

Draußen hatte es aufgehört zu schneien. Corbeaus von Kerzen erleuchteter Wohnwagen hatte Ähnlichkeit mit der Krippe auf dem Adventskalender. Er öffnete mir die Tür, aufgeputzt wie Melchior aus dem Morgenland.

»Nes? Ich wollte gerade Feierabend machen.«

Auch er hatte Esculape nicht gesehen. Nachdem ich ihn ins Bild gesetzt hatte, glaubte ich, er würde mich postwendend nach Clermont zurückschicken.

»Du bist ja krank, Nes. Riton! Riton! Außerdem, denk doch mal nach ... Spanien ... Wenn er so ein Ding hätte drehen wollen, hätte er mir doch davon erzählt.«

»Willst du dich selbst davon überzeugen?«

XXXVII

Schnee bedeckte die Cité Doré. Ein weißer Teppich, der über dem Bauschutt lag. Ritons Schritte zeichneten sich darin ab wie ein schwarzer Fries. An der Baracke wellte sich die Reklame. »Feind hört mit.« Zumindest Esculape musste das Knirschen unserer Quadratlatschen gehört haben. Ich sah mich nach einer Deckung um. Ungeschützt gaben wir einwandfreie Zielscheiben ab. Aber der Bleihagel blieb aus. Esculape packte seinen Koffer, als wir die Tür eintraten. Ein Koffer, der seine besten Tage hinter sich hatte, wie er selbst.

Ich sagte nichts. Er griff mit der Hand in den Koffer. In dem zerbrochenen Spiegel an der Wand war mein Ballermann zu sehen. Riton schien zu denken, dass er die schlechteren Karten hatte. Außerdem waren Schießereien nicht sein Stil.

»Ihr seid das?«, fragte er, weil man ja etwas sagen musste. »Ihr seid ja krank ...«

Corbeau beäugte den Koffer auf dem Bett.

»Wir müssen uns mal ausquatschen, was?«, sagte er.

Esculape schüttelte den Kopf, als wolle er die Erinnerungen darin vertreiben.

»Kann ich euch was anbieten?«, schlug er übergangslos vor.

In seiner eiskalten Bude nahm man das Angebot besser an.

»Warum hast du dich da eingemischt?«, fragte ich, während er die Buddel aufmachte.

»Warum? Das ist ja mal eine lustige Frage. Wegen dreihundert Millionen, was sonst.«

»Hat Edmond dir den Tipp mit dem Gold gegeben?«

Esculape leerte sein Glas.

»Wozu brauchst du mich, wenn du eh schon alles weißt?«, lächelte er und stellte es zurück.

»Der gute Luka hat nach den Elektroschocks seltsame Geschichten erzählt. Nicht wahr? Geschichten von Goldbarren. Die klangen so ganz anders als die Hirngespinste der übrigen Patienten. Das hat Edmond gereizt. Nach und nach ist euch aufgegangen, dass Luka nicht fantasierte, dass er auf seine Weise das wiedergab, was Fehcker ihm erzählte. Fehcker begann euch zu interessieren ... Ihr habt euch über seinen Lebenslauf schlaugemacht. Edmond hat den Knirps, der ihn besuchen kam, zum Sprechen gebracht ...«

»Das weißt du auch?«

»Pierrot hat sich nichts Schlimmes dabei gedacht. Edmond war da, um seinen Kumpel zu pflegen. Als euch gedämmert ist, dass Fehckers Spanienkrieg kein Quatsch war, habt ihr nachgedacht. Ihr habt weitergegraben. Elektroschocks für Luka, Beschaffung von Informationen über Fehcker. Du hast deine Verbindungen angezapft. Auf die Art hast du erfahren, dass er in Crest behandelt worden war. So wie Bastien. Wie ist der eigentlich in Clermont gelandet?«

»Ach was, das weißt du nicht?«

»Es will mir nicht in den Kopf, dass das ein Zufall war.«

»Glaub, was du willst.«

»Bastien ist wie du. Er hatte früher Ideale. Schwarze Ideale. Bailly hat sich einen Spaß daraus gemacht, mir das zu stecken.«

Riton kicherte.

»Jeder hat so seinen Bekanntenkreis, der eine Ganoven, der andere Bullen. Bastien musste wieder zurück nach Paris. Ich habe seine Verlegung vorangetrieben. Aber ob du's mir glaubst oder nicht, mit Fehcker hatte das nichts zu tun.«

»Bis auf die Tatsache, dass du Bastien, kaum dass er hier war, eingeweiht hast. Kommt jetzt das Sandkorn ins Spiel?«

»Was für ein Sandkorn?«

»Griffart. Er forscht zur Aphasie. Die von Fehcker hatte etwas, das ihn interessieren würde. Und wenn er ihn so intensiv untersuchte, würde auch er möglicherweise etwas erfahren. Nun, als Fehcker evakuiert wird, bekommt ihr Panik. Ihr beschließt, Griffart zum Reden zu bringen. Wer hatte die Idee? Du oder Delettram?«

»Delettram?«

Riton glotzte mich an wie ein Huhn ein eckiges Ei. Ich spürte so etwas wie einen Sprung in meinen Gewissheiten.

»Gib dir keine Mühe, ihn zu decken.«

»Diesen Trottel decken, ja aber weswegen denn?«

Mir schwante Böses. Als Esculape lachte, sah ich meinen Irrtum plötzlich vor mir. So deutlich wie die Risse in der Wand und den Dreck in der Bude.

»Denkst du das im Ernst?«, fragte Riton. »Dass Delettram mit von der Partie ist? Du bist ja gar nicht so schlau, wie ich dachte.«

Ich spürte den Boden unter mir schwanken.

»Das bei Griffart, das warst du allein?«

»Das war kein Hexenwerk. Mit dir als Schutzengel ... Du hast geschnarcht, dass man dich bis Berlin gehört hat. Dabei gab es in der Nacht einen Heidenspektakel ... Du dürftest der Einzige gewesen sein, der gepennt hat. Die Frage, ob du dir einen hinter die Binde gekippt hast, erledigt sich wohl von selbst ... Der gute Griffart hatte ja auch einen Wahnsinnskeller. Er und ich haben jedenfalls miteinander geplaudert, ohne dich zu stören. Ich brauchte ihm nur zu verklickern, dass man Fehcker evakuiert hatte, und schon machte er mir die Tür auf. Er hing an seinem Aphasiker! Schwieriger war es, ihn zum Reden zu bringen. Phenobarbital ist kein Pernod. Man braucht Fingerspitzengefühl bei der Dosierung. Ich bin ein Großzügiger. Das liegt in meiner Natur. Nachdem ich ihm eine Spritze verpasst hatte, habe ich schnell spitzgekriegt, dass es zu viel war. Griffart war so vollgepumpt, dass man ihn nicht mal mehr nach der Uhrzeit hätte fragen können. Von seiner Lebensgeschichte ganz zu schweigen ... Da habe ich kapiert, dass er nicht mehr zur Erde zurückkehren würde. Ich gab ihm Nachschlag und trug ihn in sein Zimmerchen. Den Rest kennst du.«

Er hatte seinen hintergründigen Blick. Er bekam es nicht mit der Angst. Er war wie ein Kind, das man mit der Hand im Marmeladentopf erwischt, ohne dass ihm das irgendwas ausmachte.

»Du hast uns sehr geholfen«, sagte er.

Keiner ließ sich von seiner spöttischen Miene täuschen. Es war nur eine Art, uns zu sagen, dass es ihm scheißegal war.

»Wie ... geholfen?«

»Ja, wirklich, du warst uns eine echte Hilfe. Mit jedem Tipp, um den du mich gebeten hast, hast du uns wieder ins Rennen gesetzt. Ich kann dir sagen, mehr als einmal hatte ich den Eindruck, dass du für uns ermittelst. Man brauchte dir nur auf den Fersen zu bleiben.«

Zuzuhören macht Durst. Um seinen zu löschen, hatte Corback die Pulle plattgemacht.

»Warum hast du das gemacht?«, lallte er.

»Du hättest dir bestimmt auch keine dreihundert Millionen durch die Lappen gehen lassen ...«

Corbeau schlug auf den Tisch. »Woher willst du das wissen? Du hast mich nicht eingeweiht ...«

Esculape lächelte. »Ich bin ja nicht verrückt!«

Corback stand auf. Um nicht zu fallen, klammerte er sich an den Tisch.

»Was soll das heißen?«, brachte er mühsam hervor.

»Nichts.«

»Doch, doch«, drängte er. »Ich weiß wohl, was das heißt.«

»Vergiss es«, riet ich.

»Oh, Pardon!«, brüllte er. »Pardon! Ich werd dir mal was sagen ...«

»Später, Corback, später.«

»Dieses fette Arschloch wusste, dass ich mir das spanische Gold nie unter den Nagel gerissen hätte. Ich hätte Schweinehunde wie Maillebeau daran gehindert, ihre dreckigen Pfoten daraufzulegen. Das Gold der Republik in den Klauen der Faschisten, niemals, solange ich lebe!«

»Sag ihm, er soll die Schnauze halten«, sagte Riton mit seltsamer Stimme.

Doch das war vergebene Liebesmüh. Wenn Corbeau einmal in Fahrt war, konnte ihn kein Regiment der Welt aufhalten. In seiner Fakirmontur drehte er komplett durch. Jetzt, wo das Ventil auf war, musste alles raus. Seine Ideen waren bunt durcheinandergewürfelt, die Aussprache undeutlich. Nicht mal ein Pfadfinder hätte sich darin zurechtgefunden. Riton und ich dagegen schon. Sein Suff brachte alles auf den Tisch. Die Gemeinheit des Lebens, die verratenen Ideale, die zerrissenen Freundschaften. Er würgte alles wieder hoch. Alles, was zu Bruch gegangen war, die verlorenen Jahre, die sich lichtenden Ränge der Kameraden und vor ihm die große Leere, dass man sonst nichts mehr sah. Zuletzt stieg aus den Tiefen seines Deliriums Spanien wieder empor. Die blauen Morgen auf den Ramblas, die sonnengebackenen Innenhöfe, die Genossen und die, die gefallen waren, das Gesicht in der roten Erde. Er klammerte sich an seinen Film wie Luka an *Die zünftige Bande*. Es war alles, was er noch hatte, um durchzuhalten. Das und Lucias Geist, der ihn nie in Frieden lassen würde.

Riton wusste das alles. Er, der vor Müdigkeit sein Fähnchen nach allen Winden gehängt hatte. Mit diesem Weltekel, der ihn gepackt hatte, weil er zu viele junge Kerls gesehen hatte, die mit zwanzig Blut spuckten. Die Betten, die nach dem Tod zu machen waren. Und verlorene Kindheiten in einem Graben. Er hatte aus dem Elend sein täglich Brot gemacht. Bis zum Gehtnichtmehr. Es war seine eigene Art durchzuhalten. Ich betrachtete ihn, während Corbeau sich auskotzte. Seinen Schmerbauch, seine aufgedunsene Visage und dieses Etwas in den Augen, als würde er einen ständig verarschen, ohne dass man gewusst hätte, ob es stimmte. Was bedeutete ihm das Gold? Bastiens und Maillebeaus Beweggründe waren offensichtlich. Betrügerische Gemeinheit, Rachegelüste und Machtfantasien. Ein Böserbubenstreich. Demnächst würden sie das Hakenkreuz am Arm tragen. Sie würden Kanaken und Juden fressen. Mit Champagner zum Runterspülen, Spritzfahrten in die Luxushotels und beschwipsten Frauen. In ihrem Dunstkreis würde es nach Hass und Tod stinken. Riton dagegen würde nie nach etwas anderem riechen als nach dem Schweiß am Ende des Tages. Ich sah ihn an. Er hatte sich nicht bewegt. Er steckte ein, was Corbeau ihm an den Kopf warf wie einem alten, ausgedienten Sandsack. Vielleicht hatte Riton sich ja deswegen auf das Gold gestürzt. Um sich davon zu überzeugen, dass er noch lebte.

»Ihr seid erledigt«, sagte er, als würde er es ehrlich bedauern.

Corback war mit einem Schlag nüchtern.

»Ihr könnt nichts mehr machen, keiner kann mehr etwas machen«, fuhr Riton fort. »Der Erdrutsch hat schon begonnen. Alles andere ist Geschichte. Ihr solltet abhauen, solange noch Zeit ist.«

Man hätte meinen können, dass er völlig durchdrehte. Ich schielte zu seinem Koffer ... Er fing meinen Blick auf.

»Ich für meinen Teil werde in ein paar Wochen zurück sein, wenn die Wogen sich geglättet haben. Aber euch, euch werden sie nicht laufen lassen.«

»Wer, sie?«, fragte ich. »Bastien ist tot und Maillebeau hinter Schloss und Riegel ...«

Er stieß einen tiefen Seufzer aus.

»Du kapierst es nicht. Das ist erst der Anfang. Maillebeau kommt bald wieder raus. Es gibt kein Gefängnis mehr, das sicher genug für sie wäre. Du glaubst, du hast eine Bande Hobbygangster auffliegen lassen? Nestor, du hast die Hand ins Fegefeuer gesteckt.«

»Redest du von Delettram? Von seinen guten Beziehungen zu den Deutschen?«

»Delettram hat rein gar nichts damit zu tun. Auch er weiß, dass eine neue Zeit angebrochen ist. Er spielt einfach seine Trümpfe aus. Viele spielen ihre Trümpfe aus. Sie kommen von überall her, das kannst du dir nicht vorstellen. Sie scharren seit Langem ungeduldig mit den Füßen ... Sie beobachten sich, beschnüffeln sich, murksen sich sogar gegenseitig ab. Dann schließen sie sich zusammen, wie die Ratten. Hast du Ratten mal beobachtet? Ich schon, ich sitze ja in der ersten Reihe. Der Schutt hier ist ihr Nest. Es gibt die Meute, und es gibt die Wilden. Die, die sogar den anderen eine Heidenangst einjagen. Zu denen gehört Maillebeau. So, wie Bastien zu ihnen gehörte.«

»Was redest du denn da? Ganoven ...«

»Es ist die Stunde der Ganoven. Frag dich einmal, warum sie aus dem Gefängnis rausgekommen sind. Und wie.«

Er schloss seinen Koffer.

»Ich werde jetzt gehen ...«

Er meinte es ernst. Mit dem Koffer in der Hand machte er ein paar Schritte. Ich hob meine Knarre.

»Nestor«, sagte er, »ich bin todmüde. Mach mich nicht noch mehr fertig. Seht lieber zu, dass ihr euch in Sicherheit bringt. Und verlasst euch nicht auf euren Flic. Nicht mal der kann euch noch helfen.«

Er ging weiter. Er wusste, dass ich nicht auf ihn schießen würde. Bestimmt hatte er gedacht, ich würde ihm so ans Leder gehen. Da lag er auch nicht falsch, nur Corback war schneller. Er fuhr aus seinem Suff hoch wie ein Teufel aus der Kiste. Seine Buddel krachte auf Ritons Schädel. Es fing an zu bluten. Riton ging auf die Knie. Er sah Corbeau an mit diesem Grinsen über die Welt, das tief in seinen Augen lag. Ich habe mich lange gefragt, ob er wusste, was weiter passieren würde. Manchmal ertappe ich mich dabei, es zu glauben. Corback griff nach dem herumliegenden Schürhaken. Er schlug mit aller Gewalt zu. Ich wünsche niemandem, einen gespaltenen Schädel sehen zu müssen. Als Riton zusammenbrach, war das Geräusch seines auf den Boden fallenden Körpers so widerlich, dass ich es nie vergessen habe.

XXXVIII

Was dann kam, war nichts weiter als ein langer Abstieg. Ich schleifte Corbeau fort, mit seiner blutbesudelten Fakirmontur, seinem verstörten Gesichtsausdruck und seiner Alkoholfahne. In der Metro gafften uns die deutschen Soldaten an. Halb spöttisch, halb angewidert. Die Franzosen waren wirklich degeneriert. Da sah man, wohin es führt, sich wie das Vieh zu vermischen. Die Gene einer großen Nation, die für immer im Gemisch unreinen Blutes verloren waren.

In der Agentur fanden wir Yvette. Wie sie da inmitten des Chaos unbeirrbar an ihrer Tastatur saß, erschien sie mir wie eine Bake auf offener See. Als sie Corback sah, räumte sie ihr Getipptes weg.

»Mein Gott, was ist denn mit Ihnen passiert?«

Wir kümmerten uns, so gut es ging, um Corbeau. Mit großzügigen Wassergüssen. Er ließ es, über den Spülstein gebeugt, mit sich geschehen, schlaff wie ein Waschlappen. Er murmelte in einem fort, »das wollte ich nicht, ich hab rot gesehen« und so weiter.

Als er wieder einigermaßen nüchtern war, versuchten wir, das Ausmaß des Schadens abzuschätzen.

Unsere Fußspuren im Schnee der Cité, Corback im Prunkgewand, mein Besuch in der Salpê ... Die Flics würden keine große Mühe haben, die Verbindung herzustellen. Ich hob den Telefonhörer ab. Ein paar Augenblicke später war Bailly am anderen Ende.

»Agentur Bohman?«, sagte er. »Nein, ist mir nicht bekannt.«

»Hören Sie mit dem Mist auf und sehen Sie lieber zu, dass Sie zur Cité Doré kommen. Eine Bruchbude mit einer Ricard-Reklame im Fenster. Jemand hat Ihnen da etwas kaltes Fleisch zur Seite gelegt.«

Ich hörte, wie er laut ausatmete. Es war fast ein Seufzer.

»Henri Pasquier, genannt Riton Esculape.«

»Kenn ich nicht.«

»Sie haben ihn vorhin gesehen. Salpêtrière, Zimmer 212, er hatte kurz vorher Émile Loiseau ermordet.«

»Nicht mehr Delettram?«

»Schicken Sie einen Mann zur Salpê, wenn die den Verbandskasten, der in der Bude rumstand, noch nicht weggeworfen haben, ist Ritons Spritze noch da.«

Ich hörte nichts mehr in der Leitung.

»Hallo?«

»Ich warte.«

»Worauf?«

»Auf den Rest der Nummer ... Das Wie und Warum, das alles eben ...«

Was Bailly aus dem Warum gemacht hätte, konnte ich mir lebhaft vorstellen. Bei seiner Auffassung von Recht und Ordnung wäre das spanische Gold an seinen Besitzer zurückgegangen, so sicher wie das Amen in der Kirche. Und jetzt, wo die Republik tot war, hieß der Franco.

»Riton war der Meister der Spritzen«, sagte ich. »Aber das Rezept hat er nicht selbst geschrieben ...«

Corback stierte mich an, als wäre ein rosa Elefant in sein Sichtfeld getreten.

»Delettram mit seiner großen Idee, seiner Stiftung ... Haben Sie das vergessen, Inspektor?«

Im Telefon blieb es stumm.

»Hallo? Inspektor? Denken Sie nach?«

»Sie kotzen mich an, Nestor«, brüllte er und warf den Hörer auf.

Der rosa Elefant spazierte noch mal vor Corbeaus Augen vorbei.

»Das kapier ich nicht. Delettram war mit von der Partie?«

Yvette schob ihre Brille auf die Nasenspitze.

»Nestor liebt schöne Geschichten. Sie glauben gar nicht, was er sich so alles ausdenkt ...«

»Das ist also alles auf deinem Mist gewachsen?«, fragte Corback. »Die sind in der Lage und buchten Delettram ein ...«

Ich steckte meine leere Pfeife in den Mund.

»Das wäre nicht der erste Justizirrtum.«

Yvette sah auf ihre Uhr.

»Ich glaube, ich werde mir Strümpfe leisten können. Und auch einen Haufen feiner Sachen zum Essen.«

»Sie haben den Fotografen aufgetrieben!«

»In einer Stunde haben Sie Marseille am Telefon. Ihr Freund Scription ist reizend. Stehen seine Anteile gut?«

»Was für Anteile?«

»Von seiner Genossenschaft ...«

»So gut wie die russischen Anleihen ... Wenn er Ihnen welche verkauft hat, werde ich Ihnen weiter die Beine anmalen müssen.«

»Ich mag Ihre Pinselführung«, sagte sie.

Bis zum Abend bauten wir Luftschlösser. An Gopians Tresen, der uns dafür nicht groß genug schien. Wir waren schließlich zu ihm runtergegangen. Auf seinem Schanktisch breiteten wir Andeutungen und Anspielungen aus. Zwischen zwei edlen Tröpfchen, die er uns aus dem hintersten Winkel seines Kellers herbeizauberte, kamen wir wieder zu Kräften. Corbeau vergaß darüber Riton. Nachher würde er sich in seinem Bett wälzen, ohne in den Schlaf zu finden. Vielleicht würde er nie mehr schlafen. Aber jetzt, während er am Tresen und an Yvettes Arm hing, wollte er uns in nichts nachstehen. Wir würden Luka holen, Ferdière hatte seine Verlegung beantragt. Wegen der Goldbarren hatten wir die Qual der Wahl. Am Grunde der Flasche angelangt, waren wir uns einig geworden. Nach Abzug des Zehnten würden sie den Genossen zugute kommen. Damit würden wir Franco, Hitler und Mussolini hinwegfegen. Gopian schaltete sein Rundfunkgerät ein. Rina Ketty sang: »Komm zurück / Ich warte auf dich / Denn du bist für mich / Mein Glück.« Wir stimmten alle mit ein: »Komm zurück / Ruft mein Herz immerzu / Nun erfülle du / Mein Geschick.« Wir waren bei der Zeit, die mit großen Schritten vorübereilt, angelangt, als die Musik unterbrochen wurde.

»Soeben erfahren wir von der Hinrichtung Jacques Bonsergents, der am 10. November nach einer Auseinandersetzung mit einer Militärpatrouille in der Rue Saint-Lazare festgenommen worden war. Der achtundzwanzig Jahre alte Jacques Bonsergent wurde unter der Anklage des gewaltsamen Widerstandes gegen ein Mitglied der deutschen Armee zum Tode verurteilt und heute Morgen erschossen. Wir erinnern daran, dass ...« Gopian schaltete den Ton aus.

Yvette war blass geworden.

»Hinrichtung ...«, wiederholte sie, wie man es mit einem neuen Wort tut.

Gopian sah zur Wand, an die Stelle, wo er ein Foto aus Armenien aufgehängt hatte.

»Das erste Mal ist immer ein Signal.«

Wir gingen wieder hoch in die Agentur. Zur ausgemachten Uhrzeit klingelte das Telefon. Am anderen Ende sang Scriptions Stimme wie eine Zikade im Winter. Wir tauschten ein paar Witze über die Zeiten, die übel waren, und er übergab mich an Wilhelm Scup.

»Sie interessieren sich für meine Fotografien vom Spanienkrieg ...«, sagte er mit einem Erich-von-Stroheim-Akzent.

»Insbesondere für die, auf denen Max Fehcker zu sehen ist.«

»Ich erinnere mich sehr gut an ihn. Es ging um eine Reportage für *Life*. Das Kriegstagebuch dreier Kämpfer. Zwei Wochen lang bin ich der Kolonne Francisco Ferrer gefolgt. Max Fehcker war einer der Männer, die ich ausgewählt hatte. Er ist Deutscher wie ich. Ich wollte zeigen, dass nicht alle Deutschen Nazis sind.«

»Erinnern Sie sich an ein Foto, auf dem diese Männer eine Pause im Wald machen?«

Yvette sprang zum zweiten Hörer.

»Ja, natürlich, das war in der Nähe von Maleo, einem Dorf nicht weit vom Ebro.«

Yvette hob, zu Corbeau gewandt, den Daumen in die Höhe.

»Wissen Sie, was sie dort gemacht haben?«

Corback kam näher.

»Sie hatten eben Schützengräben ausgehoben, um das Vorrücken der Franquisten zu bremsen. Die Hitze war drückend. Ich hatte Lust, ein Gruppenbild zu machen. Sehr gestellt, wie diese Klassenfotos, auf denen man vergessene Gesichter wiederfindet.«

Wir sahen uns an …

»Schützengräben?«

»Ja, der Rest der Kolonne war in einiger Entfernung damit beschäftigt.«

»Das war doch in Tigatentras …«

»Tigatentras? Sagt mir nichts. Was soll das sein?«

»Ein Flurname wahrscheinlich.«

»Kenne ich nicht.«

»Waren Sie die ganze Zeit bei dieser Operation dabei?«

»Ich habe ihnen sogar geholfen. Ich könnte die Lage der Gräben rekonstruieren. Ich habe drei Filmrollen verschossen.«

»Sie haben doch Kisten vergraben?«

Er dachte eine Weile nach.

»Nein. Was für eine Art von Kisten?«

»Monsieur Scup, auf einem der Fotos sieht man Max Fehcker, wie er mit einem Mann vor der Zentralbank von Katalonien diskutiert …«

»Marius Jacob … Eine überraschende Begegnung … Max hatte mir erklärt, wer dieser kleine weißhaarige Mann war. Ich konnte der Lust nicht widerstehen, den echten Arsène Lupin vor einer Bank abzulichten.«

»Sie meinen, es handelt sich um ein gestelltes Foto?«

»Ich gebe es zu. Jacob hat sich lange bitten lassen, aber letztendlich hat er sich breitschlagen lassen. Ich hatte den Film noch nicht entwickelt, als ich Spanien verließ. Ich hatte Max versprochen, ihm einen Abzug zu schicken … Armer Max.«

»Sie hatten dieses Foto noch nicht entwickelt …«

»Nein.«

»Aber es ist doch vor dem Bild im Wald entstanden …«

»Nein, danach. Es wurde zwei Wochen später aufgenommen. Am 29. Mai 1938.«

»Sie wissen das noch sehr genau …«

»Das ist kein Hexenwerk, ich habe am 29. Mai Geburtstag …«

Yvette hatte die Augen geschlossen. Sie vollführte im Geist die gleiche Rechnung wie ich. Und sie kam zu den gleichen

Schlussfolgerungen: »Nichts passt mit dem Transport zusammen …«

Durch das Telefon hüstelte Scup.

»Ich muss auflegen, es wird Zeit, an Bord zu gehen. Dieses Schiff zu verpassen, wäre eine Katastrophe für mich.«

So, wie es jetzt stand, konnte ich den Sprung genauso gut wagen. Also tat ich es.

»Monsieur Scup, haben Sie in Spanien etwas über den Goldtransport nach Moskau gehört?«

»Natürlich. Es wurde so viel darüber geredet. Die Expedition, die falschen Transporte, die Räuberpistolen … Die Geschichte ist da unten zu einer Legende geworden wie Don Quichottes Windmühlen. Die Wirklichkeit ist weniger romantisch. Das Gold der Republik ruht in Stalins Tresoren.«

Im Telefon wurde der Lärm stärker. Rufe und das Heulen einer Schiffssirene.

»Tigatentras sagt Ihnen wirklich nichts? Max hat dieses Wort immer wieder gesagt.«

»Tigatentras? Sind Sie sicher?«

»Ja … Na ja …

»Tigatentras … Wie irgendwas aus Spanien, das wieder hochgekommen ist … Ich hab nicht die Bohne verstanden …« Pierrot, der Rotzlöffel aus der Rue Duméril, war der Einzige, der mir davon erzählt hatte. »Ich hab nicht die Bohne verstanden …«

»Vielleicht stimmt meine Aussprache nicht«, schrie ich, um den Radau im Telefon zu übertönen.

»Ich muss jetzt gehen. Es tut mir leid …«

Über dem Hafen ertönte das Schiffshorn.

»Ich komme«, sagte Scup zu jemandem, der ihn drängte, an Bord zu gehen. »Hallo?«

»Ja, ich höre Sie.«

»Könnte es nicht eher ›Tiergartenstraße‹ heißen?«

»Was ist das?«

Wieder die Sirene. Ein langer, ernster Klang. Die letzten Kisten, die aufgeladen wurden. Die Passagiere auf der Gangway und die, die das Festland bereits von der Reling aus betrachteten.

»Hallo? Monsieur Scup? Was ist das?«

»Nichts Spanisches. Es ist eine Straße in Berlin.«

»Hallo, hallo ... Was für eine Straße?«

Noch einmal die Sirene. Die Anlegestelle, die Taue, der Frachter. Scription neben dem Telefon in der nach Oliven, Salzlake und Tonnen riechenden Genossenschaft. »Monsieur Scup, Sie werden es noch verpassen.«

»Was für eine Straße?«

»Eine unheilvolle Straße ... In der Tiergartenstraße wurde die Eliminierung der Geisteskranken beschlossen ...«

Der Ruf des Schiffes hallte lange nach. Auch nachdem ich den Hörer aufgelegt hatte. Als befände sich das Schiffshorn im Büro. Yvette ließ ihren Hörer nicht mehr los. Und Corbeau wiederholte wie eine zerkratzte Platte: »Was? Was denn jetzt? Was war?«

»Eben. Nichts war«, sagte ich. »Gar nichts.«

»Was, nichts?«

»Der Schatz ist heiße Luft. Schall und Rauch. Staub vom Sandmann ...«

Er setzte sich.

»Du machst Witze.«

Mehr fiel ihm dazu nicht ein, so unvorstellbar war es. Das Eindeutige einfach zu leugnen, überstieg sein Fassungsvermögen. Wir hatten die Goldbarren fast schon gesehen. Und wir waren nicht die Einzigen. Ihretwegen hatte es unzählige Tote gegeben. Das war doch ein Beweis. So viele Leichen konnten uns nicht an der Nase herumgeführt haben. Dann gäbe es keine Gerechtigkeit mehr. Niemals mehr.

»Wir haben uns was vorgemacht. Riton genauso. Und auch die anderen. Nach Strich und Faden. Wie die Kinder, die den Weihnachtsmann sehen, inklusive Rentiere und Schlitten. Wir haben dazu nur zwei Erinnerungsfotos anschauen müssen. Dann haben wir weitergesponnen.«

»Und Fehcker, hat der vielleicht nicht existiert? Und was er Luka erzählt hat ...«

Während Corback redete, wurde ihm klar, dass der Faden

dünn war. Und so verworren wie eine verrückte Geschichte, erzählt von einem Spinner.

Yvette setzte ihre Brille ab. Sie katte keine Lust mehr, überhaupt noch etwas zu sehen.

»Als Fehcker durchgeknallt ist, hat er alles durcheinandergebracht«, erklärte ich. »Den Tod seiner Schwester, die Kriege und die Legenden am Lagerfeuer. Die man sich vor dem Ansturm in der Sierra erzählte.«

Es waren so viele im Umlauf. Und sie kamen von überallher. Sie machten die Runde und kehrten zuletzt zu einem zurück. Aufgeblasen, verzerrt, verschönert ... Das sah man dann als Bestätigung. Man erfand noch was dazu und weiter ging's. Luka hatte es in seinem Wahn genauso gemacht. Und wir auch.

»Tigatentras haben wir aber doch nicht erfunden ...«

»Wer hat denn davon gesprochen?«

»Alle möglichen Leute.«

»Nein. Nur Pierrot. Fehcker war damals schon wirr im Kopf. Er hatte bereits den Boden unter den Füßen verloren, als er erfuhr, wie seine Schwester gestorben war. Er hat Pierrot gegenüber den Namen der Straße wiederholt, in der die Nazis ihr Eliminierungsprogramm beschlossen haben: Tiergartenstraße. Pierrot hat es falsch verstanden. So wurde es, Spanisch ausgesprochen, zu Tigatentras. Auch wir haben uns darauf gestürzt, haben es mit den Fotos in Verbindung gebracht, fertig. Und genau das Gleiche haben Riton und seine Kumpels gemacht.«

»Es hat gar kein Gold gegeben?«

»Narrengold. Sonst nichts.«

XXXIX

Es hatte wieder angefangen zu schneien, als wir in Clermont eintrafen. Ich erinnere mich, dass die Scheibenwischer nicht richtig funktionierten. Ab und an schlug der Fahrer des Krankenwagens auf die Windschutzscheibe, um sie freizubekommen. Als der Abend hereinbrach, sagte er etwas über die beschissene Mechanik, die die Kälte nicht abkonnte, über den Wetterbericht und die Benzingutscheine. Er muss auch etwas über den Krieg gesagt haben, aber ich erinnere mich nicht mehr, was.

Das Krankenhaus glich noch immer einem Gefängnis, hatte dieselbe hässliche Visage wie beim letzten Mal. Durch was sollte es sich auch verändert haben? Auf dem Vordersitz gab der Fahrer einen Witz zum Besten, der nur ihn selbst zum Lachen brachte. Yvette neben ihm lächelte nicht. Das gefiel mir. Der Kerl verzog das Gesicht, hupte zweimal, und der einäugige Pförtner öffnete das Tor.

Als wir eintraten, sagte ich mir, dass Luka sich verdammt freuen würde, uns zu sehen. Er würde mich umarmen. Ich würde die Knochen unter seiner Haut spüren. Vielleicht würde er sich sogar einen Ast lachen. Das würde mir gefallen. Ich hatte noch keinen Jivaro lachen sehen.

Die Ambulanz parkte am Gebäude. Im Wageninneren war es angenehm. Die Liege war komfortabel. Luka würde es bequem darauf haben. Mit der braunen Decke und dem Kissen mit dem rot aufgenähten Schriftzug der Öffentlichen Fürsorge. Auf dem Rückweg würden wir über eine Menge Dinge reden. Auch über die Salpê, wo er sich wieder aufpäppeln lassen sollte, bevor er ganz rauskam. Ferdière war ein feiner Kerl. Luka würde das auch finden.

Als ich aus dem Wagen stieg, packte mich die Kälte. Ich ging die Treppe hoch. In dem Korridor mit den fleckigen Wänden sah ich die Kranken und ihre kleinen Schritte wieder. Sie erschienen mir noch magerer. Die Ringe unter den Augen noch schwärzer, die Augen noch tiefer in den Höhlen und die Brust noch eingefallener.

Ich vertrieb die düsteren Gedanken, die mich bedrängten. Ich reichte der beleibten Frau, die dick eingemummt am Schalter döste, meinen Wisch. Sie hatte eine Warze am Kinn und einen Oberlippenbart. Sie prüfte das Papier, Ferdières Unterschrift, den Stempel. Alles war in Ordnung.

»Wenn Sie bitte warten wollen«, bat sie mit verlegenem Lächeln.

Auf die paar Minuten kam es mir nicht mehr an. Sie ging.

Bei ihren unförmigen Klamotten, ihrer Körpermasse und ihren aneinanderreibenden Schenkeln brauchte sie eine Weile dafür. Als sie zurückkam, begleitete sie ein Arzt.

»Doktor Ferdière hat mich bereits verständigt«, sagte er mit Schmollmund.

»Bestens. Luka ist so weit?«, fragte ich.

Sie sahen einander an. Dann fasste sich der Arzt ein Herz.

»Monsieur Luka Sterner ist heute Nacht verstorben.«

Das Krankenhaus fiel krachend über mir zusammen. Mitsamt seinen Schlafsälen, den abstoßenden Zellen, dem Gestank und den vollgepissten Korridoren. Ein schwerer Brocken.

»Wollen Sie sich setzen?«

Die dicke Schnurrbärtige war zuvorkommend. Man sah, dass sie Anteil nahm. Sie hätte sogar etwas Nettes gesagt, wusste aber nicht was. Also bot sie mir einen Stuhl an.

»Woran ist er gestorben?«, fragte ich.

Sie erzählte mir von seiner großen Schwäche, von seiner Krankheit, die sich plötzlich verschlimmert hatte, von den Rationierungsmaßnahmen, die es nicht besser gemacht hatten. Und auch von den Behandlungen, die sie ihm hatten angedeihen lassen.

»Hat er noch mehr Elektros bekommen?«, fragte ich.

Der Dok verzog den Mund und sah zu Boden. Aber da war nichts. Nur Staub und etwas Schneematsch, den ich unter meinen Sohlen hereingebracht hatte.

An die Rückfahrt erinnere ich mich nicht. Wenn ich es versuche, sehe ich wieder die Windschutzscheibe, den klemmenden Scheibenwischer, den Plafond des Krankenwagens. Vor allem aber etwas, das ich nur zu gern vergessen würde. Die leere Liege unter der braunen Decke.

Am nächsten Tag rief ich Ferdière an, um ihm die Neuigkeit mitzuteilen. Danach legte ich mich wieder hin und fiel in einen unruhigen Schlaf.

Gegen Abend ging ich bei der Agentur vorbei. Yvette tat, als bemerke sie nicht, wie spät es war.

»Bailly hat heute Morgen angerufen«, sagte sie.

Ich hob den Hörer ab. Ein paar Minuten später zischte ein schlangenköpfiger Flic in den Apparat.

»Sie wollten mich sprechen?«, fragte ich.

Seine Stimme klang so fröhlich wie ein Trauermarsch.

»Das ist jetzt unwichtig. Ich wollte Ihnen sagen, dass Loiseaus Embolie durch die Injektion von Luft hervorgerufen wurde. Wir haben die Spritze in der Salpêtrière gefunden, der Rollwagen stand noch im Zimmer. Es war die gleiche Spritze wie die, die bei Griffart benutzt wurde …«

»Und?«

»Und was?«

»Wie geht's weiter?«

»Es geht nicht weiter.«

»Was soll das heißen, es geht nicht weiter? Delettram, Maillebeau … Sie haben doch Maillebeau verhört, oder nicht?«

»Maillebeau ist frei.«

»Was?«

»Sie haben richtig gehört. Vor einer Stunde ist ein Typ mit einem Entlassungsbefehl der deutschen Behörden aufgetaucht.«

»Und die Untersuchung?«

»Abgeschlossen. Der Täter ist tot. Riton hat Professor Griffart getötet, um herauszubekommen, wo er seine Wertgegenstände versteckt hatte. Er beabsichtigte, sie an Loiseau zu verscherbeln. Und der ist auch tot.«

»Was …«

»Die Sache ist abgeschlossen.«

»Auf wessen Befehl?«

»Auf Befehl. Das reicht für Sie.«

Es brachte nichts, ihn weiter zu bedrängen. Ich wollte schon auflegen, als er sagte:

»Passen Sie auf sich auf, Nestor …«

Yvette sah mich an, die Finger auf ihrer Tastatur.

»Ich habe bei Gopian abgesagt. Aber ich kann Corbeau nicht erreichen.«

»Was?«

»Wir wollten doch bei Gopian zu Abend essen, erinnern Sie sich nicht?«

Das Licht im Zimmer wurde schwächer. Mein Blick fiel auf das Grammofon des Chefs, ich sagte mir, dass wir durchhalten mussten.

»Also gut, rufen Sie Gopian noch mal an, wir kommen.«

Niemand hatte diesen ganzen Dreck verdient. Er war gekommen wie die Sandkörnchen, die der Wind mit sich führt. Er war hier liegen geblieben, das war alles. Was konnten wir dafür? Wir würden nie etwas anderes sein als Fußvolk, das sich auf den Landstraßen drängte. Lasttiere im Sturm. Man lenkte uns mit Karotte und Peitsche. Na und? Wir würden weitergehen, im großen Pulk der Armen. Und manchmal kamen Fetzen goldener Träume, die für uns noch zu groß waren.

Yvette deckte ihre Olympia ab. So sah sie aus wie ein Spatzenkäfig, den man für die Nacht bereitgemacht hatte.

»Alles in Ordnung, Nes?«, fragte sie.

»Sie machen sich in letzter Zeit verdammt viel Sorgen um meine Gesundheit.«

»Ihre Augen ...«

Ich zog eine Pfeife aus dem Halter.

»Was kann ich bloß da reintun, was sich rauchen lässt?«

»... sind ganz rot. Wenn ich Sie nicht kennen würde ...«

»Sie kennen mich aber. Und jetzt los! Hopp, hopp! Wir gehen runter zu Gopian. Wenn Sie brav sind, erzähle ich Ihnen, wie Luka und ich Gabin kennengelernt haben.«

Sie zog ihre Puderdose hervor.

»Gabin?«

»Allerdings! Wenn der Krieg nicht gewesen wäre ... Er wollte einen Film mit Luka machen.«

»Ernsthaft?«, fragte sie mit der Quaste in der Hand.

»Luka war ein verdammt guter Schauspieler, das können Sie mir glauben.«

Untergehakt gingen wir nach unten. Draußen war es Nacht geworden. Die Passanten gingen hastig vorüber. An den Buttes machte der Hersteller von Fahrradschildern dicht.

»Gopian hat etwas von gekochtem Rindfleisch gesagt«, meinte Yvette und leckte sich die Lippen. »Es ist eine Lieferung angekommen.«

Auf der Avenue kontrollierte eine Patrouille die Nachtschwärmer. Polizisten mit Pelerine und deutsche Soldaten mit dem Gewehr auf der Schulter und der großen Erkennungsmarke um den Hals.

»Apropos angekommen ...«

Yvette klammerte sich an meinen Arm. Ich lächelte.

»Was denn, die werden Sie schon nicht fressen. Sie haben doch Ihre Papiere, oder nicht?«

Ich spürte, wie sie zitterte.

»Aber nicht nur die ...«

Wir blieben stehen.

»Ich verstehe nicht.«

»Das Ding neulich ...«

»Was für ein Ding?«

»Die Flugschrift, die Ratschläge für die besetzte Bevölkerung ...«

»Sagen Sie jetzt nicht ...«

»Ich hab die ganze Handtasche voll.«

Ich seufzte, aber dazu war es zu spät. Ich küsste sie. So in der Art von Verliebten, die sich trennen. Und wer konnte das schon wissen?

»Hinter Ihnen ist die Rue de l'Équerre. Gehen Sie die Treppe runter und hauen Sie ab. Links ist ein Gully. Sie haben eine Minute, um Ihr Zeug da reinzuwerfen.«

Ich stieß sie sanft fort.

»Bis morgen, Liebling«, sagte ich ziemlich laut.

Sie war halb die Treppe hinunter, als ein Flic auf mich zu trat.

»Monsieur!«

Yvette drehte sich um.

»Hauen Sie schon ab!«, rief ich.

Der Flic kam näher.

»Papiere, bitte!«

Ich ging auf ihn zu.

»Ja doch, ja doch ...«

Yvette war um die Straßenecke herum.

»Wo ... ist ... das Fräulein?«, fragte einer der näher tretenden Soldaten.

»Fräulein?«

»Papiere!«, rief er.

Ich steckte die Hand in meine Manteltasche ... Als ich darin meine Knarre fand, wusste ich, dass das hier ein böses Ende nehmen würde.

»Die sind in der anderen Tasche«, sagte ich mit einem Lächeln, vor dem ein ganzes Bataillon Kollaborateure vor Neid erblasst wäre.

Der Soldat unterbrach mich.

»Hände hoch, *bitte*«, befahl er und schlug meine Mantelschöße auf.

An seinem Gesicht erkannte ich, dass er meine Knarre gespürt hatte. Der Lauf seiner Maschinenpistole traf mich in den Magen.

»Er hat eine Waffe!«, schrie er seinen Kumpels zu.

»He«, rief ich, »das ist ein Missverständnis, ich bin Polizist. Privatdetektiv ...«

»Detektiv?«

»Agentur Bohman, Ermittlungen, Recherchen und Überwachung ...«

Ich nahm den Polizisten zum Zeugen.

»Ich kann es Ihnen zeigen, mein Büro ist hier um die Ecke ...«

»Gehen wir nachschauen«, sagte er genervt.

Erst als wir unten vor der Agentur standen, bemerkte ich den Anschlag. Der Leim war noch frisch. Er tropfte von der Mauer wie Kotze.

ENTREPRISE JUIVE

JÜDISCHES GESCHÄFT

Die Soldaten starrten auf das Plakat, dann auf meine Knarre, die sie sich herumreichten.

»Nehmen Sie ihn mit zur Kommandantur!«

Ich habe den Pfiff noch im Ohr. Die anderen kamen durch

den dreckigen Schnee angerannt. Der Flic machte mir ein Zeichen, dass er nichts mehr tun konnte.

»Quai des Orfèvres, sagen Sie Inspektor Bailly Bescheid«, flüsterte ich.

Ich weiß nicht, ob er mich gehört hat. Der Schein der Straßenlaterne verfing sich im metallischen Glanz der Waffen. Die Soldaten legten auf mich an.

»*Kamerad*«, sagte ich mit erhobenen Armen. »*Kamerad.*«

Kamerad. Das klang komisch. Ich konnte mir ein Lachen nicht verkneifen, während sie mich festnahmen.

Kameraden …

NACHWORT

Die Akte Griffart wurde nie wieder geöffnet.

Charles Maillebeau und die auf Befehl der deutschen Geheimdienste freigelassenen Ganoven setzten ihre Verbrechen fort. Unter dem Kommando von Pierre Bonny, dem ehemaligen Inspektor der Sicherheitspolizei, und Henri Lafont, einer Figur der Unterwelt, die sie aus dem Gefängnis gebracht hatten, waren sie wenige Monate später Teil der »Carlingue«, der französischen Gestapo der Rue Lauriston. Maillebeau wurde 1944 in Sochaux von der Résistance erschossen, Bonny und Lafont am 26. Dezember 1944 im Fort von Montrouge hingerichtet.

Doktor Alexis Carrel wurde 1941 zum Verwalter der von der Vichy-Regierung gegründeten Fondation française pour l'étude des problèmes humains, der Französischen Stiftung zur Erforschung der menschlichen Probleme, ernannt. Zahlreiche Straßen tragen noch heute seinen Namen.

Die Zahl der Kranken, die zwischen 1940 und 1945 in den psychiatrischen Anstalten Frankreichs den Tod fanden, wird auf vierzigtausend geschätzt.

In Deutschland wurden gemäß der in der Tiergartenstraße vorbereiteten Aktion T4 sowie ihrer Folgeprogramme an die dreihunderttausend geistig und körperlich Behinderte getötet. Hierzu benutzten die Nazis erstmals Gaskammern.

Nestor wurde im Santé-Gefängnis eingesperrt und einen Monat später auf Betreiben von Inspektor Bailly entlassen. Später wurde er in ein Stalag verlegt, aus dem er im Mai 1941 floh, aber das ist eine andere Geschichte.

GLOSSAR

Alain (1868–1951) = französischer Philosoph, engagierter Pazifist und Antifaschist.

»Alhambra« = Pariser Varieté im 11. Arrondissement.

Andrex (1907–1989) = Künstlername des französischen Schauspielers und Sängers André Jaubert, der seit den 1930er Jahren viele gemeinsame Filme mit seinem Kindheitsfreund Fernandel drehte.

Bardèche, Maurice (1907–1998) = rechtsextremer französischer Schriftsteller und Wissenschaftler, der in den 1930er Jahren Artikel für die von Robert Brasillach und Thierry Maulnier geleiteten Zeitschriften schrieb.

Bartali, Gino (1914–2000) = italienischer Radrennfahrer und zweimaliger Gewinner der Tour de France (1938 und 1948).

Betty Boop = Comicfigur der 1930er Jahre des Cartoonisten Max Fleischer mit erotisch überzeichneten Körperrundungen und Piepsstimme.

Bièvre = Fluss im 5. und 13. Pariser Arrondissement, der lange den Gerbern und Färbern sowie den Schlachthäusern als Abwasserkanal diente und im 19. Jahrhundert aus hygienischen Gründen unter die Erde verlegt wurde.

Bonsergent, Jacques (1912–1940) = erster Zivilist, der während der deutschen Besatzung von Paris infolge einer Auseinandersetzung mit deutschen Soldaten hingerichtet wurde.

Brasillach, Robert (1909–1945) = dem Faschismus nahestehender französischer Schriftsteller und Journalist; nach der Befreiung 1945 im Fort de Montrouge hingerichtet.

Browning, Tod (1882–1962) = amerikanischer Filmregisseur, Schauspieler und Produzent, der mit Horrorfilmen zum Klassiker wurde (zu *The Unknown* mit Lon Chaney s. dort).

Butte aux Cailles = Pariser Viertel im 13. Arrondissement am gleichnamigen Hügel oberhalb des ehemals oberirdischen Flusses Bièvre (s. dort).

Carlingue (1941–1944) = französische Abteilung der Gestapo, deren Mitglieder, darunter Henri Lafont, Pierre Loutrel alias Pierrot le fou (der irre Pierrot) und Pierre Bonny, sich im Besonderen aus der Unterweltkreisen rekrutierten.

Carrel, Alexis (1873–1944) = französischer Chirurg und Biologe; der für seine Organtransplantationen und In-Vitro-Versuche bekannte Nobelpreisträger (1912) wurde später zum Verfechter des Eugenismus, insbesondere in *L'homme, cet inconnu* (1935; dt. *Der Mensch, das unbekannte Wesen* (1957)).

Chaney, Lon (1883–1930) = amerikanischer Schauspieler der Stummfilmära; spielt in dem Melodram *Der Unbekannte* (Original *The Unknown* (1927)) von Tod Browning (s. dort) den angeblich armlosen Messerwerfer Alonzo.

Châteaubriant, Alphonse de (1877–1951) = französischer Romanautor; Bewunderer des Nationalsozialismus und Gründer der kollaborationistischen Zeitschrift *La Gerbe* (s. dort).

Ciboulette = 1923 am Pariser Théâtre des Variétés erstmals aufgeführte Operette von Reynaldo Hahn nach einem Libretto von Robert de Flers und Francis de Croisset; 1933 Verfilmung von Claude Autant-Lara.

Cité fleurie = 1878–1888 erbaute und bis heute bewohnte Künstlersiedlung am Boulevard Aragon im 13. Arrondissement; zu ihren berühmtesten Bewohnern zählen die Maler Paul Gauguin und Amedeo Modigliani.

Dassary, André (1912–1987) = französischer Tenor der Besatzungszeit; das von ihm gesungene Lied *Maréchal, nous voilà!* zu Ehren Pétains wurde neben der *Marseillaise* zur inoffiziellen Hymne des Vichy-Regimes.

Déat, Marcel (1894–1955) = französischer Politiker, Sozialist, später Kollaborationist, Pazifist, Gründer des RNP (s. dort).

Der Tag bricht an = französisches Original *Le jour se lève* (1939); Film von Marcel Carné und Jacques Prévert mit Jean Gabin, Jacqueline Laurent und Arletty.

Drieu La Rochelle, Pierre (1893–1945) = französischer Schriftsteller, der sich zum Nationalsozialismus und zur Kollaboration bekannte.

Foire du Trône = ehemals um die Avenue du Trône angesiedelter Pariser Jahrmarkt.

Front populaire = (dt. »Volksfront«) Bündnis französischer Linksparteien, die ab 1936 unter Léon Blum an die Macht kam und wichtige soziale Reformen in Gang brachte.

Das Geheimnis von St. Agil (1946) = frz. Original *Les disparus de Saint-Agil* (1938); spannungsreicher Kriminalfilm von Christian-Jaque über ein Jungeninternat; nach dem Drehbuch von Jacques Prévert und der Buchvorlage von Pierre Véry; mit Robert Le Vigan, Erich von Stroheim und Michel Simon.

Die Geheimnisse von Paris = frz. Original *Les mystères de Paris* (1842–43); legendärer Feuilletonroman des französischen Erfolgsautors Eugène Sue, der mit seinen Beschreibungen der Unterwelt und seinem sozialen Pathos für Furore sorgte.

Giono, Jean (1895–1970) = französischer Schriftsteller und Drehbuchautor der Provence; während des Zweiten Weltkrieges wandte er sich als Pazifist gegen den gewaltsamen Widerstand gegen die deutsche Besatzungsmacht; nach Unterzeichnung des besagten Appells für den Frieden kurzzeitig inhaftiert.

Grand Guignol = (1897–1963) Pariser Horror- und Gruseltheater im 9. Arrondissement, das für seine blutrünstigen Spezialeffekte bekannt war.

Groß-Paris = eine der fünf Kommandanturen bzw. Militärverwaltungsbezirke, in die das besetzte Frankreich eingeteilt war.

Jacob, Alexandre Marius (1879–1954) = französischer Illegalist; berühmter Einbrecher und Namensgeber der anarchistischen Jacob-Bande, die sich selbst als die »Travailleurs de la nuit« (»Arbeiter der Nacht«) bezeichnete und 1903 verhaftet wurde; angeblich Vorbild für Maurice Leblancs (s. dort) Romanhelden Arsène Lupin.

Jeanson, Henri (1900–1970) = pazifistischer französischer Journalist und Schriftsteller; 1939 verurteilt u. a. wegen der Unterzeichnung des von Louis Lecoin verfassten Flugblatts *Paix immédiate* (dt. »Frieden jetzt«).

Karloff, Boris (1887–1969) = britischer Schauspieler amerikanischer Horrorfilme; wurde durch seine Rolle als Monster in der Frankenstein-Verfilmung von James Whale 1931 bekannt.

Ketty, Rina (1911–96) = französische Sängerin italienischer Abstammung; einen ihrer größten Erfolge feierte sie 1938 mit dem Lied *J'attendrai* (Text von Louis Poterat), das zu einem der großen Schlager des Kriegsausbruchs wurde; die deutsche Version *Komm zurück* (Text von Ralph Maria Siegel) wurde von Rudi Schuricke gesungen; die Musik des italienischen Originals stammt von Dino Olivieri.

L'Os à moelle = (dt. »Der Markknochen«) 1938 von dem Komiker Pierre Dac gegründete humoristische Zeitschrift, die sich 1940 aufgrund ihrer antifaschistischen Ausrichtung auflöste und erst nach Kriegsende wieder aufgelegt wurde.

La Boétie, Étienne de (1530–1563) = französischer Schriftsteller, Dichter und Humanist; in seiner Streitschrift *Discours de la servitude volontaire ou Contr'un* (1548; dt. *Rede über die freiwillige Knechtschaft*) stellt er die Legitimation der Herrschenden infrage.

La Gerbe (1940–1944) = französische Zeitschrift antikommunistischer und antisemitischer Prägung, die sich zur Kollaboration bekannte und für deren Literaturteil auch Autoren wie Jean Giono, Jean Cocteau und Marcel Aymé veröffentlicht wurden; das Wortspiel im französischen Originaltext beruht auf der Doppeldeutigkeit des Wortes »gerbe«: Es bezeichnet einerseits die »Garbe« und ist andererseits ein derber Ausdruck für »Erbrochenes«.

Lakmé (1883) = Oper von Léo Delibes nach der Vorlage von Pierre Lotis Roman *Rarahu ou le Mariage de Loti* (1880), die im britisch besetzten Indien Ende des 19. Jahrhunderts spielt; die von Lakmé, der tragisch verliebten Tochter des Brahmanenpriesters, gesungene *Glöckchenarie* ist eines der bekanntesten Stücke der Oper.

Le Vigan = s. »*Das Geheimnis von St. Agil*«.

Leblanc, Maurice (1864–1941) = französischer Autor zahlreicher Kriminal- und Abenteuerromane; darunter v. a. die 1905–35 entstandene Serie um den legendären Meisterdieb Arsène Lupin, für den Marius Jacob Pate (s. dort) stand.

Lecoin, Louis (1888–1971) = französischer Pazifist, Anarchist, Gewerkschafter und Gründer der »Union pacifiste de France«.

Loplop = wiederkehrendes Motiv eines Vogelwesens im Werk des surrealistischen Malers Max Ernst (1891–1976).

Lupin, Arsène = s. »Leblanc, Maurice«.

Maginot–Val-de-Grâce-Linie = die »Maginot-Linie« bezeichnet eine in den 1930er Jahren von Frankreich errichtete, mit Bunkern bewehrte Verteidigungslinie, die Frankreich vor Deutschland (und Italien) schützen sollte; »Val-de-Grâce« ist der Name eines Pariser Militärkrankenhauses.

der Marschall = frz. »Maréchal Pétain« bzw. Philippe Pétain (1856–1951); Ministerpräsident, dann Staatschef des Vichy-Regimes im unbesetzten Teil Frankreichs, der den Waffenstillstand und die Kollaboration mit Nazideutschland einleitete.

Medrano-Zirkus = von dem spanischstämmigen Clown Geronimo Medrano 1897 am Montmartre gegründeter Zirkus (zuvor Cirque Fernando).

Mickeys Schwanz = stilisierter »Mäuseschwanz«, der an der Decke französischer Kinderkarussells angebracht ist und den die Kinder während der Fahrt zu schnappen versuchen.

Mistinguett (Jeanne Bourgeois, 1875–1956) = französische Sängerin und Schauspielerin; Star zahlreicher Revuen und Sinnbild der mondänen Pariserin.

Moulin, Jean (1899–1943) = Résistance-Kämpfer und Präfekt des Departements Eure-et-Loir in Chartres; zweimal von den Nazis verhaftet und gefoltert.

¡No pasarán! = der Schlachtruf »Sie werden nicht durchkommen!« wurde von Dolores Ibárruri Gomez, Mitglied der Kommunistischen Partei Spaniens, während des Spanischen Bürgerkriegs geprägt.

Otto-Liste = die nach dem deutschen Botschafter in Frankreich, Otto Abetz, benannte Liste enthielt die Bücher, die ab 1940 im nazibesetzten Frankreich verboten waren.

Pardaillan = verführerisch großherziger Serienheld der Historienromane *Les Pardaillan* von Michel Zévaco (1902–1926 als Feuilletonromane in *Le Matin* veröffentlicht).

Pathé Marconi = Pariser Musik- und Filmfirma; 1896 als »Pathé« von den Gebrüdern Pathé gegründet, produzierte sie zunächst phonographische Geräte und Schallplatten, später auch Filme; 1924 Übernahme durch Marconi.

Pemjean, Lucien (1861–1945) = französischer Journalist und Schriftsteller; veröffentlichte 1934–1939 die antisemitische und freimaurerfeindliche Zeitschrift *Grand Occident*; Mitarbeit in der rechtsextrem kollaborationistischen Zeitschrift *Le réveil du peuple*.

Phalanstère = auch Phalansterium; gemeinschaftliche Wohn- und Arbeitsform, die im 19. Jahrhundert von dem frühsozialistischen Reformer Charles Fourier entwickelt und in mehreren Ländern verwirklicht wurde; architektonisch gruppieren sich in der Wohngenossenschaft die Wohnungen für circa 400 Familien um einen überdachten Gemeinschaftshof.

Pivert, Marceau (1895–1958) = französischer Gewerkschafter und engagierter Sozialist; 1938 Gründer der Parti socialiste ouvrier et paysan.

Poulaille, Henry (1896–1980) = anarchistischer französischer Schriftsteller und Pazifist; in den 1920er und 1930er Jahren Herausgeber mehrerer Zeitschriften; 1939 inhaftiert wegen der Unterzeichnung des von Louis Lecoin verfassten Flugblatts *Paix immédiate* (dt. »Frieden jetzt«).

Prévert, die Brüder = der Filmemacher Pierre Prévert (1906–1988) und sein Bruder, der Dichter und Drehbuchautor Jacques Prévert (1900–1977).

Printemps, Yvonne (1894–1977) = französische Sängerin und Schauspielerin zahlreicher Operetten und Spielfilme, die auch durch ihre mondäne Eleganz zur gefeierten Diva wurde.

Proudhon, Pierre-Joseph (1809–1865) = französischer Journalist, Soziologe und Ökonom; wertete als einer der Ersten den Begriff »Anarchie« positiv; prägte den Gedanken »Eigentum ist Diebstahl«.

Rebatet, Lucien (1903–1972) = französischer Journalist und Schriftsteller; bekennender Faschist und Kollaborationist.

Reinhardt, Joseph (1912–1982) = französischer Swing-Gitarrist und Bruder von Django Reinhardt.

Riche, Paul (1902–1949) = Pseudonym von Jean Mamy; französischer Journalist und Filmschaffender; kollaborationistische und freimaurerfeindliche Artikel, u. a. für die antisemitische Zeitschrift *Au Pilori* (dt. »An den Pranger«).

RNP (1941–44) = Rassemblement National Populaire; von Marcel Déat gegründete faschistisch orientierte Partei.

Robert-Houdin, Jean Eugène (1805–1871) = französischer Automatenbauer und Wegbereiter der modernen Zauberkunst.

Sambre et Meuse = französischer Militärmarsch (1879) von Robert Planquette.

Die singende Zukunft = *Les lendemains qui chantent* ist der Titel der Autobiografie des kommunistischen Abgeordneten Gabriel Petri, der 1941 von den deutschen Besatzern hingerichtet wurde, und ist ein Zitat aus seinem Abschiedsbrief (»der Kommunismus ist die Jugend der Welt und Wegbereiter einer singenden Zukunft«).

Sitzkrieg = auch der »Seltsame Krieg« (frz. »drôle de guerre«); Phase des Zweiten Weltkriegs zwischen der französisch-englischen Kriegserklärung an Deutschland im September 1939 und dem deutschen Einmarsch in Frankreich und die Beneluxländer im Mai 1940.

Tag »mit« / Tag »ohne« = im besetzten Teil Frankreichs waren Alkohol und andere Waren rationiert; auch den Bistros war der Alkoholausschank nur an bestimmten Tagen gestattet.

Tiergartenstraße = in einer Villa der Berliner Tiergartenstraße 4 wurde 1939 die heute sogenannte »Aktion T4« beschlossen, die systematische deutschlandweite Ermordung von geistig Behinderten und psychisch Erkrankten (1940/41, danach dezentral fortgeführt).

Tourmalet, Col du = französischer Pyrenäenpass; einer der schwierigsten Anstiege der Tour de France.

Viseur, Gustave-Joseph »Gus« (1915–1974) = belgischer Jazz-Akkordeonist.

Zévaco = s. »Pardaillan«.

Zuaven (1830–1962) = in Nordafrika angeworbene, für ihre Tapferkeit berühmte Söldnereinheiten der französischen Infanterie.

Die zünftige Bande (1946) = frz. Original *La belle équipe* (1936); Film von Julien Duvivier über fünf arbeitslose Freunde, die mit einem gemeinsamen Lottogewinn ein Ausflugslokal eröffnen; mit Jean Gabin, Viviane Romance und Raymond Aimos.